MUNDAÚ

CARLITO LIMA

aletria

Belo Horizonte, 2020
1ª edição

Achava a vida boa, as mulheres belas, os homens amáveis para com ele, mas achava que a bebida era boa também, fazia os homens mais amáveis e as mulheres mais belas.

Jorge Amado,
Capitães da Areia

Muitos anos depois, diante do pelotão de fuzilamento, o coronel Aureliano Buendía havia de recordar aquela tarde remota em que seu pai o levou para conhecer o gelo. Macondo era então uma aldeia de vinte casas de pau a pique e telhados de sapé construídas na beira de um rio de águas diáfanas que se precipitavam por um leito de pedras polidas, brancas e enormes como ovos pré-históricos.

Gabriel García Márquez,
Cem Anos de Solidão

À Vânia, claro.

Vivemos tempos turbulentos em que frequentemente testemunhamos e até somos instados a participar de controvérsias a respeito dos comportamentos das chamadas direita e esquerda no país. As redes sociais hospedadas na internet são a grande ágora moderna onde vale tudo, desde a perseguição a artistas e políticos, ao "cancelamento" de reputações e até as mais deslavadas *fake news*, o grande fenômeno da manipulação de massas no século XXI.

Carlito Lima nos conduz habilmente pelo cenário de seu romance: a Amazônia brasileira e as Alagoas dos anos 60 e 70, em plena ditadura militar, fazendo breves *pit stops* em Minas Gerais, Rio de Janeiro e até Cartagena das Índias e Roma, estas duas últimas como cidades que se tornaram exílio de fugitivos da guerrilha e do regime. Eram tempos conflagrados como é, por incrível que pareça, o Brasil de 2020.

As personagens de Carlito mostram-se muito familiares ao leitor. São mulheres traídas, espancadas, abusadas, enganadas e ao mesmo tempo fortes, intuitivas, capazes de começar de novo e seguir em frente. O machismo e o comportamento libertino dos homens são mostrados como fruto de uma época que naturalizava as noitadas nos cabarés e as relações extraconjugais como necessárias ao equilíbrio e à manutenção do matrimônio.

Ao mesmo tempo, o autor nos surpreende com alguns finais felizes para as histórias aqui narradas. Mas Carlito sabe que depois do "e foram felizes para sempre" há outros fios a puxar, linhas frágeis a costurar as relações afetivas e sociais. Sua literatura *pulp tropical*, em boa hora, traz sedução, cores e sabores a esses tempos sombrios.

Rosana Mont'Alverne, editora

SUMÁRIO

CRIME NA LAGOA MUNDAÚ

A sexta-feira ainda não havia amanhecido. No quarto escuro, Cícero acendeu a luz, acordando os filhos Zezinho, 12 anos, e João, 10. A companheira Gerusa havia preparado café, macaxeira e pão torrado. Os quatro, vestidos com bermudas toscas, descalços, deixaram o casebre de taipa pela porta da cozinha, atravessaram o estreito quintal e passaram pela portinhola da cerca à beira da lagoa Mundaú. Caminharam um pouco dentro d'água e desatracaram a canoa amarrada em um caibro grosso estaqueado no fundo de um lodaçal. Eles subiram à embarcação feita de tronco de aroeira e Cícero segurou forte o remo, empurrando-o no fundo da lagoa e dando velocidade à canoa, rumo à região onde havia maior concentração de sururu àquela época.

Quando chegaram ao melhor local, ele atracou a canoa, jogando a fateixa no fundo do lago. Os quatro desembarcaram mergulhando, a água batendo à altura do pescoço das crianças, e iniciaram uma série de mergulhos até o fundo do lodaçal. Cavavam pedaços de lama dura com as mãos, aos poucos emergindo carregados de crostas de sururu, que colocavam na canoa e chacoalhavam para fazer a primeira peneiração. Quando a canoa se enchia, Cícero a levava até a beira da lagoa, onde duas catadoras retiravam o material para outra peneiração.

Em seguida, as crostas eram levadas ao fogo brando numa panela e o sururu soltava-se de dentro das cascas. Finalmente, as mulheres catavam e socavam o sururu em pequenos sacos plásticos. O produto estava pronto para venda.

Distribuído entre os vendedores, o sururu era comercializado no Mercado Municipal ou vendido pelas ruas dos melhores bairros aos gritos de "sururu fresco". Completava-se, assim, o ciclo de extração e comercialização do molusco mais abundante no estuário das lagoas Mundaú e Manguaba, no estado de Alagoas.

Naquela manhã de sexta-feira, passava das 10 horas quando o menino João, ao emergir da água com uma crosta de lama, falou:

– Meu pai! Parece que tem um peixe grande preso no fundo da lama. Não deu pra ver, a água está muito turva. Vou mergulhar novamente.

Ele mergulhou até o fundo da lagoa e, ao constatar o que realmente era, subiu apavorado, gritando:

– É um homem morto! Um homem morto!

Cícero pulou na água rapidamente e conferiu: era o corpo de um homem, amarrado com cordas. Deu ordem para continuarem pescando sururu mais adiante. Então, nadou até a beira da lagoa e se dirigiu à Delegacia de Bebedouro. Lá chegando encontrou o delegado, cabo Alcides Boaventura, que, ao ouvir a história, telefonou ao Corpo de Bombeiros para pedir ajuda.

A notícia se espalhou rapidamente e moradores e curiosos ficaram aguardando a chegada dos reforços. O delegado recebeu os dois bombeiros, que chegaram com equipamentos de mergulho. Eles desceram até o fundo da lagoa e resgataram, além do homem amarrado em cordas, uma fateixa presa ao corpo para que afundasse. O cadáver estava irreconhecível pelos estragos dos siris, dos caranguejos e do tempo dentro d'água. Levaram-no ao Instituto Médico Legal.

A vítima foi estendida numa pedra para autópsia e os peritos notaram marcas no corpo e um afundamento com talho na parte de trás da cabeça. As cordas e a fateixa para ocultar o corpo na lagoa eram sinal de assassinato.

As rádios noticiaram o crime nos programas policiais. Sábado pela manhã, a Gazeta de Alagoas do dia 19 de março de 1966 abriu o jornal com o ocorrido e, na primeira página, estampou a manchete:

> ASSASSINATO NA LAGOA MUNDAÚ: CORPO FOI ENCONTRADO POR CATADORES DE SURURU
>
> ---
>
> O corpo de um homem ainda não identificado foi encontrado por catadores de sururu no fundo da Lagoa Mundaú, na região de Bebedouro, no início da manhã de sexta-feira. A vítima tinha os pés e as mãos amarrados por cordas, e uma fateixa foi presa junto ao corpo para que afundasse na água.
>
> Com cerca de 1,70m, pele branca e cabelos castanhos, o homem trajava calça de brim, camisa de mangas compridas e gravata. Os estragos feitos por siris e outros crustáceos dificultam sua identificação. De acordo com o Corpo de Bombeiros, a vítima teria morrido há cerca de quatro ou cinco dias. O corpo foi levado imediatamente para o IML.
>
> Devido às marcas encontradas no corpo e na cabeça, a perícia concluiu ser um caso de assassinato. A vítima também teria sido morta antes de ser jogada na lagoa. O inquérito ficará a cargo do cabo Alcides Boaventura, delegado de Bebedouro.

Durante sábado e domingo, os catadores continuaram a faina diária. O sururu era o sustento dos marisqueiros à beira da lagoa, e não existia feriado nas épocas de abundância. À noite, nos quintais das casas e nas biroscas, os boêmios tomavam cachaça com caju e comiam peixe frito, caldinho e moqueca de sururu. Conversavam sobretudo, e naquela noite o assunto palpitante era o crime na lagoa. A imaginação popular criava as mais diversas versões do assassinato. Devido às roupas, paletó e gravata, supunham que a vítima era um cidadão rico. Também surgiram histórias fantasiosas: alguns diziam ser caso de chifre, outros tinham certeza de ter sido disputa por herança de família, coisa de gente rica.

Ninguém por aquelas bandas conhecia o defunto, e ele certamente não havia morado no bairro pobre de Bebedouro.

A SUSPEITA

Na segunda-feira pela manhã, apresentou-se à Delegacia de Bebedouro uma senhora acompanhada de um casal bem-vestido. Usava óculos escuros que mal disfarçavam os hematomas no rosto, causados por alguma pancada "ou, quem sabe, tapas e murros", especulou o delegado Boaventura assim que a viu.

A experiência de mais de trinta anos como policial lhe dizia que aquela senhora tinha ligação com o homem morto da lagoa. Ela vestia uma saia longa discreta e uma blusa de mangas compridas abotoada até o pescoço. Mentalmente, o delegado continuou sua avaliação da mulher: devia ter em torno de 25 anos e estava nervosa, ansiosa. Ele convidou os três a se sentarem nas cadeiras em frente ao seu birô. Depois de se acomodarem, a moça de óculos escuros olhou para o delegado Boaventura e iniciou a conversa, apresentando-se.

– Eu sou Vera Tenório de Moraes e esses são dois amigos, Gabriel e Andreza. O caso é o seguinte: meu marido está desaparecido há alguns dias. Li no jornal que pescadores de sururu acharam o corpo de um homem na Lagoa Mundaú. Quero saber se reconheceram o morto e se existe possibilidade de ser meu marido. Gostaria de fazer o reconhecimento.

– Dona Vera, a vítima está irreconhecível devido aos dias passados dentro da água e à ação dos siris e caranguejos. Se este for mesmo o desejo da senhora, podemos nos dirigir ao Instituto Médico Legal, no bairro do Prado, para essa possível identificação; será uma ajuda extraordinária para as investigações. No entanto, é mais provável que ele seja reconhecido pelas roupas que estava vestido do que pela aparência. Será penoso para a senhora.

Ele a examinou novamente:

– Desculpe a pergunta e a indiscrição, faz parte de meu trabalho: esses hematomas no seu rosto foram causados pelo marido desaparecido?

Vera olhou para Gabriel, que balançou a cabeça em sinal de aprovação. Ela afirmou ao delegado:

– Foram, sim. Terça-feira, no início da noite, ele chegou embriagado em casa. Tivemos uma discussão, ele me bateu forte. Procurou bebida e não achou, então saiu de casa, certamente para beber mais. Eu peguei meu filho e tomei um táxi para a casa de Andreza, minha amiga de infância. Somos como irmãs, estudamos Medicina juntas. Foi a última vez que vi meu marido, ainda estou na casa de Andreza. Quando li a notícia sobre um corpo encontrado por pescadores na Lagoa Mundaú, pensei imediatamente na possibilidade de ser meu marido, há quase uma semana fora de casa. Ele tem bebido muito nos últimos meses, tornou-se um arruaceiro, já se envolveu em várias brigas. Essa não foi a primeira nem a segunda surra que levei, mas certamente foi a última. Vou me separar. Não tem mais jeito.

– Dona Vera, eu gostaria que a senhora me acompanhasse ao IML no carro dos senhores; o jipe da delegacia está com problemas. Sou o responsável pelo inquérito e devo assistir ao reconhecimento, é importante para o andamento das investigações.

Mas devo avisá-la que, com esses hematomas no rosto e com as surras de seu marido, se o defunto for ele, a senhora poderá se tornar suspeita. Vou prevenindo desde já.

* * *

Os quatro chegaram ao IML e foram recebidos pelo médico-legista. Era professor da faculdade de Medicina, conhecia as estudantes. Ao ver as roupas da vítima, Vera assentiu com a cabeça, foi tomada por um ataque de choro e se acalmou num abraço da amiga Andreza. Ela olhou para o médico, decidida:

– Quero ver o corpo.

Advertiram do estado de putrefação. Ela insistiu, disse que era forte, queria ver o marido. Juntamente com o legista, entrou no laboratório onde havia vários corpos congelados. Quando o médico puxou a gaveta, Vera fez uma cara de repugnância e afirmou ser ele. Não precisou ficar mais tempo. Ela pediu para contatar os pais de Fernando para providenciar a entrega do corpo. Estava sem condições emocionais, deu o nome do sogro e o número do telefone. Vera decidiu não comparecer ao enterro; queria esquecer o nome de Fernando para o resto da vida. Só tinha pena do Alfredinho, que adorava o pai.

Na porta do Instituto Médico Legal estavam alguns repórteres. Foram avisados por funcionários que a esposa havia reconhecido o corpo. Vera falou o mínimo com a imprensa. Ao chegarem à delegacia, o cabo Boaventura marcou de colher o primeiro depoimento da viúva no dia seguinte, terça-feira, às 9 da manhã. Marcou também um exame de corpo de delito, etapa imprescindível para as investigações. Orientou que Vera comparecesse com um advogado.

* * *

Os três amigos se dirigiram à casa de Andreza, onde Vera pegou suas roupas e o filho. Retornaria para casa sossegada. Ela perguntou a Gabriel se ele poderia acompanhá-la em seu depoimento na delegacia. Embora sua especialidade fosse direito tributário, ele se prontificou a prestar seus serviços à amiga. Marcou uma conversa entre os dois às 7 da noite para planejar o depoimento e pediu que ela preparasse um café.

Na hora combinada, Gabriel bateu à porta da casa de Vera. Ela o esperava. Usava um vestido leve, solto e simples que lhe dava certa sensualidade, só notada naquela noite pelo amigo de infância. Depois do café, sentaram-se no sofá da sala para combinar as estratégias do depoimento.

– Verinha, quero que me conte tudo. Não oculte nenhum detalhe da história entre você e Fernando. Vou fazer algumas perguntas como se eu fosse o encarregado do inquérito. Foi você quem matou ou mandou matar seu marido?

– Não, claro que não, Gabriel. Você não acredita em mim?

– Não se trata de acreditar ou não, você não entendeu. Vou repetir. Estou interpretando o delegado que vai lhe inquirir, ou seja, fazendo o papel do advogado do diabo. Eu acredito em você, minha querida, tenho certeza de que não matou Fernando. Mas quero toda a verdade. Preciso saber do início: como conheceu Fernando, sua vida com ele, com o filho. Vou ouvir atentamente, depois pensamos em estratégias para você não cair nas perguntas capciosas que o delegado certamente fará.

– Então, vamos à história. Conheci Fernando há cinco anos numa festa no Jaraguá Tênis Clube, num show de Jair Rodrigues. Dançamos a noite toda. Gostei dele, embora me agarrasse muito no primeiro dia. Começamos a namorar. Todas as noites ele aparecia em minha casa, conversávamos bastante, nos entendíamos. Ele não tinha emprego certo, era corretor de imóveis, mas eu pressentia nele um potencial para vencer na vida. Com dois anos, entre namoro e noivado, nos casamos. Logo depois nasceu Alfredinho. Passei um ano em casa tomando conta do filho e estudando, fiz vestibular para Medicina e passei. Foi a maior alegria! Convidei Fernando para sair e comemorar, ele foi quase a pulso. Eu, eufórica, falava sobre meu sonho de ser médica, ele não se empolgou. Depois que comecei a faculdade, tinha duas grandes responsabilidades: cuidar de Alfredinho e estudar. O curso de Medicina é muito puxado, você sabe. Quando Fernando chegava em casa, à noite, eu geralmente estava estudando e tomando conta do nosso filho. Quem pagava a babá do menino durante o dia era minha mãe. Fernando fez vestibular para Direito, não passou, deixou de estudar, se acomodou na venda dos imóveis, não sentia entusiasmo por nada. Eu o aconselhava a frequentar cursos sobre novas técnicas de venda; ele não aceitava e achava que eu o subestimava. Começou a faltar dinheiro em casa para as primeiras necessidades. Minha mãe ajudava com pequenas quantias. Eu senti que Fernando estava sem ânimo para o trabalho.

Gabriel ouvia cada detalhe; Vera continuou a história.

– Certa noite, num aniversário, ele bebeu demais. Voltamos para casa de táxi, ele me fustigando, implicando comigo, dizendo que depois que eu entrei na faculdade, fiquei metida a merda. Falava na frente do taxista. Por fim chegamos em casa, paguei o táxi, aliviada, e pedi desculpas. Sempre nos entendemos bem na cama, nosso sexo era bom, eu gostava. Mas naquela noite, antes de dormir, sem tomar banho, ele olhou para mim e disse com raiva: "Você vai me chupar". Eu fiquei chocada com a maneira dele de falar. Fernando abriu a braguilha e puxou minha cabeça pelos cabelos. Eu obedeci, revoltada. O pior é que ele, bêbado, levantou minha cabeça, me deu um soco no olho e me chamou de puta. Saí correndo com o olho machucado e me tranquei no outro quarto. Chorei até adormecer. No dia seguinte, um domingo, abri nosso quarto devagar. Ele estava dormindo, vestido. Não hesitei. Eu o acordei e mostrei a roncha no meu olho. Ele disse que não se lembrava do acontecido. Ficou murcho, chorou arrependido, quis me agradar. Mas minha raiva era enorme. Foi o começo de tudo. A partir desse dia, ele passou a beber constantemente. Muitas vezes, quando chegava bêbado em casa, fazia o que queria comigo. A raiva aumentava quando ele me humilhava: "Você é melhor do que todas as putas que conheci".

O amigo escutava, surpreso, todos os pormenores narrados por Vera. Era uma boa contadora de histórias. Ela continuou.

– As brigas, aliás, as bebedeiras de Fernando ficaram cada vez mais frequentes. Eu evitava estudar em casa à noite para não levar mais surras. Porém, quando ele chegava embriagado, era inevitável o estupro, além das ofensas. Quando eu reagia, recebia murros e pontapés. Algumas vezes, fugia para a casa de Andreza, que me levava para o sítio para que ninguém visse as marcas no meu rosto. Seu Sebastião e Dona Conceição ficavam indignados. Quando me dava uma surra, Fernando saía de casa por dois ou três dias e perambulava não sei por onde. Depois, arrependido, retornava à nossa casa pedindo desculpas, prometendo nunca mais beber. Eu perdoava porque ele era um pai amoroso, o Alfredinho o adorava, passavam o tempo brincando. Foram muitas as surras que levei, além dos estupros e ofensas de puta para baixo. Eu me sentia humilhada. Ele implicava com meus estudos, dizendo que eu estava metida, e perguntava quem eram meus amantes, para quem eu gostava de dar o rabo – colegas ou professores? Eu me sentia atacada e impotente, não sabia o que fazer. Contava meu drama apenas a Andreza, que dava a maior força para que eu me separasse de Fernando.

Emocionada, Vera parou seu relato por um instante, colocou a cabeça entre as mãos e começou a chorar. Sentados no sofá, Gabriel se achegou e abraçou a amiga, reprimindo uma forte vontade de beijá-la. Pediu apenas para ela se acalmar. Vera continuou:

– Na última terça-feira, aconteceu novamente. Ao entrar em casa, Fernando me encontrou estudando e começou a me xingar e a me bater. Foi uma das piores surras que levei, me deu vários murros na cara. Quando me estatelei no chão, ele me encheu de pontapés em todo o corpo, até cansar. Então sentou numa cadeira, colocou as mãos no rosto e chorou. De repente, levantou e saiu de casa sem dizer uma palavra, certamente para beber. Foi a última vez que vi meu marido. Acordei Alfredinho e tomei um táxi para a casa de Andreza. Seu Sebastião estava lá, de visita na casa da sua irmã, conversando com o filho, Antônio. Ao vê-los, tentei esconder as marcas da surra, mas não consegui. Eles ficaram horrorizados, indignados: "esse cafajeste do Fernando merecia uma surra ou um tiro nos cornos", disse Seu Sebastião.

Vendo que Gabriel ouvia com atenção, Vera concluiu:

– Essa é a história, querido Gabriel. Eu não matei nem mandei matar Fernando, mas me sinto aliviada, esperançosa com a possibilidade de uma vida nova daqui para frente. Confesso a você, meu amigo: não sinto nem um pouco a morte do meu marido. Quanto ao Alfredinho, ainda é novo, com o tempo irá esquecer.

Foram interrompidos pelo telefone. Era o sogro, avisando que o enterro de Fernando seria no dia seguinte, às 5 da tarde, no cemitério Nossa Senhora da Piedade. Vera ainda considerava se iria ao enterro quando o sogro passou o telefone para a sogra, que foi gritando: "assassina! Assassina! Você mandou matar o meu filho! Você vai morrer!".

Vera desligou o telefone e contou o diálogo a Gabriel. Depois de ouvir atentamente, encantado com a maneira franca e fascinante de Vera narrar sua história, o amigo e advogado deu-lhe as primeiras orientações.

– Minha querida, por enquanto você só vai contar a parte da história que nos interessa. Fernando tinha inveja e ciúmes por você estar estudando Medicina. Ele se sentia um fracassado e quando chegava bêbado em casa, lhe batia com murros, tapas e pontapés. Ficava violento. Esses episódios começaram a se tornar mais frequentes e nessa última surra de terça-feira, você estava decidida a se separar, mas não teve a oportunidade de conversar sobre isso porque ele desapareceu. Omita os pormenores do sexo, de que ele a sodomizava quando estava bêbado. Isso vai atiçar a imprensa. Seja firme quando disser que não o matou nem mandou matá-lo. Nossa conversa foi muito proveitosa, descobri uma Vera que desconhecia. Você é uma mulher de valor e fibra. Amanhã venho te buscar. Esteja pronta às 8 horas, não gosto de chegar atrasado.

Caminharam até a porta, deram um abraço e beijaram-se no rosto. Vera agradeceu:

– Obrigada, Gabriel, meu anjo.

Ele se lembrou da prima Leonor, que só o chamava de anjo.

* * *

Na manhã de terça-feira, os jornais estamparam manchetes sensacionalistas com a fotografia de Vera na primeira página.

ESPOSA RECONHECE HOMEM MISTERIOSO ASSASSINADO E ENCONTRADO NA LAGOA MUNDAÚ

Ontem, por volta das 9 da manhã, compareceu à Delegacia de Bebedouro a Sra. Vera Tenório de Moraes, estudante de Medicina, acompanhada de dois amigos. Depois de prestar declarações preliminares, dirigiram-se ao Instituto Médico Legal, onde a senhora reconheceu a vítima como seu esposo, Fernando Moraes.

A polícia concluiu que houve assassinato com tentativa de ocultação do cadáver. O delegado afirmou também que a vítima batia na esposa, que ainda tem o corpo marcado por hematomas. Será feito o exame de corpo de delito e a viúva dará seu primeiro depoimento oficial. Dado o histórico de violência entre o casal, a esposa se tornou a primeira suspeita do Crime da Lagoa.

COMANDANTE

Era uma tarde chuvosa quando o navio Princesa Isabel atracou no porto de Belém do Pará. Com apenas uma mala na mão, o tenente Mário Márquez Peixoto, elegantemente fardado, estava pronto para o desembarque. Depois de aprontarem a rampa de acesso, ele desceu. Mário pisou no chão do cais e olhou para o alto, avistando Adalgisa no convés do transatlântico. A baiana lhe acenava com a mão, retornava a Salvador no mesmo navio. Durante a viagem, acontecera uma inesperada e arrebatadora lua de mel entre os dois. Foram três dias e meio de amor em pleno Oceano Atlântico, viajando desde o Recife.

Mário tomou um táxi e se dirigiu ao Quartel General da 8ª Região Militar. Procurou o Departamento de Pessoal, onde foi informado de que, dentro de cinco dias, embarcaria para Manaus, sede do Comando Militar da Amazônia, no navio Lobo D'Almada. Mário gostou da oportunidade, teria esses dias livres para conhecer a belíssima cidade de Belém. Hospedou-se no Quartel da 5ª Companhia de Guardas, onde o comandante lhe cedeu uma cama e um armário no quarto dos oficiais. Os colegas, tenentes solteiros, encarregaram-se de mostrar-lhe a boemia de Belém. Em sua primeira noite, conheceu Carla Nobre, poeta de Macapá e estudante de Direito, que se tornou sua guia turística particular e amante acidental nas horas vagas. Mário conheceu Belém pelas mãos e boca da encantadora Carla, mulher bonita, de rosto redondo, lábios encarnados, cabelos cacheados e uma sensualidade explícita.

Os dois passearam pela Feira de Ver-o-Peso, símbolo da cidade de Belém, considerada uma das maiores feiras livres da América Latina. Lá, Mário degustou e se apaixonou pelo pato no tucupi, delícia da cozinha amazônica. Provou ainda o açaí e outras frutas frescas.

A feira também era famosa por suas ervas medicinais, e Mário aproveitou para comprar raízes afrodisíacas. À noite, fez um chá da erva e tomou uma xícara antes de cair nos braços da namorada acidental. Funcionou, disse a parceira, satisfeita e feliz, antes de adormecer. No dia seguinte, Carla o levou à Estação das Docas, três armazéns de ferro inglês do século XIX, onde haviam sido adaptados restaurantes e bares, dando origem a um complexo gastronômico e cultural às margens da Baía do Guajará. Passearam de barco pelo rio, apreciando o pôr do sol e visitaram o Forte do Presépio, cujo nome original, no século XVII, era Forte do Castelo do Senhor Santo Cristo do Presépio de Belém.

Carla ainda levou seu turista a um concerto de música clássica no Theatro da Paz, prédio em estilo neoclássico construído na época áurea da borracha. Os dois caminharam pelas bucólicas ruas da cidade, cheias de frondosas mangueiras, esperando a assídua e pontual chuva das 5 da tarde. Mas o melhor das noites belenenses aconteceu no pequeno apartamento onde Carla morava. Depois de um prolongado banho a dois, caíram na cama, amando-se de frente, de lado, de costas. Amor terno e carinhoso seguido de sexo selvagem. Ainda sobrava tempo para ler e recitar poesia, um vício de Carla, a poeta. Na noite de despedida, ela observou, às gargalhadas:

– Meu querido tenente, em cinco dias, além de Belém, você conheceu todas as curvas, colinas e florestas do meu corpo.

Carla levou seu querido turista ao cais do porto, despedindo-se entre beijos e abraços. Foram inesquecíveis dias de amor. Quem sabe um dia tornariam a se ver? Embarcado no pequeno Lobo D'Almada, Mário acenava para Carla enquanto se afastava lentamente do cais. Durante uma semana, o navio aportou em várias cidades ao longo do Rio Amazonas: Breves, Santarém, Óbidos, Parintins, entre outros lugarejos menores. Conhecer essas cidades ribeirinhas foi uma experiência inesquecível. Mário ficou fascinado com o encontro das águas imiscíveis do Rio Solimões e do Rio Negro perto da cidade de Manaus.

* * *

Ao apresentar-se no Quartel General do Comando Militar da Amazônia, o tenente Mário foi informado de que iria comandar o 9º Pelotão de Fronteiras no Território de Roraima. Seria o responsável direto pela fiscalização e guarnição das fronteiras com a Venezuela e com a Guiana Inglesa. Entregaram-lhe uma passagem de avião da Companhia Aérea Cruzeiro do Sul para Boa Vista, capital do território, sua nova morada nos próximos anos.

Antes de partir, o coronel Almeida, do Estado Maior do CMA, transmitiu a Mário duas informações do general-comandante militar da Amazônia sobre o território de Roraima:

1. Na Guiana Inglesa havia uma forte campanha para conquistar a independência da Grã Bretanha. Após muitas manifestações e violência nas ruas, o povo guianense estava perto de alcançar seu objetivo. O maior incentivador

dos manifestos era o líder Cheddi Jagan, de descendência indiana e ideias socialistas. A ordem era enviar qualquer informação sobre acontecimentos políticos da Guiana Inglesa e da Venezuela, e não permitir, em nenhuma hipótese, manifestações políticas de estrangeiro em território brasileiro.

2. Havia um problema que o novo comandante teria de resolver: o último comandante do 9º Pelotão de Fronteiras, tenente Ubiratã, havia realizado manobras militares acampando com dez soldados em Tepequém, região de garimpo de diamantes nas montanhas de Roraima. Durante as folgas do treinamento militar, os soldados aproveitaram para garimpar com peneiras e conseguiram obter alguns diamantes brutos. Ao passar por Manaus, o tenente Ubiratã, que estava transferido para o Rio de Janeiro, informou ao general-comandante do CMA que havia deixado no cofre do 9º Pelotão de Fronteiras um frasco cheio de diamantes brutos. Não sabia com precisão a quantidade nem o valor. A chave do cofre estava com o subtenente Tarcísio. O general não queria saber dessa história e pedia ao novo comandante do 9º Pelotão que negociasse essas pedras de diamantes, trocando por tijolos ou telhas ou qualquer material para beneficiar o prédio do quartel. E que não relatasse oficialmente o caso do garimpo em nenhum documento. Queria dar um ponto final no problema criado pelo tenente Ubiratã.

No dia seguinte, Mário embarcou no aeroporto de Manaus para o Território de Roraima. O avião sobrevoou por mais de uma hora a exuberante floresta amazônica, entrecortada por caudalosos rios. Quando enfim entrou na região da cidade de Boa Vista, Mário ficou surpreso, encantado com um planalto dentro da Amazônia: a região parecia os pampas gaúchos.

Ao pousar na pequena pista, dois tenentes esperavam o novo comandante: Cid, o médico, e Wanderley, o dentista. Levaram Mário para a casa dos oficiais solteiros, onde um quarto confortável o aguardava. Nos outros quartos moravam os tenentes que foram buscá-lo, que, embora fossem casados, preferiram não levar a família para a fronteira. Durante a noite, os três conversaram bastante, contando histórias, trocando informações sobre o pelotão. Esvaziaram uma garrafa de uísque escocês legítimo, importado da Guiana Inglesa.

Na manhã seguinte, o tenente Mário assumiu o comando do 9º Pelotão de Fronteira. Foi apresentado aos sargentos, cabos e soldados durante a formação matinal e percorreu todas as repartições no prédio – administração, alojamentos dos soldados, cozinha, almoxarifado, carpintaria, salas de instrução. A rotina do pelotão era semelhante à de qualquer quartel: alvorada às 5h da manhã, educação física para todos os militares, sem dispensa, a partir das 6h, depois banho e café da manhã. Às 8h em ponto, diariamente, era realizado o hasteamento da bandeira do Brasil e o canto do Hino Nacional, seguido do desfile da tropa perante o comandante. No início do expediente, os soldados tomavam cada qual seu destino conforme o Quadro de Trabalho Semanal, ou QTS. Ao meio-dia era o intervalo para almoço, geralmente comida básica, arroz, feijão, macarrão e conserva; uma ou duas vezes na semana havia carne de gado. O expediente terminava às 16h. A bandeira do Brasil era arreada pelo pessoal de serviço, diariamente, às 18h. Entre 16 e 17h funcionava a escola regimental, onde duas professoras davam aula aos soldados analfabetos e semianalfabetos, a maioria de origem indígena.

Depois do expediente, restava ler um livro, conversar com amigos ou tomar uma cerveja no Bar da Paracat, ponto de encontro da juventude e da boemia de Boa Vista. O centro da pequena cidade não era longe, e Mário gostava de voltar caminhando. Quando faltavam 10 minutos para as 22h, as lâmpadas dos postes da cidade piscavam, dando o sinal. Às 22h, todo o serviço de eletricidade era suspenso até as 6h da manhã do dia seguinte. A cidade ficava no escuro, usava-se lampião e geladeira a gás. Dona Paracat colocava um potente candeeiro para atender os boêmios contumazes, principalmente aos sábados, quando seu bar-restaurante ficava aberto até altas horas da noite.

Nos arredores da cidade havia um cabaré frequentado por funcionários públicos, garimpeiros e aventureiros. Para atrair a clientela, anunciavam mulheres vindas de Manaus, Belém, Caracas e das Guianas. O tenente Wanderley frequentava a Boate Casablanca toda sexta-feira; ao sair de casa, dizia que ia afogar o ganso. Sozinho, tomava uma mesa, a pistola 45 na cintura. Escolhia uma mulher, convidava-a como companhia e bebia algumas doses de uísque antes de ir para o quarto. Por volta de 1h da manhã, terminado o serviço, pagava bem e se recolhia. O carro que alugava para levá-lo ao cabaré aguardava do lado de fora para deixá-lo em casa.

Wanderley era bastante respeitado, temido e querido. Certa noite, houve uma altercação: um bêbado colocou um disco na radiola à pilha e quis dançar com a garota que acompanhava o tenente. Ele mandou o sujeito procurar outra mulher, mas o bêbado insistiu outras vezes. O tenente chateou-se e puxou a pistola 45 do quadril. Naquele momento tenso, todos se deitaram no chão. Wanderley apontou a arma para a radiola e disparou, deixando o disco e o aparelho aos pedaços. Sem se perturbar, entrou no quarto com a rapariga. Quando acabou o serviço, o motorista o levou em casa. Na sexta-feira seguinte, Wanderley retornou e presenteou a dona do cabaré com uma radiola nova, mais moderna. A cafetina agradeceu: "Aqui ninguém mexe com o senhor". E quem iria mexer? Wanderley era casado, tinha dois filhos no colégio, sua família permanecia em Cruz Alta, no Rio Grande do Sul. Também era excelente dentista, querido pelos soldados e pela população da cidade, que recebia seus serviços no quartel gratuitamente. Aos domingos, gostava de preparar um churrasco no quintal da casa dos oficiais. Os convidados levavam uísque escocês e cerveja holandesa. Cervejas brasileiras, não havia para venda, os preços eram proibitivos. A cidade de Boa Vista não tinha acesso a Manaus por estrada nem pelos rios, todos os produtos chegavam via aérea. A maioria do que era consumido pela população de Boa Vista vinha de Georgetown, capital da Guiana Inglesa. A fiscalização alfandegária fazia vista grossa para o chamado contrabando da sobrevivência.

O comandante Mário se adaptou rapidamente à nova vida. Certo sábado, o governador do Território de Roraima ofereceu um jantar ao novo comandante do 9º Pelotão de Fronteira. Em uma casa moderna, construída pelo Governo Federal, ele e a esposa receberam os oficiais da 9ª Companhia de Fronteiras, entre eles o tenente Guimarães, subcomandante recém-casado que raramente saía à cidade; preferia ficar em casa, em lua de mel com a esposa. Nesse jantar, Mário conheceu funcionários, fazendeiros, madeireiros, comerciantes, professores e outras figuras importantes do extenso Território de Roraima, assim como foi apresentado às mulheres mais descoladas da pequena cidade. A partir desse dia, passou a ser sempre convidado para festas, casamentos, convescotes. Chamavam-no "comandante", e ele, por sua simplicidade, tornou-se popular em Boa Vista. Como usava o jipe militar do Comando apenas em ocasiões oficiais, comprou uma lambreta, que muito lhe serviu naquela cidade plana.

O comandante se tornou o queridinho das mulheres na cidade. Na casa do governador, conheceu Malu, morena do sorriso bonito que em pouco tempo se tornou sua amada-amante. Comerciante, tinha uma loja de perfumes, camisas e uísques. Trazia os produtos de Georgetown, para onde viajava todos os meses a fim de abastecer a Loja Malu, situada na sala da casa que dividia com a mãe. Na verdade, a moça era uma contrabandista de "primeiras necessidades".

Mesmo sabendo da ligação com Malu, as mulheres da cidade continuavam a dar em cima de Mário. Ele não queria compromisso, ficava com quem aparecia nas festas, nos convescotes. O Comandante gostava daquela situação: depois do expediente, arrumava-se e partia na lambreta em busca de aventuras.

UM NATAL INESQUECÍVEL

Quando Mário conheceu o subtenente Tarcísio, perguntou-lhe discretamente pelos diamantes. O subordinado se ofereceu para mostrá-los quando o comandante quisesse. Escolheram quarta-feira à tarde, quando não havia expediente no quartel. Na sala do almoxarifado havia um cofre embutido na parede. O subtenente mostrou o segredo e pediu para o comandante abrir. Mário seguiu os números e deu voltas à esquerda e à direita no disco. Na última volta, puxou a portinhola pesada, abriu o cofre e logo viu um frasco de vidro branco, cheio de pedras. Ele retirou o frasco do fundo do cofre, abriu a tampa e tocou nas pedras com o dedo indicador. Perguntou quanto valia. O subtenente não tinha ideia. Mário colocou o frasco de volta e trancou o cofre.

Certo dia, conversando com Malu, Mário quis saber se ela conhecia alguém que avaliava pedras preciosas e diamantes. Malu deu um sorriso irônico e respondeu com outra pergunta:

– São os diamantes que o comandante Ubiratã garimpou com os soldados em Tepequém?

– Você sabe da história secreta dos diamantes?

– Que secreta o quê! Em Boa Vista, todo mundo sabe do caso dos diamantes do comandante Ubiratã. Se você quiser, podemos ir amanhã à casa de um amigo, Jorge Maduro, o Pisa Miúdo. É de minha confiança. Ele pode avaliar e até comprar os diamantes.

No dia seguinte, por volta das 18h, Mário bateu na porta da Malu. Ela deixou a mãe tomando conta da loja, montou no bagageiro da lambreta e foi mostrando a direção até chegarem à casa do Pisa Miúdo, que já os esperava. Jorge os recebeu e convidou o comandante a se sentar, perguntando como poderia ser útil. Mário tirou o frasco do bolso e perguntou se ele poderia avaliar aqueles diamantes em estado bruto, sem lapidação. Pisa Miúdo colocou o frasco em cima da mesinha e derramou o conteúdo, espalhando as pedras. Com uma lupa, olhou cada uma delas, separando-as em três pequenos montes. Somando as pedras dos três montículos, ele calculou o valor total. Quis saber do comandante:

– Quer receber o valor em dinheiro ou em mercadoria?

– Qual seria a mercadoria da negociação?

– Posso trazer várias coisas de Georgetown: uísque, perfume, roupa, brinquedo à pilha, boneca italiana que fala, radiola, o que o senhor quiser.

– Qual a qualidade e a procedência desses brinquedos?

– São brinquedos italianos: carros, caminhões de bombeiro, ambulâncias, lindas bonecas que falam, choram e riem.

– Eu preciso de uma relação com a quantidade e a procedência de cada brinquedo que receberia em troca das pedras.

– Se o senhor esperar, farei essa relação agora. Tenho alguns brinquedos que trouxe recentemente para vender no Natal. Vou buscá-los.

Jorge se levantou, saiu da sala e retornou com alguns brinquedos. Colocou-os no chão e ligou, fazendo-os funcionar. Eram todos movidos à pilha.

O comandante testou todos, brincando como uma criança. Com a ajuda de Malu, a negociação se estendeu até mais tarde. Ao final, ficou acertada a troca daquele frasco de pedras brutas por 340 brinquedos de alta qualidade, de bonecas italianas falantes a carrinhos de pilha. Marcaram a data de entrega para 21 de dezembro, três dias antes do Natal.

Jorge Pisa Miúdo tomou um avião para Georgetown, procurou e negociou a mercadoria. Na noite do dia 20 de dezembro, um caminhão com 340 pacotes de brinquedos entrou na pequena cidade de Boa Vista e estacionou em frente à casa do Pisa Miúdo. No dia seguinte, o comandante e três sargentos conferiram a carga e entregaram o frasco de diamantes brutos.

Na véspera de Natal, o cabo Perna se fantasiou de Papai Noel. Os filhos dos sargentos, cabos e soldados, além de alguns moradores carentes da redondeza, todos devidamente cadastrados e organizados em fila, receberam de presente um brinquedo que seus pais jamais poderiam ter comprado. Festa de Natal inesquecível. De quebra, vieram ainda duas caixas de uísque escocês. O comandante mandou sortear as 24 garrafas entre todos os militares presentes, do soldado ao tenente. Assim ficou resolvido o caso dos diamantes garimpados em Tepequém, sem relatório, sem registro. Solução salomônica do comandante, ajudado por sua namorada Malu. O povo de Boa Vista não esqueceu o gesto, e por muitos anos foi contada a história do Natal dos Diamantes – às vezes, é claro, com um pouco de exagero.

AS PROFESSORAS

No início do ano letivo, o Governo do Território de Roraima contratou, por concurso, seis professoras para trabalhar na Secretaria de Educação. Mário as conheceu num evento dos alunos, na apresentação da peça teatral "Pluft, o Fantasminha", para a qual fora convidado. O comandante gostou das professoras paulistas. Passou a visitá-las com frequência, todas mulheres inteligentes, independentes, solteiras e livres.

Por sua cultura, seu jeito nordestino e pensamento liberal, Mário também causou boa impressão às moças. É verdade que havia certo desconforto político com duas delas, militantes de esquerda no tempo da faculdade, mas isso não atrapalhava os encontros. As professoras moravam num conjunto habitacional do governo, e geralmente os amigos se reuniam na casa de uma delas. Outro membro assíduo do grupo era o professor Alex, carioca, ator e diretor de teatro, contratado para ensinar a disciplina nas escolas de Boa Vista. As conversas e discussões estendiam-se até tarde da noite, sempre com a ajuda das lamparinas e do bom uísque.

A amizade se estreitou quando Mário deu grande apoio aos jogos estudantis realizados pela Secretaria de Educação.

O campo de futebol do quartel ficou à disposição dos alunos e até a pista de atletismo foi restaurada para a competição. Com seu entusiasmo pelo esporte, Mário logo tomou frente da organização do evento. As professoras se encantaram com sua maneira proativa de trabalhar. Mário passou a ter uma vida social intensa na pequena cidade.

O comandante gostava do convívio com a turma das professoras. Àquela altura, encontravam-se duas ou três vezes por semana. Certa noite de sexta-feira, elas organizaram um jantar para amigos e Mário apareceu com uma garrafa de uísque. Houve uma bebedeira mais prolongada, noite alta; enquanto alguns convidados dormiam no sofá, outros discutiam o futuro do Brasil.

Quando se viu a sós com o comandante, a professora Virgínia, de Presidente Prudente, puxou-o pelas mãos e arrastou-o até sua casa. Os dois entraram no quarto e se abraçaram por um instante, até que Mário segurou o rosto da mulher e a beijou na boca. Tiraram a roupa um do outro, entraram no banheiro e abriram a ducha, ainda abraçados. Enquanto a água jorrava, ela gemia e estremecia. Mário se levantou devagar e a levou de volta para o quarto. Pela manhã, ele acordou nu, viu que Virgínia dormia ao seu lado apenas de calcinha e excitou-se com aquele corpo esguio, com aquela pele macia. Ele se aproximou, beijou e lambeu a nuca da professora. Ela acordou sorrindo, e entre beijos e carícias, reiniciaram o ritual de amor naquela manhã ensolarada de sábado.

Na segunda-feira, chegou uma carta para o comandante. Ele reconheceu a letra do pai, ficou feliz, abriu a carta e a leu sentado na poltrona do gabinete de Comando.

Maceió, 27 de março de 1966

Querido Mário, meu afetuoso abraço.

Aproveitando a bela manhã de sol nesse mês de março, sentado no meu velho birô de jacarandá, apreciando pela janela o azul esverdeado do mar da Avenida da Paz, tenho a enorme alegria de conversar com meu filho querido por essa curta missiva.

Recebemos sua última carta, e nos encheu de alegria saber da sua satisfação e orgulho em comandar o 9° Pelotão de Fronteiras no longínquo Território de Roraima. É um trabalho árduo liderar os soldados brasileiros que guarnecem nossas fronteiras. Gostei bastante da solução salomônica trocando as pedras de diamantes por brinquedos de alta linhagem durante o Natal. Imagino a alegria da criançada recebendo esses preciosos presentes. Sei que você é um homem equilibrado e que esses dois anos passarão depressa, antes mesmo que seu espírito aventureiro perceba.

Em casa estamos todos com saudades, sempre trazemos você para nossas conversas. Seu avô não lhe esquece, lembrando que seu lugar está guardado na construtora.

A grande novidade está estampada nas manchetes dos jornais nesses últimos dias. Infelizmente tenho de lhe comunicar o assassinato do Fernando, marido da Vera. Sua irmã, como grande amiga, ficou abalada, mas está dando toda atenção possível a ela e a seu filho, o Alfredinho. Gabriel, seu irmão, é o advogado de Vera. Existem suspeitas de que Vera foi a autora do crime, no que não acredito.

O corpo de Fernando foi encontrado no fundo da Lagoa Mundaú por catadores de sururu. Os bombeiros retiraram o corpo, que estava enganchado e amarrado numa fateixa. Por trás da cabeça de Fernando havia uma fenda provocada por uma pancada. O crime tomou conta da cidade, os jornais e rádios estão sempre trazendo notícias sobre o "Crime da Lagoa".

A verdade é que Fernando era um arruaceiro, vivia brigando na zona de mulheres em Jaraguá. Fez muitos inimigos. Descontrolado com dinheiro, vivia nas mãos de agiotas. A nossa querida Vera sofreu muito com ele, chegando a ser surrada quando chegava bêbado em casa. Ele tinha inveja e despeito por ela estudar Medicina. O mundo não perdeu muita coisa. Analisando o caso friamente, vai ser difícil elucidar esse crime. Parece que será mais um caso arquivado na polícia.

Isabel está aqui comigo, veio me buscar para iniciar a feijoada dominical, a casa já está cheia de parentes e amigos que retornaram da praia. Sua mãe manda-lhe um beijo, está morrendo de saudades.

Até a próxima. Vamos ao feijão.
Um abraço do pai que tanto lhe ama,

Bernardo.

O ADVOGADO

Naquela noite, ao sair da casa de Vera, Gabriel sentiu o frescor do beijo da amiga em sua face. Chegou em casa, cumprimentou seu querido pai, Doutor Bernardo, e sua mãe, Dona Isabel, que quis saber como foi a conversa com Vera. Ele resumiu, tinha certeza da inocência da amiga. Foi ao quarto do filho, Sidney, que dormia com um sorriso nos lábios. Gabriel amava aquela pequena criatura.

Passava pouco das 9 da noite quando ele se deitou para ler um livro, tentando dormir. Mas não conseguiu se concentrar na leitura nem dormir. Levantou-se, vestiu a roupa e desceu à sala do bangalô. Seu pai tentava melhorar a imagem da televisão mexendo na antena interna. Naquela época, o estado de Alagoas não possuía sinal próprio de TV. Doutor Bernardo perguntou instintivamente a Gabriel aonde ele ia àquela hora. O filho respondeu que precisava alinhar algumas ideias, no dia seguinte teria audiência, iria caminhar pela calçada da orla.

Atravessou a Avenida da Paz, caminhando pela calçada, por baixo das frondosas amendoeiras, e dirigiu-se à região boêmia de Jaraguá. Entrou na Rua Sá e Albuquerque, onde se enfileiravam várias boates em casarões antigos. Passou pela Tabariz e pela Boate Alhambra; preferiu a São Jorge, mais refinada.

Subiu a íngreme escadaria e se deparou com um movimento fraco: não havia nem conjunto tocando, apenas algumas garotas solitárias sentadas à mesa à espera de clientes interessados numa noitada de amor.

Ao ver Gabriel, o dono da boate, Benedito Alves dos Santos – mais conhecido como Mossoró –, aproximou-se de sua mesa. Cumprimentaram-se como velhos amigos. Gabriel perguntou se havia alguma novidade especial e Mossoró respondeu que aparecera por ali uma sertaneja bonita, que estava na vida há apenas um mês. Dentro de alguns minutos, o proxeneta surgiu com uma mulher nova, cabelos louros cacheados, pele branca e macia, olhos esverdeados. Seu nome era Marta, e ao ver sua pele e olhos claros, Gabriel notou que descendia de holandeses, fugitivos derrotados na Batalha dos Guararapes, em Pernambuco, que acabaram se embrenhando no sertão alagoano. Conversaram por pouco tempo; foram logo ao quarto do amor. A moça era uma deusa na cama. Terminado o encontro, ele retornou para casa. Seu pai dormia na cadeira de balanço com a televisão ligada, chuviscos na tela. Gabriel subiu, entrou no quarto, tomou um banho de água morna, vestiu o pijama e dormiu como um menino.

Acordou às 6 da manhã renovado. Como de praxe, colocou um calção de banho, atravessou descalço a Avenida da Paz, desceu à praia, correu até o Morro Tom Mix, nas dunas da Praia do Trapiche, e retornou. Depois, passou pelo coreto da avenida, correu em direção ao mar e mergulhou por cima das marolas, nadando algumas braçadas. Em casa, vestiu um terno de linho branco. Tomou um café da manhã reforçado e brincou com o filho, Sidney, criança muito alegre. Às 8 da manhã estava em frente à casa de Vera, acompanhado de sua irmã Andreza, que fez questão de dar apoio pessoal à amiga.

Chegaram à delegacia às 8h45 e tomaram assento em cadeiras espalhadas na sala de espera. Às 9h em ponto, um soldado solicitou educadamente que entrassem. Junto ao escrivão, que teclava uma velha máquina de escrever, o delegado Alcides cumpriu as formalidades preliminares, perguntando nome e endereço da testemunha, ou suspeita. Foi de repente que fez a tão temida pergunta:

– Dona Vera Tenório de Moraes, a senhora matou seu marido, Fernando Almeida de Moraes?

– Não, senhor delegado – respondeu segura, olhando nos olhos do inquisidor.

– A senhora pode contar o que aconteceu na noite da última terça-feira em sua residência, envolvendo a senhora e seu marido?

– Posso sim, senhor delegado – Vera disse com firmeza, e iniciou a narrativa de todo o entrevero, desde o momento em que o marido entrara bêbado em sua casa até o momento em que fora embora. Lembrou-se de omitir o detalhe do sexo, como Gabriel havia orientado. De vez em quando, o datilógrafo pedia para que ela repetisse algum fato. Com paciência, ela contava novamente a história, mais devagar.

O delegado Alcides perguntou se ela sabia de algum envolvimento do marido com supostos inimigos. Vera respondeu que desconfiava de alguns casos, mas não conhecia os detalhes nem as pessoas envolvidas. Disse também que, nos últimos meses, Fernando havia se entregado à bebida e às drogas. Ele participara de algumas arruaças na Zona do baixo meretrício e, em certa ocasião, por causa de uma briga, foi preso na delegacia de Jaraguá.

Quando Vera acabou seu depoimento, Gabriel levantou discretamente o dedo polegar para ela, em sinal de aprovação.

Em seguida, o delegado convidou a depoente para realizar o exame de corpo de delito no Instituto Médico Legal. Foram os quatro no carro de Gabriel. Ao chegarem, uma médica estava à espera. Ela levou Vera a uma sala e examinou cuidadosamente todo o seu corpo, para logo após, assinar o laudo do exame, constatando vários hematomas causados por murros e pontapés. Andreza assistia aos exames enquanto Gabriel esperava na sala. Enfim foram liberados e saíram para almoçar na casa do Doutor Bernardo. Queriam conversar, comentar detalhes do depoimento. Gabriel notou a expressão sorridente de Vera. Ela estava agradecida a toda a família pelo apoio, principalmente a seu advogado, o anjo Gabriel.

Na quarta-feira pela manhã, os jornais estamparam manchetes e notícias semelhantes.

ESPOSA NEGA TER ASSASSINADO MARIDO

Na manhã de quarta-feira (14), compareceu à Delegacia de Bebedouro, acompanhada de seu advogado, a Sra. Vera Tenório de Moraes, viúva e suspeita do assassinato do empresário de imóveis, Sr. Fernando Almeida de Moraes, cujo corpo foi encontrado no fundo da Lagoa Mundaú.

A Sra. Vera, que é estudante de Medicina, depôs perante o delegado cabo Alcides durante duas horas. Após o fim do inquérito, a testemunha foi direcionada ao Instituto Médico Legal para ser submetida ao exame de corpo de delito, que constatou marcas e hematomas provenientes de murros e pontapés de seu marido. O episódio aconteceu na noite da última terça-feira, logo antes do desaparecimento de Fernando.

> A estudante foi liberada, mas segue proibida de sair do estado enquanto for considerada suspeita. No entanto, o inquérito em breve poderá tomar outro rumo, já que foi constatado que o indigitado era assíduo frequentador da zona do bairro boêmio de Jaraguá, onde se envolveu em diversas brigas, chegando até a ser preso. A esposa confirma que ele possuía inimigos.

Depois do ocorrido, Vera continuou sua vida de universitária. Recebia uma pequena ajuda dos pais para sobreviver e seguiu morando em sua pequena casa, cuja maior vantagem era ser próxima da faculdade e do centro da cidade.

O SÍTIO

No fim de semana após o inquérito, a família foi comemorar os 74 anos de Dom Pablo no Sítio Manguaba. Vera, que era amiga, pegou carona no carro de Antônio, enquanto outros convidados foram de lancha. Além de parentes, apareceram figuras contumazes das reuniões que aconteciam no sítio do colombiano, onde escritores, intelectuais, políticos e boêmios se juntavam para conversar, declamar, cantar, comer e beber, às vezes até o dia amanhecer.

As crianças estavam eufóricas com a piscina recém-construída à beira da lagoa. Gabriel tomava um uísque na varanda e conversava com o avô, enquanto Vera se mostrava alegre, bem à vontade, vestida em uma saída de praia. Ele ficou observando-a de longe. Na hora do almoço, ela se sentou ao lado do amigo advogado e sorriu para ele, comentando quase num sussurro:

– Estou achando você meio retraído. O que houve, meu salvador? Algum problema comigo?

– Vera, você foi formidável no inquérito, segura e forte. Seu depoimento estava consistente, passou a maior credibilidade. Você foi sua própria salvadora. Fiquei impressionado, conheci a verdadeira Vera, melhor amiga da minha irmã. Quero saber como você está se sentindo, a falta que Fernando lhe faz, como está se comportando o Alfredinho.

– Posso dizer, com certeza, que me sinto aliviada. Não vou mentir: estou feliz. Se soubesse que teria esse alívio no coração e minha liberdade de volta, teria eu mesma matado o Fernando há mais tempo. Digo sem rodeios, Gabriel: nunca me senti tão bem. Apenas Alfredinho não esquece o pai, mas o tempo o fará. Sou uma mulher livre para fazer o que quiser e bem entender. Foi muito importante sua orientação, sua dedicação, sua inteligência... Nem precisei de um advogado criminal. Fico lhe devendo essa pelo resto da vida. Mas agora eu é que pergunto: quem terá matado Fernando? Estou curiosa para saber quem me trouxe essa felicidade!

Nesse momento foi servido o almoço: peixada de coco, moqueca de siri mole e fritada de camarão. Os familiares de Dom Pablo se empanturraram e cantaram "Parabéns" para o Colombiano. Ao entardecer, reunidos em torno de uma pesada mesa de madeira, embaixo de uma mangueira à beira da lagoa, familiares e amigos tomavam cerveja gelada e uísque e comiam peixe frito. O tema da conversa era a convocação dos jogadores brasileiros para a Copa do Mundo na Inglaterra. Passado algum tempo, Antônio convidou seu colega, o engenheiro Mirandinha, também excelente violonista e cantor, para alegrar o ambiente cantando clássicos da bossa nova e outras canções modernas que estavam aparecendo nos festivais de música popular no Rio, transmitidos pela televisão. Em Maceió, o povo acompanhava a reprise dos eventos um ou dois dias depois, nas telas trepidantes com som de péssima qualidade. Cantaram as músicas do disco mais vendido, "Dois na Bossa", com Elis Regina e Jair Rodrigues. Mirandinha fez a festa com seu violão.

Sebastião, morador e administrador do sítio, fazia parte da família: seu filho Antônio casou-se com Andreza, neta de Dom Pablo. Ele se aproximou de Vera e perguntou como ela estava, quis saber se o menino Alfredinho sentia a morte do pai. Vera ficou sensível com a preocupação de Seu Sebastião, que a vira chegar espancada à casa de Andreza naquela fatídica noite de terça-feira. Ela agradeceu a atenção do velho amigo.

Vera era visivelmente a mais feliz do grupo. Bebeu, cantou, contou piadas picantes e, meio de pileque, paquerou desbragadamente seu defensor e anjo Gabriel. A recíproca foi verdadeira. Gabriel estava fascinado com a alegria, a força e a sensualidade da amiga.

No domingo pela manhã, Andreza convidou Vera para um passeio pelo Bosque das Mangueiras. Caminharam devagar, apreciando a beleza cênica da lagoa e seus coqueirais, suas ilhas, as garças brancas voando em busca de pesca. Em certo momento, Andreza se abriu com a amiga.

– Minha querida Vera, viúva fresca, seu ex-marido ainda não esfriou no túmulo e ontem eu percebi você paquerando meu irmão. Deu na vista.

– Você notou? Será que eu estava bêbada?

– Quem sou eu para lhe recriminar? Estou conversando porque são duas das pessoas que mais amo nesse mundo. Gabriel, meu querido irmão, é sedutor, fascinante, bonito, corpo de atleta, inteligente, alegre, divertido, por isso faz tanto sucesso com as mulheres. E agora vem você, a viúva mais alegre do momento, irradiando a maior felicidade sem o mínimo pudor, mesmo com o defunto ainda fresquinho na cova. Vera, você é uma mulher fascinante, sua sensualidade é sentida no cheiro. Somos amigas desde a infância, irmãs, conheço profundamente seus sentimentos. Você está eufórica com a partida de Fernando para os infernos; às vezes acho que foi você quem o matou. Na verdade foi muito sofrimento, tantas surras, e nos últimos tempos você passou por muita coisa. Sou testemunha da sua honestidade: você jamais o traiu, embora ele merecesse uma ponta.

Vera escutava a amiga com um sorriso nos lábios. Andreza continuou:

– Agora a viúva está numa paquera aberta, sem o menor constrangimento, com seu advogado e meu querido irmão. Não quero ser estraga-prazeres, mas saiba que Gabriel é um homem livre, que gosta de mulheres e não procura compromisso com namoradas. Se é isso que você quer, não há problema. Se for para se divertir, para trepar, trepem muito. Quando os dois se juntarem, vai sair faísca. Estou falando sem nenhuma recriminação, sem tomar partido. Amo muito vocês dois. Seja o que Deus quiser!

– Cunhadinha querida – Vera começou, às gargalhadas –, não há como evitar essa atração pelo Gabriel. Quando nos olhamos, sentimos o fervor nas veias; é o sangue. Quando casada, sempre me comportei de forma exemplar. Confesso que tive oportunidades de trair Fernando, mas fui forte e decente, dou muito valor à nossa educação, aos nossos valores. Eu não me sentiria bem, é questão de formação. Mas agora que sou viúva e livre, estou correndo atrás do tempo perdido, e quem sabe Gabriel não me ajuda nessa nova etapa da minha vida?

As duas continuaram caminhando às gargalhadas.

AS INVESTIGAÇÕES DO CABO BOAVENTURA

O cabo Alcides Boaventura, trabalhador, vaidoso e mulherengo, fez de tudo para elucidar o "Crime da Lagoa". Devido a algumas informações obtidas, o delegado realizou uma diligência surpresa na Zona do Baixo Meretrício de Jaraguá, local frequentado pela vítima e onde foi vista pela última vez.

Boaventura jantou em sua casa na Rua do Sol com a mulher e os filhos. Não tirou a farda. À noite, iniciaria uma missão especial na zona de prostituição para descobrir o assassino do Crime da Lagoa.

Ao sair de casa no velho jipe da polícia, rumou para o bairro boêmio de Jaraguá. Logo após a Avenida da Paz, entrou na Rua Sá e Albuquerque, onde os antigos casarões construídos pelos portugueses no século XIX haviam se tornado casas noturnas e cabarés. As construções ficavam perto do cais do porto, e marinheiros são atraídos por bebidas e mulheres. Segundo as informações obtidas pela polícia, o indigitado passou parte da noite de terça-feira no Cabaré da Ana, para onde o delegado Boaventura se dirigiu. Desceu do jipe, ajeitou a farda e subiu as escadas. Ao chegar ao último patamar, olhou superficialmente para os frequentadores sentados às mesas. Uma banda tocava músicas românticas e alguns pares dançavam. O delegado se encheu de pose, foi até uma mesa, puxou a cadeira e chamou o garçom. Perguntou por Ana, a cafetina dona do cabaré e famosa por ser boa de briga. Conta a lenda que, certa vez, ela puxou uma peixeira para quatro jovens riquinhos que perturbavam seu estabelecimento. Eles correram e nunca mais retornaram.

Ana foi ao encontro do delegado e os dois conversaram bastante. Ela informou o que sabia e chamou os garçons, os funcionários e as garotas da casa para as primeiras averiguações. O cabo anotou as informações obtidas numa folha de caderno. "Fernando chegou bêbado, sentou-se sozinho, tomou várias doses de cachaça e de cerveja. De repente, dirigiu-se a dois senhores de meia-idade em uma mesa e os provocou, insultando-os. Parecia estar atrás de arruaça. Voltou à sua mesa, sentou-se, colocou a cabeça entre os braços cruzados e adormeceu. Altas horas, um garçom o acordou e o ajudou a se levantar, ainda embriagado. Fernando chegou perto da escada e desceu depressa se apoiando no corrimão, indo embora sem pagar a conta. O garçom tentou pegá-lo. Ele havia virado à direita e desaparecido na escuridão da Rua Sá e Albuquerque. Foi a última vez que o viram vivo."

Depois de resumir os depoimentos dos garçons e funcionários, o delegado Boaventura requisitou um quarto à Ana e o transformou numa sala de inquérito especial, onde ouviria somente as mulheres da casa. Tomando cerveja gelada, conversou com todas as prostitutas do cabaré, uma a uma, anotando o que era relevante para o caso.

Ao terminar os depoimentos, Boaventura chamou a cafetina, pediu mais cerveja gelada e, dessa vez, solicitou também a companhia de Adélia, uma jovem e alegre depoente. O delegado tinha fama de garanhão. Adélia, generosa, tirou a roupa e deixou Alcides louco com seus malabarismos sexuais. Vinha gente do interior, de Pernambuco e da Bahia para experimentar um "frango assado" com Adélia; era mestra. Ao terminar os serviços especiais com a jovem, o delegado saiu do quarto satisfeito e com pose de autoridade. Conversou com Ana e informou que havia possibilidade de o assassino estar no cabaré naquela noite de terça-feira. Entregou-lhe uma lista, em uma folha de caderno, com o nome de algumas testemunhas a serem ouvidas. Não faria ofício formal, mas todos deveriam comparecer à Delegacia de Bebedouro para prestar depoimento oficial no dia seguinte. Que não faltasse ninguém; iria esperá-los às 14 horas.

– As despesas das cervejas, do tira-gosto e o serviço da garota são por conta da casa – disse Ana.

O delegado aceitou a deferência sem constrangimento. Despediu-se alegremente de Adélia, agradecendo-lhe pelas boas horas que passaram juntos e prometendo voltar. Desceu as íngremes escadas do cabaré e tocou o velho jipe da polícia para casa, onde a esposa e os dois filhos dormiam há algumas horas.

No dia seguinte, pouco antes das 14 horas, apareceram na Delegacia de Bebedouro as testemunhas descritas na lista de Boaventura: a cafetina Ana, dois funcionários, três garçons e quatros prostitutas. A imprensa estava esperando; tinha sido avisada por telefone pelo cabo, que queria mostrar serviço. A resolução do Crime da Lagoa estava bem encaminhada, comentava o Boaventura.

O escrivão, batendo a velha máquina de escrever, tomou o depoimento de cada uma das testemunhas. O delegado prestou deferência especial à Dona Ana: era hora de preparar sua casa de diversão para a noite, e ela foi a primeira a depor para ser logo dispensada.

A imprensa pôde acompanhar de perto as histórias narradas pelas testemunhas. Os depoimentos eram repetitivos, sem fatos novos que ajudassem a elucidar o crime. Ouviam as mesmas histórias: Fernando Moraes era encrenqueiro, bebia demais. Havia brigado e apanhado no Cabaré da Ana. Certa noite, foi preso por arruaça. Naquela terça-feira, todos notaram a presença do desordeiro que dormiu na mesa e foi embora sem pagar a conta. Foi a última vez que viram a vítima com vida.

O delegado Alcides estava quase perdendo as esperanças quando apareceu, de repente, um detalhe novo e importante no depoimento de uma rapariga. Na fatídica noite, ela estava com dois senhores em uma mesa e esperava por outra colega quando o bêbado apareceu, dirigindo-se a um dos homens com ofensas, perguntando o que ele estava fazendo no cabaré e insultando-o de velho broxa e filho de uma puta. Os dois senhores nada responderam, evitando confusão. Pagaram a conta e desceram. Deviam ter entre 55 e 60 anos. Uma pista valiosa, mas ninguém conhecia esses misteriosos clientes que poderiam estar envolvidos no crime.

OUTROS DEPOIMENTOS

Gabriel lia deitado na rede da varanda quando o telefone tocou. Era Vera, informando que o delegado Boaventura havia solicitado um esclarecimento, coisa rápida, e que a esperaria às 15 horas do dia seguinte. Ela pedia a Gabriel para acompanhá-la – mais uma vez recorria a seu anjo. Ele não se fez de rogado. No dia seguinte, na hora marcada, buzinou em frente à casa dela. Vera apareceu com um vestido de seda florido, decotado, sorrindo com uma felicidade explícita. Gabriel, ao vê-la, desceu do carro e orientou:

– Vera, você está linda, maravilhosa, sensual, gostosa. Acontece que uma viúva não pode entrar numa delegacia de polícia como se fosse para uma festa. Ainda temos tempo, vá se trocar e escolha uma roupa sem decote, manga comprida.

Em poucos minutos, Vera apareceu com uma roupa discreta. Tomaram a direção da Delegacia de Bebedouro, os dois conversando alegres e bem-humorados.

O delegado contou a história de Fernando, que, bêbado, havia xingado e humilhado dois clientes no cabaré, ambos na faixa dos 60 anos. Queria saber se Vera tinha ideia de quem seriam esses senhores. Ela ficou surpresa com a novidade, por enquanto não se lembrava de ninguém. O pai de Fernando tinha por volta daquela idade, mas ele sempre teve medo do pai. Por fim, o delegado pediu o nome e o telefone do ex-sogro de Vera. Ela deu as informações solicitadas e o cabo Boaventura ficou de convocá-lo para uma conversa, liberando Vera.

PÔR DO SOL NA LAGOA

Ainda era cedo quando saíram da delegacia, e estava uma bonita tarde de verão. Gabriel convidou Vera para dar uma volta, queria ver a construção do Motonáutica Lagoa Clube, que em breve seria inaugurado; as lanchas de seu avô já se encontravam na marina. Ela concordou e os dois partiram pela estrada de barro, rodeando a Lagoa Mundaú. Ao avistarem a construção, já quase no fim, eles ficaram encantados com aquele local à beira da lagoa. Gabriel notou que uma lancha do avô estava na água, sendo manobrada por um marinheiro. Ele convidou Vera para dar uma volta de lancha na lagoa. Aproximaram-se da margem e Gabriel acenou para o marinheiro, que encostou o veículo no cais e entregou-lhe a chave.

Os dois subiram e sentaram-se no confortável banco almofadado. Gabriel deu a partida e a lancha deslizou, navegando sobre a superfície serena da lagoa. Ele dirigia bem, manobrando a lancha entre as ilhas cheias de coqueiros. As garças brancas retornavam em voos preguiçosos aos seus pontos de dormida.

O sol começou a se pôr no infinito, por trás dos coqueiros. As nuvens foram se colorindo de laranja, enquanto o astro-rei, feito uma bola de fogo, caía ainda mais. Gabriel parou, desligou a chave e a lancha ficou à deriva no meio da lagoa.

Ele olhou para Vera, sentindo que ela estava sensibilizada pela beleza do anoitecer. Tocou em sua mão e apertou. Ela se virou de lado, olhou Gabriel nos olhos, alisou seus cabelos e o puxou. Beijaram-se pela primeira vez. O sol desapareceu no fim do mundo, e o céu, ainda alaranjado, escureceu de vez, salpicado de estrelas.

Naquela noite sem lua, as inúmeras estrelas que brilhavam no céu foram as únicas testemunhas daquele anoitecer de amor numa lancha à deriva na Lagoa Mundaú.

Gabriel e Vera continuaram se encontrando num motel perto do Riacho Catolé, afastado da cidade, ou no carro, acostado em praias mais desertas. Ela também não queria compromisso, nem relacionamento sério. Tinha pouco tempo de viúva e saíra de um casamento complicado. Queria se dedicar totalmente aos estudos. A faculdade de Medicina era dura, e Vera tinha o sonho de ser uma boa médica, independente. Mas gostava de transar com Gabriel, que nem se comparava com aquele sexo, ou melhor, com o estupro do finado marido. Estava feliz e aliviada sem a presença de Fernando.

PORTUGUESA, COM CERTEZA

A inauguração do Clube Motonáutica foi marcada para o dia 1º de maio de 1966, um domingo com muitas atrações na cidade. Dom Pablo convocou toda a família para passar o fim de semana no sítio, e no domingo assistiriam à inauguração do Clube.

No sábado pela manhã, os convidados foram se acomodando nas duas lanchas dirigidas por Antônio e Gabriel. Carolina, companheira de Dom Pablo, levou sua filha Margarida, atriz de teatro, cinema e televisão no Rio, que estava passando alguns dias em Maceió com uma amiga, a cantora portuguesa Manuela Rodrigues. As duas lanchas aportaram quase ao mesmo tempo no cais do Sítio Manguaba. Sebastião e Conceição já os aguardavam. Ao desembarcarem, Conceição reuniu as crianças, Pablito, Tião, Sidney e Alfredinho; era como se fossem seus netos. Mandou a babá ajudar Alzira na cozinha e levou os meninos para sua casa, onde brincaram o dia inteiro. Eles adoravam a vovó Conceição.

Em pouco tempo, família e convidados estavam em torno da enorme mesa no jardim, embaixo da frondosa mangueira, enquanto a velha guarda se acomodava nas confortáveis cadeiras da varanda. Além das bebidas e comidas, a conversa e o bom humor eram marcantes naquelas reuniões. Manuela, a portuguesa, estava encantada com aquele paraíso; nunca havia visto nada igual em suas andanças pelo mundo. Na ânsia de tomar banho de sol, ela ficou apenas de biquíni curtinho, mostrando o corpo esguio, a pele rosada e sensual. Carolina convidou Margarida e Manuela para dar uma volta na cidade histórica de Marechal Deodoro, perto do sítio, e pediu a Gabriel para acompanhá-las dirigindo o velho jipe de Seu Sebastião. Ele aceitou o convite e deu a partida no jipe sem capota, rumando pela estrada carroçável no meio do coqueiral.

Ao entrar na cidade de ruas estreitas, enladeiradas, tomadas por casas coloniais barrocas de meia parede, Manuela achou aquela arquitetura parecida com a de uma pequena cidade de Portugal. Conheceram o Convento Franciscano, construído há mais de 300 anos, além de outras igrejas. Visitaram a casa onde nasceu o Marechal Deodoro da Fonseca, o proclamador da República e primeiro presidente do Brasil, deram uma volta completa no centro histórico e terminaram a visita num bar em frente ao cais da imensa Lagoa Manguaba, onde tomaram cerveja gelada com agulha frita. Gabriel então teve a ideia de partirem para a praia do Francês.

Embora Carolina fosse professora de história e tivesse nascido e vivido na cidade de Marechal Deodoro, deixou que Gabriel fosse o guia turístico, e ele mostrou os locais e contou sua história. Manuela ficou extasiada quando descortinou o cenário depois do coqueiral: uma extensa praia de areia branca e um mar azul esverdeado com uma fileira de pedras de corais em linha reta, paralela à praia. Manuela correu pela areia, dando voltas até mergulhar no mar sereno de água transparente. Jogava água para os lados com as mãos, brincando como se fosse criança. "Descobri o paraíso!", gritava.

De volta ao sítio, entraram na piscina e se juntaram ao pessoal, que jogava um anárquico polo aquático. Quando Manuela segurou a bola, Vera empurrou sua cabeça num salto, dando-lhe um caldo com força. A portuguesa conseguiu se desvencilhar e emergiu, gritando: "Quase me afogaste, quase me mataste!". Vera pediu desculpas com um sorriso amarelo. Andreza, às gargalhadas, percebeu o ciúme da amiga.

O almoço, como sempre, foi muito farto: serviram peixe, camarão, sururu e até bacalhau em homenagem à Manuela. Estômago cheio, alguns partiram para uma cochilada na rede, outros continuaram na alegre roda. Perto do entardecer, Dom Pablo se aproximou dos mais jovens à beira da lagoa e pediu a Seu Sebastião para buscar o velho violão. Dedilhando alguns acordes, iniciou sua música predileta, que sempre tocava depois da quinta dose de uísque.

– Ya no estás más a mi lado, corazón... En el alma sólo tengo soledad... Y si ya no puedo verte... Porque Dios me hizo quererte... Para hacerme sufrir más...

Sem deixar Dom Pablo continuar, Manuela cantou alto e afinadíssima:

– Siempre fuiste la razón de mi existir... Adorarte para mí fue religión... Y en tus besos yo encontraba... El calor que me brindaba... El amor y la pasión...

Cantaram a última parte juntos. Ao fim, palmas espontâneas saudaram a portuguesa, que havia encantado a todos. "Que voz maravilhosa, Manuela", disse Dona Isabel, provocando mais ciúme em Vera. Manuela então fez sinal a Sebastião para que desse o tom, e ela começou:

– Vai minha tristeza... E diz a ela... Que sem ela não pode ser... Diz-lhe numa prece... Que ela regresse... Por que eu não posso mais sofrer... Chega de saudade... A realidade... É que sem ela não há paz... Não há beleza... É só tristeza... E a melancolia... Que não sai de mim... Não sai de mim, não sai... Mas se ela voltar, se ela voltar...

A portuguesa deu um show. Era profissional, já havia gravado três discos. Cantou alguns fados e, em certo momento, olhou para Gabriel e falou baixinho: "esta é para ti". Ela tocou uns acordes no violão e cantou com alma:

– Se você quer ser minha namorada... Ah, que linda namorada... Você poderia ser... Se quiser ser somente minha... Exatamente essa coisinha, essa coisa toda minha... Que ninguém mais pode ser... Você tem que me fazer um juramento... De só ter um pensamento... Ser só minha até morrer...

Gabriel piscou-lhe o olho, sorrindo. A cantoria só acabou perto da meia-noite, e todos ficaram encantados com Manuela. Hora de dormir, cada qual foi para seu quarto naquela enorme casa. As crianças sonhavam na casa da vovó Conceição, menos Alfredinho, que às vezes acordava perguntando pelo pai e acabou ficando com a mãe em um dos quartos.

Todos dormiam, a casa dormia, o sítio dormia, um cachorro ao longe latia, sapos coaxavam na lagoa. Eram 2 da madrugada quando Manuela se levantou com cuidado, saiu do quarto descalça e andou devagar pelo corredor até o último quarto. Torceu a maçaneta, empurrou levemente a porta e entrou. Ela se aproximou da cama para olhar Gabriel, que dormia de bermuda. O ventilador de teto rodava fazendo um leve barulho, o quarto pouco iluminado pela réstia da lua que entrava pelas frestas da janela. Ela tirou a roupa e deitou ao lado de Gabriel.

Manuela alisou o cabelo de Gabriel e o acordou com um beijo nos lábios. Ele, surpreso, reconheceu a visita e abriu a boca, beijando-a num trocar de línguas. Quando percebeu que estava nua, ele a abraçou. Manuela começou a lambê-lo no peito, foi descendo à barriga, abaixou o pijama. O corpo da portuguesa estava maravilhosamente iluminado pela réstia de luz da lua. Amaram-se como se fossem íntimos. Seus corpos se entenderam como num *pas de deux* sensual.. Passaram alguns minutos abraçados, então ela se levantou, vestiu-se e beijou Gabriel na face, despedindo-se: - "Durma bem, querido".

Abriu a porta com cuidado, andando na ponta dos pés até o seu quarto. Margarida continuava dormindo. Ao passar de um quarto para o outro, porém, ela não percebeu que a luz da cozinha estava acesa. Era Vera. Alfredinho acordara com sede no meio da noite e ela havia descido para pegar um copo com água para o filho. Percebeu Manuela saindo do quarto de Gabriel devagar e sentiu uma raiva subindo-lhe à cabeça e ao coração. Vera tentou se controlar. Subiu, deu a água a Alfredinho, mas não aguentou: poucos minutos depois, estava no último quarto acordando Gabriel.

– Eu vi tudo, seu canalha! A puta portuguesa veio trepar aqui! Agora a casa do sítio virou cabaré. Vou contar para Dona Isabel.

Vera saiu do quarto, deixando Gabriel sem saber se aquilo era sonho ou realidade.

Pela manhã, o povo foi acordando e vestindo roupas esportivas. As lanchas sairiam às 10 horas rumo ao Clube Motonáutica. O café foi servido na enorme mesa da cozinha, e cada qual montava seu prato. Andreza e Dona Isabel já sabiam da aventura noturna de Gabriel com a portuguesa; Vera havia fuxicado.

Manuela estava feliz, sentada e bem-vestida com um conjunto curto de renda branca, deliciando-se com pamonha e canjica. Vera encheu uma xícara de café e, ao passar pela portuguesa, fingiu se desequilibrar, jogando todo o conteúdo na cantora. Manuela se levantou, gritando: "Estás louca! Estás louca! Minha renda que comprei em Marechal toda suja de café!". Vera, com cinismo, pedia desculpas: "Foi uma topada". Margarida percebeu o acontecido e levou sua amiga para trocar de roupa. Às 10 horas em ponto, despediram-se de Seu Sebastião e de Dona Conceição, dividindo-se entre as lanchas rumo ao Clube Motonáutica.

Havia quatro mesas reservadas para a família. A inauguração começou com alguns discursos e logo os fogos de artifício pipocaram pelos ares. Houve uma prova de natação com muitos competidores na lagoa, partindo de uma ilha até o cais do Motonáutica. O vencedor foi a grande surpresa: um garoto de 13 anos, Moacir Acioli, que saiu na frente dos marmanjos e fez uma festa dentro da festa. Com todos os convidados distraídos, Vera se viu a sós com Gabriel e desabafou a raiva.

– O que você e essa puta portuguesa fizeram foi um desrespeito à sua casa e a mim, que não sou apenas sua amiga. Estou triste, decepcionada, mas quero dizer-lhe uma coisa: mesmo se criar teia de aranha aqui embaixo, eu não transo com você nunca mais na vida, está ouvindo?

– Vera, eu estava dormindo sossegado quando ela apareceu de repente, foi de surpresa. Quando percebi, estávamos abraçados.

– Não quero saber os detalhes.

A festa de inauguração terminou lá pelas 16h, quando todos retornaram para suas casas na Avenida da Paz. Gabriel descansou o resto da tarde, acordou por volta das 19h e tomou um bom café. De bermuda e camisa polo, deitou-se numa rede da varanda. Foi quando o diabo atentou. Levantou-se de supetão e ligou para a casa do avô. Marcou de dar um passeio e conversar com Manuela na Avenida da Paz.

Passava das 21h quando, sentados no banco contemplando o mar prateado pela lua, Gabriel convidou a portuguesa para molhar os pés na água salgada. Desceram à praia levando os sapatos entre os dedos e caminharam, lavando os pés na marola. Estavam sozinhos em frente à imensidão do mar. Na avenida, apenas as lâmpadas dos postes acesas, alguns garotos brincando e correndo, alguns homens solitários passando. Gabriel puxou Manuela nos braços, levantou-a no colo e a afastou da beira do mar. Com delicadeza, deitou-a no solo e fez da areia branca, morna, uma cama de amor. Foram passando bocas e mãos um no outro, ambos seminus. Muita excitação, até que Gabriel a virou. Repetiu a noite anterior.

No dia seguinte, Margarida e Manuela esperavam o avião da Panair no Aeroporto dos Palmares. A atriz perguntou à cantora do que ela mais havia gostado nesses dias em Maceió. Manuela, sorrindo, confessou para a amiga:

– Amei tudo: a beleza do mar de Maceió, a praia do Francês, a cidadezinha de Marechal Deodoro, as lagoas, aquele sítio... Vocês vivem em um paraíso. Mas respondendo melhor sua pergunta, o que eu mais gostei mesmo foi do Gabriel. Gentil, inteligente, culto, bonito, sensual... Ainda estou com o culo a arder!

GUERRILHEIRO DE SELVA

Estirados na rede, Mário e Virgínia conversavam. A lamparina a gás iluminava a casa. Tomaram sopa feita pela professora, fizeram amor e deitaram-se numa rede do terraço. Era uma noite especial, de despedida: no dia seguinte, Mário viajaria para Manaus, onde passaria mais de dois meses cursando o CIGS – Centro de Instrução de Guerra na Selva; aceitara o convite do Comando Militar da Amazônia. Um dos cursos militares mais difíceis do mundo, o CIGS era um desafio especial para Mário. Virgínia ficou interessada; ela pesquisava, anotava e fotografava o que podia sobre as florestas e costumes da Amazônia. Quando Mário retornasse, queria saber detalhes do curso.

Ele gostava da companhia de Virgínia. Era inteligente, culta e tinha uma enorme vontade de mudar o mundo. Nasceu e viveu na cidade de Presidente Prudente, fez o curso de Direito em São Paulo, foi eleita líder estudantil e presa para averiguação no regime de 1964. Não conseguiu se estabelecer como advogada; sustentava-se ensinando história em colégios. Certa vez, leu um edital do Governo Federal para cargos de professores nos territórios federais. Foi aprovada no concurso e enviada ao Território de Roraima. Havia uma diferença fundamental entre o casal: Virgínia era fria, nunca havia chamado o namorado de "meu amor" ou "querido", mas compensava na cama. Já Mário, era um homem romântico.

O tenente Peixoto passou o comando do 9º Pelotão de Fronteira para o subcomandante, tenente Guimarães. Em Manaus, ficou hospedado no 24º Batalhão de Caçadores. Era sexta-feira, ele teria três dias livres para conhecer melhor aquela cidade de prédios bonitos e a noite de intensa boemia. Outro colega de curso já havia chegado, tenente Machado, comandante do Pelotão de Cucuí, um longínquo distrito do Estado do Amazonas na tríplice fronteira entre Brasil, Colômbia e Venezuela. Machado conhecia Manaus e convidou Mário para sair à noite: "Vamos lá hoje?". O amigo perguntou: "Lá onde?". Machadão, sorrindo, explicou: "'Lá Hoje' é o nome da melhor boate de mulheres de Manaus".

Na segunda-feira, iniciou o curso. Levaram os alunos para o meio da selva; havia oficiais do exército da Venezuela, Colômbia, Panamá, Estados Unidos, da polícia militar do Amazonas e dos bombeiros de São Paulo. A maioria dos 35 alunos era do exército brasileiro. Foi um curso duro, como se esperava, mais de dois meses sobrevivendo e aprendendo a combater na selva. Ao longo do treinamento, sete alunos foram desligados por não cumprirem alguns exercícios fundamentais. Ao final, houve o "Balão": os alunos voaram num avião da FAB para conhecer todos os quartéis de fronteira da Amazônia. Mário ficou orgulhoso do trabalho das Forças Armadas, que guarnecia e ocupava as fronteiras mais longínquas do país. Finalmente houve a cerimônia de entrega do brevê aos novos Guerreiros de Selva, em solenidade no belo Teatro Amazonas.

Quando Mário retornou a Roraima, havia emagrecido oito quilos. Reassumiu o comando do pelotão e o trabalho diário do quartel. Depois das aulas na escola regimental, onde duas professoras ensinavam aos soldados analfabetos, entregou à professora Yamary alguns romances comprados nas livrarias e sebos de Manaus. Ela ficou feliz por ter novos livros para a biblioteca que estava organizando com tanto carinho. Entre eles, havia um presente especial do comandante: o novo livro de Jorge Amado, sucesso em todo o Brasil, Dona Flor e seus dois maridos. Ela amou a dedicatória: "Para a querida professora Yamary, que tanto luta por um Brasil melhor alfabetizando os soldados da fronteira. Com a admiração e o carinho do seu comandante Mário".

Ao terminar o expediente no quartel, Mário foi para casa. Tinha planejado descansar naquela noite, colocar a correspondência em dia. Em seu quarto havia um velho e pequeno birô, onde ele escrevia, lia e organizava a correspondência. Iniciou uma carta à família depois de algum tempo sem dar notícias.

Boa Vista, 26 de agosto de 1966

Queridos pais e irmãos,

Cheguei ontem de Manaus, onde estive cursando o Centro de Instrução de Guerra na Selva. Foi uma experiência rica, fantástica, surpreendente, no coração das matas amazônicas. Aprendi a arte da guerra na selva com exercícios militares, assim como a etnografia, a antropologia, a maneira de viver do homem, da fauna e da flora que habitam a exuberante floresta.

Em toda linha de fronteira do Brasil existem quartéis militares instalados, cujo principal objetivo é guarnecer e defender o país. Ocupar essas fronteiras em lugares inóspitos é um extraordinário trabalho das forças armadas que a maioria dos brasileiros não conhece.

Ao longo da história, o Brasil manteve seu grande território, sem se dividir em outros países – como aconteceu com a América espanhola –, graças a três fatores ocorridos em diferentes momentos:

O primeiro foram os bandeirantes, que colonizaram o oeste e empurraram as terras brasileiras até perto dos Andes, avançando a ocupação portuguesa além da linha do Tratado de Tordesilhas.

O segundo foi a diplomacia, que, tendo à frente o Barão do Rio Branco, ganhou para nosso país questões territoriais baseadas no Direito internacional.

O terceiro foi o trabalho das forças armadas em toda linha de fronteira do Brasil, que ocupa e mantém as terras brasileiras unificadas, construindo quartéis nos mais longínquos rincões.

Em cada ponto estratégico das nossas fronteiras existe um permanente contingente do exército marcando o solo desta pátria amada. O trabalho de um jovem soldado na fronteira dentro da selva é de dedicação exclusiva desde as primeiras horas do dia, quando a bandeira brasileira é hasteada em frente ao quartel, até o fim da tarde, quando se encerra o expediente.

Aliás, o amor à pátria emerge naturalmente em cada um de nós quando servimos nessas regiões. Esse amor ao Brasil aflora nos corações, no sangue e no suor nosso de cada dia, mantendo viva a unidade territorial brasileira.

Nossos vizinhos nos admiram e nos respeitam. Existe uma cobiça por parte de nações poderosas para internacionalizar a Amazônia. Mas as forças armadas estão atentas à defesa desse patrimônio, principalmente do subsolo riquíssimo da Amazônia, praticamente inexplorado.

Preocupo-me muito com a devastação das matas pelas madeireiras. Empresários gananciosos do comércio de madeira devastam áreas enormes, sem um replante obrigatório. Ao mesmo tempo, vejo a necessidade de um trabalho racional para extrair as imensas riquezas minerais do subsolo sem colocar nossas florestas em risco. A exploração do minério da Amazônia ajudará a gerar empregos para a população carente, reduzindo a diferença social e econômica entre os brasileiros e mudando a vida de tantas pessoas em situação miserável. Esse é um dos caminhos para termos uma sociedade mais justa.

Como eu disse, recentemente tive uma das mais prazerosas e árduas experiências da minha vida em Manaus: consegui terminar o exaustivo e rigoroso Curso de Guerra na Selva. O Centro de Instrução de Guerra na Selva, ou CIGS, é uma das mais eficientes escolas do exército brasileiro, internacionalmente reconhecida pelo rigor na formação do soldado guerrilheiro de selva. Os ensinamentos do CIGS vêm das práticas adquiridas pelos soldados brasileiros na Amazônia, assim como da experiência das guerrilhas do Vietnã, Coreia e Cuba, além das estratégias de guerra e guerrilha ao longo da história, de Alexandre e Napoleão a Ho Chi Minh.

A experiência histórica das guerrilhas contribuiu para a produção dos conhecimentos técnicos do Centro de Instrução de Guerra na Selva, quase sem similares no mundo. É um orgulho do exército e do Brasil.

No primeiro dia do curso, foram apresentados os componentes da turma. Além de brasileiros, participaram oficiais da Venezuela, dos Estados Unidos, do Equador e dos bombeiros de São Paulo, num total de 35 alunos.

Logo após a apresentação dos colegas, fomos levados a um viveiro de cobras. O instrutor mandou cada aluno segurar uma serpente pelo pescoço e pela cauda. Para quem nunca tinha visto uma cobra de perto, foi um momento difícil, de repulsa e até de medo. Aprendemos como identificar se a cobra era venenosa pelo tipo de olho, de rabo ou formato da cabeça, que é triangular nas espécies peçonhentas. Esse conhecimento foi valioso para o curso.

Nos primeiros dias, tivemos aulas de sobrevivência. Conhecemos os tipos de alimentação que a selva poderia nos oferecer, entre animais, frutas e raízes. Também construímos uma palhoça coletiva, o tapiri, que se tornou nossa moradia durante boa parte do curso. Para sobreviver, cada equipe levou uma espingarda de caça, dois facões do mato, uma bússola, sal, fósforos e uma caixa de primeiros socorros. Assim passávamos os dias, comendo o que a selva podia nos dar. Os trabalhos eram divididos entre os componentes do grupo, cada qual com sua tarefa. Os dois companheiros designados para caçar retornaram frustrados: não havia aparecido um animal que valesse um tiro, apenas pequenas aves e macacos. Então, matamos a fome com palmitos retirados dos miolos de palmeiras, que eram abundantes no local.

O curso continuou com exercícios e táticas militares na selva: fuga, evasão, descida de viaturas em movimento, emboscadas. Tivemos treinamento prático de guerrilha como se nos preparássemos para uma guerra iminente.

A "Marcha do Avião" ficou famosa durante os cursos. Andamos dois dias dentro da selva fechada, cada equipe iniciando de um ponto diferente, com o objetivo de nos encontrarmos numa clareira onde havia se estatelado um enorme avião, um Constelation da Panair, em meados da década de 1950. Fiquei impressionado com os destroços enferrujados. Entrei na enorme carcaça onde se espalhavam materiais diversos, ainda conservados, como sapatos e rolos de filme. Havia pedaços do avião por toda parte, mas a fuselagem enferrujada era irrecuperável. Não houve sobreviventes nesse desastre.

Quando sobrevoamos a selva amazônica, vimos um belo e vigoroso cenário de matas cortadas por inúmeros rios e igarapés, parecendo um extenso tapete verde, uma planície. Ledo engano. Ao pisarmos em terra firme, sentimos a realidade: o chão da selva não é plano, mas formado por altos e baixos, sempre subindo ou descendo. Às vezes, nos deparamos com verdadeiros despenhadeiros e penhascos. Foi uma grande surpresa.

Medo da morte, medo de que o medo matasse. Foi o que eu senti ao olhar aquele penhasco em plena selva, por onde todos os alunos teriam que descer apenas com o corpo enroscado em uma corda, numa técnica conhecida como rapel.

Embaixo do precipício havia uma clareira, onde uma ambulância estava a postos para socorrer possíveis acidentados. A minúscula cruz vermelha no teto da viatura dava uma ideia da enorme descida que iríamos encarar, mais de cem metros.

A descida do penhasco era o exercício mais temido. Enroscado à corda, o aluno precisava jogar o corpo para manobrar, batendo os pés no penhasco e tomando impulso até atingir o chão. Já havíamos executado exercícios de rapel em várias situações anteriores, mas aquela altura era especial, apavorante.

Alguns colegas pediram para descer por último, a fim de poderem se concentrar para ganhar tempo e coragem. Outros desistiram e foram eliminados do curso.

Por fim, chegou minha vez. Respirei fundo, passei a corda em volta do meu corpo e puxei-a entre as pernas; estava firme. Sem olhar para baixo, respirei fundo e me preparei para a descida.

Coragem é vencer o medo. Puxei a corda com a mão direita e fui soltando com a esquerda. Esse movimento fazia o corpo descer, e, com as pernas esticadas, fui batendo com os pés na parede do penhasco, perdendo um pouco mais de altura a cada impulso.

Fui dominando a técnica e controlando a emoção, descendo devagar, com mais segurança. Depois de algum tempo, olhei para baixo e me animei: o solo estava mais perto. Finalmente, pisei com as botas no chão e me desvencilhei da corda. Pulei e gritei como um menino: "Puta que pariu! Puta que pariu!". Ter vencido aquele desafio foi meu maior alívio. A farda estava molhada, mas não pelo esforço; foi o medo que encharcou de suor meu uniforme de campanha.

Foram muitos exercícios militares até terminar o curso, quando finalmente tivemos o Balão! Os alunos viajaram em um avião DC3 da FAB, descendo em pequenos campos perto dos diversos quartéis situados na fronteira da Amazônia. No retorno, houve a festa de conclusão do curso com muita alegria e comemorações. Éramos 28 concluintes brevetados; 7 alunos foram eliminados durante o curso. Recebemos o diploma em uma solenidade no belíssimo Teatro Amazonas. Depois, caímos na gandaia na quente noite da cidade de Manaus. No final do curso, perdi 8 quilos. Estou magro, enxuto, em forma.

Foi uma experiência privilegiada. Estou planejando pequenos cursos de Guerra na Selva para soldados do meu pelotão. Terei boa ajuda do sargento Ubaldo, também guerrilheiro de selva.

No mais, tudo voltou à rotina, como era antes no quartel de Abrantes. Voltei ao comando e estou empolgado com o trabalho da escola regimental, onde duas professoras, depois do expediente, ensinam soldados analfabetos e semianalfabetos a ler, escrever e realizar contas de matemática, além de noções de geografia e história. Gosto muito do trabalho dessas professoras. Organizamos uma pequena biblioteca com romances, livros de poesia e de aventura, para incentivar a leitura aqui no quartel. Assim, militares e familiares têm acesso facilitado à educação e à cultura.

Em breve completo um ano no comando do pelotão, restando apenas mais um ano para concluir meu tempo de serviço na fronteira. Pretendo morar em Maceió para sempre. Planejei minhas próximas férias emendando com o Carnaval. As mulheres de Maceió me aguardem!

E por aí? Já acharam o assassino do Fernando? Mande notícias e recortes de jornais.

Um beijo em todos, do saudoso
Mário.

VIRGÍNIA

Mário passou o fim de semana com Virgínia. No início, havia certo desconforto entre ele e as professoras paulistas, mas com o tempo foram se entendendo em relação às opiniões políticas e à discussão ideológica.

Virgínia pediu para entrevistar Mário sobre o Curso de Guerra na Selva. Ela estava pesquisando tudo sobre a vida na Amazônia para um livro: a editora de um amigo em São Paulo havia assinado um contrato, adiantando algum dinheiro para que ela relatasse sua experiência na selva brasileira. Virgínia já havia entrevistado mais de vinte pessoas da cidade e de povoados, mas a entrevista com o comandante era uma das mais importantes. Mário não se fez de rogado: relatou com detalhes o que aconteceu no curso, e Virgínia, curiosa, fez muitas perguntas, registrando tudo no gravador. A entrevista durou duas noites.

Dias depois, num domingo, houve um churrasco na casa do comandante. O churrasqueiro, como sempre, foi o gaúcho tenente Wanderley, e entre os convidados estavam as professoras paulistas e as professoras da escola regimental, Yamary e Ana.

Virgínia ficou surpresa com a camaradagem e disciplina com as quais os militares tratavam uns aos outros. Mesmo na organização de uma festa, havia hierarquia espontânea. Começou a imaginar como seria um dia de trabalho naquele quartel e perguntou ao comandante se era possível passar um dia no pelotão. Queria observar o cotidiano dos militares para registrar em seu livro, afinal, alguém tinha que escrever sobre o valor do trabalho dos soldados que guarneciam as fronteiras do Brasil. Acertaram a visita para um dia em que ela estivesse de folga. Na data marcada, Virgínia acompanhou de perto as atividades do pelotão, andando por todo o quartel, entrevistando soldados e conversando com as professoras da escola regimental. Ao fim do expediente, ela assistiu ao arreamento da bandeira do Brasil e anotou o que pôde sobre a vida em um quartel de fronteira, registrando todos os detalhes em fotos.

SETE DE SETEMBRO

O comandante acertou com o governador a realização de uma festa cívica na cidade para comemorar a independência do Brasil. Programaram um desfile com as escolas do Território de Roraima e o 9º Pelotão de Fronteiras. Depois de alguns treinamentos, a tropa militar e os alunos estavam prontos para a solenidade, que se iniciaria com o hasteamento da bandeira e o canto do hino nacional na principal praça da cidade. Um dos sargentos do quartel deu a ideia de realizar uma alvorada festiva com a fanfarra do exército; tiros de festim e de granada de alumínio acordariam a cidade logo cedo para a comemoração do dia Sete de Setembro.

Foi escolhido um local perto do Rio Branco para que toda a cidade pudesse ouvir a alvorada festiva. No dia da independência, pela manhã, uma turma especial de soldados partiu para a cerimônia com os tiros de festim, comandada pelo sargento Clóvis. Mário foi assistir, e ao chegar lá, chamou o sargento para perguntar sobre quatro tambores presentes no local de disparo. Clóvis explicou que ele jogaria as granadas de alumínio dentro dos tambores; assim, o barulho da explosão seria ainda maior.

A alvorada começou às 6 da manhã com a apresentação da fanfarra. Ao mesmo tempo, iniciou-se o disparo dos tiros de festim, com as metralhadoras matraqueando e as granadas sendo jogadas dentro dos tambores pelo próprio sargento. Algumas falharam, e o comandante, intuitivo, chamou o sargento Clóvis, que jogou mais uma granada antes de se aproximar. Nesse momento, houve um estrondo: as granadas explodiram de repente, e estilhaços de tambor voaram para todos os lados. O sargento caiu aos pés do comandante, que imediatamente o colocou no jipe do exército para ser levado ao hospital do governo. Apesar dos esforços de todos, um estilhaço havia atingido o pescoço do sargento, que morreu logo após dar entrada no hospital. O comandante pediu ao governador para suspender a festividade.

Mário chorou abraçado ao corpo do sargento, seu amigo. Retornando ao local do acidente, onde mais dois soldados haviam se ferido, viu estilhaços por toda parte, inclusive onde ele se encontrava no momento da explosão. Achou inacreditável não ter sido atingido. Desolado, sentou-se num tronco, colocou a cabeça entre as pernas e teve uma crise de choro.

O velório aconteceu no quartel. O comandante não se afastou do amigo nem por um segundo; ainda que a família do sargento Clóvis não o tivesse culpado, estava tomado por um sentimento de remorso, acreditando ser o responsável pelo acidente. O caixão saiu do quartel em um jipe militar, coberto por uma bandeira do Brasil e acompanhado por um cortejo, a pé, até o cemitério. Familiares e amigos lamentavam, choravam e rezavam. O momento mais comovente foi quando o caixão desceu à sepultura e o corneteiro cabo Silveira, amigo do sargento, iniciou o harmonioso e lento toque de silêncio. Caíram lágrimas do corneteiro, do comandante e de muitos que ali estavam.

Foram dias de tristeza. Antes da missa do sétimo dia, havia chegado à cidade o coronel Euclides, do Comando Militar da

Amazônia, para proceder ao Inquérito Policial Militar, apurando as causas e os responsáveis pelo acidente que resultou na morte do sargento Clóvis. O primeiro a depor foi o comandante. O coronel ouviu mais algumas testemunhas e fotografou o local. Durante a missa, Mário teve outra crise de choro. O coronel Euclides assistiu à missa e, à noite, chamou Mário para informar que a fatalidade havia sido provocada por negligência do próprio sargento. O coronel eximiu o comandante de qualquer culpa.

Mesmo assim, Mário passou várias semanas com a morte do sargento na cabeça. Sonhou várias noites com Clóvis sorrindo, sendo ferido mortalmente de repente por um estilhaço que lhe atingia o pescoço. Acordava afobado; Virgínia foi testemunha dos gritos de Mário em pesadelo.

DONA ISABEL

Isabel e Bernardo gostavam de conversar tranquilamente na varanda de casa logo depois do jantar. "Tomar uma fresca", como diziam. No nordeste brasileiro sopra uma brisa leve, que dá uma sensação de bem-estar ao corpo e ao espírito. Certa noite, Isabel sentiu tontura, mas não reclamou. O episódio aconteceu na hora em que Bernardo tentava, ao mesmo tempo, ouvir o noticiário no rádio e assistir à televisão sem nitidez de imagem. Isabel ficou tonta ao se levantar e quase desmaiou, amparada a tempo pelo braço do marido. Bernardo a deitou na cama e fez um exame superficial. Na manhã seguinte, ele a levou a um laboratório para fazer exames de sangue e de urina e ao hospital para tirar uma série de radiografias. Como médico experiente, Bernardo atribuiu a causa da tontura à labirintite, mas ainda aguardava os resultados dos exames. Foi uma surpresa quando o radiologista mostrou um nódulo no seio direito. Era pequeno, mas se fosse maligno teria que ser extirpado e tratado com quimioterapia. Fariam uma biópsia para verificar se era ou não maligno.

Quando o resultado da biópsia constatou um tumor maligno, Bernardo nada omitiu da esposa: o caroço, ainda pequeno, podia ter cura. Eles reuniram a família para contar sobre o câncer e anteciparam em trinta dias a viagem anual para o Rio de Janeiro, marcada para o próximo mês, para consultar especialistas na área, pois os hospitais de lá contavam com equipamentos mais modernos.

Bernardo e Isabel hospedaram-se no Hotel Glória. No dia seguinte, logo cedo, foram ao consultório do Doutor Ricardo Cravo, oncologista famoso e amante de Alagoas; tinha parentes na cidade de Penedo. O médico fez os exames preliminares, checou as radiografias, os exames de sangue e a biópsia. Aconselhou operar o mais rápido possível, indicando um especialista naquele tipo operação. Bernardo e Isabel concordaram. Doutor Ricardo telefonou ao colega cirurgião Doutor Carlos Rodrigues para solicitar que atendesse a amiga com certa urgência. Marcaram a consulta para as 17h daquele mesmo dia. De imediato, o Doutor Carlos pediu uma nova bateria de radiografias em ângulos diferentes. Telefonou para o hospital marcando a operação para as 8 da manhã da próxima terça-feira. Isabel teria de chegar por volta das 6h em jejum, preencher as formalidades burocráticas e preparar-se para a cirurgia.

Bernardo conseguiu telefonar para Dom Pablo e os filhos. Ficou acertado que Andreza e o avô viajariam para dar apoio à Isabel. No dia seguinte, os dois partiram em um avião da Panair e também se hospedaram no Hotel Glória.

Na data marcada, os quatros chegaram ao hospital às 6 da manhã. Preencheram fichas burocráticas, entregaram os novos exames e aguardaram até que Dona Isabel fosse levada, na maca, para a sala de operações. Andreza se identificou como estudante de Medicina e acompanhou a equipe, vestindo jaleco e máscara para assistir à operação. Pablo e Bernardo ficaram sentados no corredor aguardando notícias.

As horas custavam a passar, sem novidades. Perto do meio-dia, Andreza apareceu e aliviou os corações do pai e do avô. A operação tinha sido excelente: a equipe do Doutor Carlos fez um trabalho formidável, Isabel estava bem, ainda se recuperando da anestesia. Por precaução, deveria passar a tarde na UTI, em observação, mas dormiria no apartamento. Doutor Bernardo pegou um táxi, foi ao prédio da telefônica e ligou para Gabriel e Antônio, mas não conseguiu telefonar para o filho Mário em Roraima. Os amigos do Rio, assim que souberam do ocorrido, foram visitar Isabel. Leonor ficava no corredor conversando com Andreza todas as manhãs. No segundo dia, foi liberada visita a Isabel, e na segunda-feira o Doutor Carlos lhe deu alta. O médico aconselhou o casal a viajar depois que fossem retirados os pontos da cirurgia. Isabel descansou no Hotel Glória com a assistência do pai, do marido e da filha.

Bernardo resolveu aproveitar a estadia para se reunir com os amigos no Bar Amarelinho. Telefonou para os companheiros alagoanos que moravam no Rio de Janeiro e, numa bela tarde de sexta-feira, todos foram chegando ao Bar Amarelinho, que ficava perto do Teatro Municipal. Trocaram muitos abraços, dividiram muitas recordações, muitas histórias. Era uma mesa barulhenta, gargalhadas a todo instante chamavam a atenção dos frequentadores. A farra se prolongou, passava de meia-noite quando o último do grupo deixou o Amarelinho. Dom Pablo, que havia comparecido pela primeira vez, jurou que estaria presente no próximo ano e que jamais faltaria a essa reunião de alagoanos. No hotel, Andreza dormia com a mãe. Os dois, sogro e genro, meio bêbados, dormiram juntos em outro apartamento.

A chegada de Isabel em Maceió foi uma verdadeira festa, com toda a família esperando no aeroporto. Ela estava feliz em rever os filhos e netos.

OS AMORES DO COMANDANTE

Mário leu a carta de Andreza contando os detalhes da doença de sua mãe e da operação, que havia sido bem-sucedida. Ao terminar a leitura, sentiu imensa saudade: precisava passar alguns dias de férias com a família em Maceió. Consultou o calendário e planejou sua viagem. Entraria de férias dia 4 de janeiro e emendaria com o Carnaval de 4 a 8 de fevereiro. Pelo tempo que passaria fora, os gastos com passagens de avião se compensariam. Estava aliviado pelo êxito da operação de sua mãe.

O comandante olhou ao redor e viu que tinha alguns livros acumulados no chão de seu quarto. Resolveu armar uma estante de tábuas, mas necessitava comprar um pequeno serrote e pregos; martelo tinha na casa. Montou na lambreta e foi ao centro da cidade. Um sargento lhe indicou a Casa Boa Esperança, que vendia tudo, desde parafuso até lancha. Entrou no estabelecimento de seis portas. Lá dentro, deu de cara com um balcão com vários atendentes, e de repente ouviu uma voz conhecida.

– O que o senhor manda, comandante?

Mário se alegrou ao ver no caixa sua professora predileta, Yamary. Aproximando-se, informou que precisava de um pequeno serrote e de uma caixa de pregos. Outro atendente trouxe os produtos com rapidez. Mário gostou do material, pagou e se despediu da amiga com um beijo na face. Ia saindo da loja quando se deparou com um senhor elegante, moreno, alto e sorridente. Yamary gritou:

– Comandante, espere um pouco! Venha conhecer meu pai.

Ela pegou o senhor moreno pelo braço e o apresentou.

– Comandante, este é o meu pai.

Mário apertou a mão do homem.

– Muito prazer.

– O prazer é meu, sou Gustavo Gomes. Enfim conheci o famoso comandante!

Mário aproveitou a ocasião para elogiar Yamary: ótima professora, dedicada, entusiasmada, estava realizando um belo trabalho de alfabetização com os soldados. Houve grande empatia entre os dois, que conversaram por algum tempo. Gustavo convidou o comandante para um almoço em sua casa no sábado, iam comemorar o aniversário da filha mais nova, Mayara. Disse ainda que levasse alguns colegas do quartel para experimentar uma boa comida regional.

Em visita à escola regimental, Mário informou a Yamary que levaria dois convidados para o almoço em sua casa, os tenentes Cid e Wanderley. Ela quis saber o prato predileto do comandante.

– Pato no tucupi – ele respondeu prontamente.

– Você vai comer o melhor pato da sua vida. Minha mãe cozinha maravilhosamente. O serrote serviu? Já terminou a estante?

– Venha conhecer minha obra-prima. Terminei ontem à noite, estou arrumando os livros.

Caminharam em direção à casa do comandante. Yamary observou a sala e a cozinha com curiosidade. Quando entraram no quarto de Mário, ela riu com deboche da estante visivelmente mal feita.

– Ah! Meu comandante, eu faria melhor. Sou boa carpinteira.

Ela se aproximou para olhar os livros, segurou um deles, folheou.

– Livro não se empresta, mas vou levar esse. Prometo devolver. – Ela se virou mostrando O amante de Lady Chatterley.

– Esse romance é proibido para menores.

– Comandante, eu sou bem sabidinha. Sou filha de índia, e na minha família sexo não é pecado. Além do mais, o senhor já olhou minha ficha? Tenho cara de novinha, mas já completei 20 anos.

– Yamary, pode levar o que quiser.

Ela sentou na cama larga, inclinou o corpo para trás e deitou numa pose sensual e provocante.

– É nessa cama que você dorme com a professora paulista branquela?

– Não, é proibido trazer mulheres para a casa do comando.

– Então vou embora, não quero vê-lo preso. Ou melhor, acho que eu valho uma prisão.

Ela se levantou e os dois andaram juntos até o quartel, onde Yamary montou em sua bicicleta e partiu, acenando para o comandante. Parado ali, de pé, ele pensava e observava a professorinha desaparecer em sua bicicleta.

– Cuidado, comandante. Mulher em casa de oficial dá cadeia, com o agravante de ser funcionária do pelotão. Caso de prisão perpétua – brincou o amigo Cid, que observava a cena de perto.

* * *

No sábado, Gustavo recebia os convidados na entrada de sua ampla casa ajardinada, de dois andares. Ele apresentou os três tenentes à esposa, Anary, uma simpática índia yanomami, sorriso constante nos lábios. Atravessaram a casa pela varanda lateral até chegarem aos fundos, onde se descortinou um imenso quintal à beira do Rio Branco, com muitas mesas e cadeiras espalhadas embaixo das árvores. Os convidados cumprimentaram Mayara, a aniversariante, que fazia 17 anos. Mário ficou deslumbrado ao ver sua amiga, a professora Yamary, em um vestido verde-claro, os cabelos escorridos, o rosto moreno e os olhos amendoados bem pintados. Destacava-se uma testeira amarrada na cabeça segurando uma pena colorida, herança da aldeia de sua mãe. Ela abraçou o comandante e perguntou pela namorada paulista. Os tenentes tomaram uma mesa à beira do rio, serviram-se de bebidas e de muita comida. Um conjunto tocava músicas caribenhas e brasileiras. Yamary fez questão de servir o pato no tucupi ao comandante, que repetiu. Não passou despercebido aos pais aquela amizade entre o comandante e sua filha mais velha; os dois dançaram e conversaram até o final da festa. Entre uma conversa e outra, a professora contou ao comandante a história de como seus pais haviam se conhecido.

– Meu pai é baiano, nasceu na região de Canudos. Meu avô, Pajeú, era negro, um escravo fugitivo que perambulava pelo sertão. Conheceu Antônio Conselheiro e, ao ouvir sua pregação, encantou-se, tornando-se seu seguidor e soldado. Depois da Proclamação da República, em 1889, eles protestaram contra os novos impostos republicanos e pregaram a volta da monarquia. Enfrentaram a polícia em vários lugarejos, até que Conselheiro e seus seguidores instalaram-se em Canudos em 1893. Meu avô ajudou a construir a comunidade de Canudos. Os donos das terras invadidas quiseram retomá-las com a polícia, mas os moradores resistiram. Houve guerra entre o governo e a comunidade organizada de Canudos, durou quase três anos. O governo da Bahia apelou para o exército nacional. Homens e mulheres defenderam com valentia e estratégia a cidade construída e organizada por eles. O exército foi derrotado em três grandes ataques seguidos com canhões, metralhadoras e cavalaria. Foram necessários cinco ataques em massa do exército para tomar Canudos.

Mário ouvia tudo com atenção. A professora continuou:

– Meu avô Pajeú era um dos comandantes e estrategistas do exército descamisado de Conselheiro. Sobreviveu à batalha final em 1897 e só fugiu após o assassinato de Antônio Conselheiro, quando o exército conseguiu entrar e arrasar o arraial de Canudos. Mas meu avô continuou fugitivo, tentando sobreviver pelo sertão. Na região de Juazeiro e Petrolina, à beira do Rio São Francisco, conheceu minha avó. Ela vivia com os pais, ajudando na plantação da família, e estava buscando água naquela hora. Meu avô se apaixonou pela sertaneja Severina, e minha avó por ele. Amavam-se escondidos numa praia do Velho Chico até que minha avó engravidou, então falaram com meu bisavô e se juntaram. Pajeú arrendou uma terra pertencente a um coronel e começou a plantar; metade da produção era dele, a outra metade do proprietário. No pedaço de terra havia uma casa velha de taipa, onde foram morar. Pouco depois, nasceu o primeiro filho. Minha avó teve mais seis filhos; Gustavo, meu pai, foi o último. Meus avós trabalhavam do nascer ao pôr do sol, os filhos crescendo e ajudando.

O comandante estava impressionado com o relato e com o conhecimento histórico de Yamary, que seguiu falando:

– Meu pai não gostava daquela vida de agricultor explorado pelo dono da terra. Certo dia, ainda jovem, resolveu se arriscar na vida: foi ser embarcadiço no Rio São Francisco. Era um aventureiro, conheceu todo o Brasil, trabalhava em qualquer profissão para sobreviver. Aprendeu a ler e a tocar violão. Por onde passava, deixava alegria. Quando soube da mina de ouro, veio ser garimpeiro aqui na região montanhosa de Roraima. Construiu um barraco junto a um riacho, onde garimpava pequenas pepitas de ouro e vendia aos atravessadores profissionais. Conheceu minha mãe numa andança pela aldeia dos índios yanomamis, ele com pouco mais de 30 anos, ela com 18. Apaixonaram-se e foram viver no barraco, contrariando os pais, meus avós, e o conselho da aldeia de minha mãe. À noite, meu pai tocava violão e cantava; minha mãe adorava. Sobrevivia do garimpo, sempre pegava algumas pedrinhas de ouro e vendia aos atravessadores. Mas um dia meu pai tirou a sorte grande: garimpou uma enorme pepita de ouro. Aquilo mudou toda a sua vida. Vendeu a pepita por bom dinheiro, veio morar em Boa Vista e abriu uma casa de comércio. Bom negociante, prosperou rápido, e hoje tem a Casa Boa Esperança. Eu nasci aqui, nesta casa; minha mãe veio grávida do garimpo. Depois de mocinha, fui estudar em Manaus, onde me formei professora. Há dois anos ensino na escola regimental, embora meu pai prefira que eu trabalhe na loja. Pronto, contei toda a minha vida! Agora, conte a sua.

A festa terminou altas horas da noite com Gustavo tocando violão e cantando músicas de Altemar Dutra e Nelson Gonçalves. Mário não era bom cantor, mas acompanhou todas.

No dia seguinte, durante o café da manhã, Gustavo, Anary, Yamary e Mayara comentavam os detalhes da festa. O conjunto musical tinha brilhado, e a aniversariante estava contente com os presentes que ganhara. Yamary perguntou pelos presentes do comandante e dos tenentes. A irmã mostrou um livro, Dom Casmurro, e dois perfumes, presentes dos tenentes. Ela brincou com Yamary:

– Parece que você e o comandante se dão muito bem. Ficaram grudados o tempo todo, dançaram e conversaram, estavam sempre juntos! Mas cuidado com a namorada paulista, com a Malu, com a Aparecida, com a filha da Paracat... Ele tem mais de dez namoradas. Soube que pega todas as professoras paulistas. Você pode levar uma surra do harém do comandante.

Gustavo, ouvindo Mayara, meteu-se na conversa.

– Não quero me intrometer na sua vida, Yamary, sei que você é uma moça ajuizada, culta, que sabe da vida. Só peço cuidado com essa amizade com o comandante, pois pode se transformar numa paixão, o que seria ótimo se ele não estivesse aqui apenas de passagem. No próximo ano ele será transferido para outro local do Brasil, e a distância é cruel, faz o amor murchar. Estou falando isso porque não quero que minha filha sofra. Tenho experiência: em minha vida bandoleira, tive e abandonei muitas mulheres antes de encontrar sua mãe. Nunca desistimos de nosso amor, então fomos morar juntos num casebre. Eu já estava disposto a abandonar o garimpo para trabalhar na cidade e ter uma vida melhor, mas dei sorte e encontrei aquela pepita. Em Boa Vista, quando souberam de meu achado, muita gente correu para o local em que eu estava. Não tive a ambição louca de querer achar outra pepita; parei de garimpar e hoje sou o homem mais feliz do mundo com a família que tenho. Tenho duas pepitas de ouro que ganhei de Anary: vocês, minhas filhas, são a razão do meu viver, e não quero que nenhuma sofra. Por isso estou lhe advertindo, Yamary. Se vocês estiverem namorando, saiba que algum dia ele será transferido, e pode ser que você nunca mais o veja de novo. Embora eu tenha gostado do comandante, pense se esse namoro vale a pena.

– Meu pai, obrigada por esse cuidado. Eu conheço o comandante desde que ele chegou a Roraima; trabalho todos os dias com ele, sou encantada por sua gentileza, sua cultura e seu amor pelo trabalho. Os mais antigos do quartel dizem que nunca houve um comandante que se importasse com a educação dos soldados como Mário. Ele sempre inventa algo para incentivar a leitura ao pelotão. A biblioteca que idealizamos juntos é um sucesso, todos no quartel levam livros para ler em casa. O comandante faz palestras sobre história e geografia e é um excelente contador de histórias. Os soldados, cabos e sargentos amam suas aulas. Ele dá presentes e livros aos filhos dos soldados que aniversariam. A outra professora, Ana, não é tão interessada quanto eu. Depois das aulas, ela vai para casa cuidar do marido e do filho. Eu tenho mais tempo e gosto de ensinar, por isso ele me reserva uma atenção especial. Mas não existe namoro, não tenho nada com ele. O comandante tem mulheres demais. O que é uma pena, pois bem que eu gostaria.

A partir daquele aniversário, Mário ganhou uma família amiga. Vez ou outra almoçava com Gustavo, dois bons de copo, e terminavam num bar da esquina tocando violão e cantando músicas de cabaré.

A BIBLIOTECA

Mário continuava com Virgínia. Gostava dela, do sexo que faziam depois de alguns uísques e de suas conversas inteligentes. Às vezes ela dava uma alfinetada no governo militar. Mário relevava; havia um pacto mudo de não discutir política.

Certa vez, o Ministério da Educação enviou algumas caixas de livros não didáticos para que o governo do Território distribuísse nas escolas. Virgínia conseguiu algumas boas leituras e levou-as pessoalmente para a biblioteca do pelotão, registrando a entrega com fotografias. Yamary recebeu os livros educadamente, mas no fundo não conseguia gostar da paulista branquela. Aquilo lhe deu uma pontada de ciúme. O comandante, por sua vez, agradeceu à Virgínia:

– A biblioteca está crescendo, em pouco tempo precisará de uma bibliotecária.

As palavras de Mário feriram Yamary.

– Vai ser difícil trazer uma bibliotecária. Por enquanto, eu organizo do meu jeito. E tenho uma novidade: o empréstimo de livros ao povo da cidade cresceu bastante. Também Boa Vista é terra abandonada de educação, não existe uma biblioteca sequer!

Virgínia percebeu a animosidade da professora e prometeu mais livros, tomando o jipe de volta para casa. Enquanto arrumava os recebidos, Yamary alimentava uma ideia surgida há algum tempo. Aproveitou a ocasião para falar:

– Comandante, vendo sua namorada com uma máquina de fotografia, lembrei-me de que em Boa Vista não existe um fotógrafo profissional. O povo dessa cidade só quer ser garimpeiro, contrabandista ou funcionário público. Os ricos têm fazendas de gado onde trabalham poucos vaqueiros. Nesse quartel, o senhor poderia organizar cursos profissionalizantes de fotógrafo, pedreiro, carpinteiro, soldador, seja qual for a profissão. Salas de aula ociosas o quartel já tem. Esses cursos poderiam ser uma continuação da escola regimental. Estive estudando a viabilidade de projetos como esse e vi que o governo do Território está diretamente ligado à Presidência da República, e que existe um órgão, o SENAC, que tem como objetivo a educação profissional da população. Se o senhor conversar com o governador, podemos viabilizar um projeto como esse para o pelotão.

– Vou pensar com carinho. Você é uma criatura fantástica – disse o comandante, alisando os cabelos escorridos da professora.

Mário solicitou uma reunião com o governador, o deputado Atlas Brasil Cantanhede – único representante do Território no Congresso –, a secretária de Educação e a professora Yamary. Ao final da reunião, ficou decidido que Yamary viajaria a Brasília para visitar o SENAC e outros órgãos. Tudo seria custeado com a ajuda do gabinete do deputado, o popular ABC.

* * *

Época de festas natalinas, Mário se dividiu entre casas de amigos. Sentiu-se à vontade na casa de Gustavo. As professoras paulistas, inclusive Virgínia, haviam organizado um passeio à Venezuela, onde passariam o Natal e o Ano Novo.

O Réveillon do Clube Rio Branco exigia paletó completo para os homens. O comandante comprou uma mesa junto com alguns amigos. Elegante, foi alvo de muitos abraços, dançou com amigas, com amantes e com Yamary, que puxou o comandante e encostou o rosto no dele. O comandante, bom pé-de-valsa, brilhava na pista ao som de vários ritmos. Depois das 4 da manhã, a festa virou Carnaval. Mário caiu no passo típico quando a orquestra tocou o frevo Vassourinhas. Deu um show traçando tesouras e cruzando as pernas, até abriram uma roda. Ele, no meio, levantava-se e acocorava-se ao som do frevo, com a graça de um dançarino. Yamary, entusiasmada, batia palmas, e ao final da música correu, abraçou e o beijou no rosto, perto da boca.

Quando o sol começou a nascer do outro lado do rio, a orquestra desceu ao jardim à margem e tocou o bolero de Ravel, emocionando a todos. O ano de 1967 começava numa alegre e luminosa manhã. Mário segurou a mão de Yamary até o fim da música.

FÉRIAS EM MACEIÓ

O avião da Cruzeiro do Sul decolou no pequeno aeroporto de Boa Vista na manhã do dia 4 de janeiro de 1967. Mário contemplou pela janela a bonita paisagem do planalto, que lembrava os pampas gaúchos, em plena selva amazônica. Em pouco tempo despontou a imensidão da selva, um tapete verde formado pelas copas de imensas árvores centenárias, entrecortado por rios, igarapés, igapós. Viagem longa, muitos pousos e trocas de aeronaves, horas de espera em aeroportos. Ao entardecer, por fim, o avião sobrevoou o Aeroporto dos Palmares em Maceió.

Familiares e amigos, esperando o desembarque, fizeram um carnaval. Mário, ao descer as escadas, ficou feliz com a recepção. Quando entrou no saguão, foi recebido por rostos queridos, entre abraços e beijos. Ele se emocionou ao perceber o sorriso de Dona Isabel.

Em casa, empanturrou-se com o jantar. Sua mãe havia mandado preparar carapeba frita, arabaiana ao molho de camarão, sururu de capote no pirão, ovas de curimã e suco de mangaba, pinha e laranja-cravo. Conhecia a paixão do filho pela culinária alagoana. Era bom de garfo.

Vestindo bermuda e camisa leve, Mário foi à varanda e encheu um copo com uísque, respirando calmamente a brisa suave e o perfume exalado pelo jasmim. Feliz, contava algumas aventuras aos familiares ali reunidos, que ouviam com atenção. Queria matar a saudade de cada um.

As horas passaram depressa. Noite alta, ficaram apenas Mário e Gabriel bebericando na varanda. O irmão mais novo insinuou então uma noitada com amigos.

– Meu amado Gabriel, quero primeiro matar a saudade dessa casa; ela é um pedaço de nós. Vou passar esses dias conversando com mamãe, papai, meu avô, Andreza, Antônio. Quero mergulhar no nosso mar, caminhar pela vizinhança. O ano que passou foi carregado de emoções e realizações, preciso refletir e tomar decisões importantes antes dessas férias terminarem. Quero também cair na gandaia, é claro. Mas hoje estou cansado, a viagem foi longa.

Continuaram no uísque com gelo. A brisa batia suave, acariciando os cabelos dos irmãos. Os dois seguiram contando histórias e confidências até altas horas.

– Meu irmão, eu aprendi a amar aquela terra, a Amazônia é apaixonante. Mas, às vezes, sinto falta de pequenas coisas, tão importantes, como essa brisa gostosa. Eu quero viver de brisa.

Meio bêbado, Mário se levantou, abriu os braços e recitou alto, em direção ao mar, o poema de Manoel Bandeira.

Vamos viver no Nordeste, Anarina.
Deixarei aqui meus amigos, meus livros,
minhas riquezas, minha vergonha.
Deixarás aqui tua filha, tua avó, teu marido, teu amante.

Aqui faz muito calor.
No Nordeste faz calor também.
Mas lá tem brisa:
vamos viver de brisa, Anarina.

– Gabriel, meu irmão, qualquer dia trago uma Anarina para viver nesta brisa.

Foram dormir embriagados.

* * *

Mário acordou tarde, cansado da longa viagem e de todo o uísque da noite anterior. Encontrou Isabel na cozinha, Bernardo e Gabriel já estavam no trabalho. Sua mãe fez questão de servir o café forte que havia preparado especialmente para o filho. Não economizava carinho, alisando a cabeça e beijando a face do filho querido. A mesa era farta: pinha, sapoti, suco de umbu-cajá, pão francês crocante da Padaria do Quincas, carne de sol desfiada, manteiga de garrafa, macaxeira frita, ovos *à la coque*.

– Mamãe, a senhora está querendo recuperar os quilos que perdi na selva? – disse Mário, dando um beijo em Dona Isabel e puxando-a para a varanda para se sentar em seu colo.

Isabel não escondia a felicidade escancarada em rever o filho depois de mais de um ano. Conversaram durante toda a manhã. Mário contou sua vida em detalhes, nada escondeu. Ela ficou ainda mais feliz quando ele falou, com convicção, sobre a vontade de deixar a vida militar e trabalhar na construtora do avô e do cunhado.

– Eles estão esperando por você. A construtora cresceu muito. Outro dia seu avô comentou que seu lugar está guardado. Um oficial do exército tem de estar preparado para qualquer trabalho – sorriu Dona Isabel.

Ao ouvir as palavras da mãe, Mário subiu ao quarto e pegou algumas fotografias. Isabel ficou conhecendo todos os amigos do filho: havia fotos dos colegas do quartel do 9º Pelotão de Fronteira, da casa onde morava, de tantas pessoas queridas. Ela perguntou qual era a namorada da vez e Mário percebeu que não havia nenhum registro de Virgínia. Mas havia uma foto do almoço na casa de Gustavo e Anary, e ele contou a história do sertanejo aventureiro que se casou com a índia yanomami e de suas filhas, Yamary e Mayara. Mostrou fotografias do centro de Boa Vista, do Bar da Paracat, dos colegas tenentes, da escola regimental funcionando, de uma aula de Yamary, da biblioteca criada por eles. Aquelas fotos representavam histórias para muitas conversas, e ainda havia dois rolos de filme para revelar. Depois de muito mostrar e contar, Mário se levantou do colo da mãe.

– Agora vou matar a saudade da minha praia.

Subiu ao quarto, vestiu um calção de banho e, descalço, desceu à praia da Avenida da Paz. Disparou a correr, sentindo a carícia da areia na planta do pé e o cheiro do mar. Correu, observando o casario à direita e o mar à esquerda, até chegar ao Morro Tom Mix, nas dunas da praia do Trapiche da Barra. Parou por um momento, contemplando aquela praia de sua infância, de sua juventude, então retomou o passo, diminuindo o ritmo até parar em frente ao coreto. Correu em direção ao mar, mergulhou por cima das marolas, nadou devagar até enxergar as casas diminutas. Retornou quase boiando, apreciando cada detalhe da paisagem de sua vida. Na praia, alguns jovens jogavam futebol; à beira-mar, alguns pescadores arrastavam uma enorme rede. Mário se aproximou e ajudou a puxar a corda até aparecer a rede, cheia de peixes de todos os tamanhos. De repente, ouviu uma voz rouca.

– É o menino do Doutor Bernardo? Você voltou? Já é capitão ou major?

Mário reconheceu Seu Rodolfo, velho pescador dos mares de Maceió; Dona Isabel era sua freguesa cativa. Seu Rodolfo conhecia todos os moradores da redondeza. No final da tarde, depois de vender o peixe fresco, ele se sentava no coreto, abria uma garrafa de cachaça e danava a contar histórias de pescadores, da Mãe D'água, de Yemanjá, de navios, de submarinos alemães durante a guerra. Aquelas histórias ficaram gravadas na imaginação de Mário, pertenciam à sua vida.

Em casa, contou à família sobre o encontro com aquela figura marcante da sua infância. Nada mudara: usava os mesmos tipos de rede, a mesma jangada, os mesmos equipamentos antigos e ultrapassados. Também vestia as mesmas calças compridas e rotas, arregaçadas, a camisa rasgada. Mário reparou até no hábito de Seu Rodolfo de fechar os olhos para melhor enxergar, sequela de uma vida de pescador que enfrentava diariamente a luminosidade do mar.

No almoço, a família se reuniu novamente, e Mário aproveitou a presença de todos para pedir uma conversa particular com seu avô e Antônio. Marcaram para a semana seguinte, para que ele curtisse aqueles dias em casa. Ele não perdeu a oportunidade: abraçou Seu Sebastião e Dona Conceição, brincou com os sobrinhos, o lindo filho do irmão com nome de ator de cinema, Sidney Poitier. Andreza e Vera chegaram juntas. Mário olhou para Vera, pegou suas mãos e balançou a cabeça em aprovação:

– Que viúva bonita! Não chega ao fim do ano sem novo marido.

– Deixe de enxerimento! Seu irmão já tentou. Bom, deixa para lá, com o tempo você vai ficar sabendo das histórias – disse Andreza, sempre bem-humorada.

– Mas falando sério, encontraram o assassino do Fernando? Parece que foram dois velhos, não é isso?

– Até agora a polícia nada descobriu. Ou é falta de competência ou quem matou fez bem-feito. Na verdade, estou pouco ligando que descubram o assassino. Digo francamente: para mim, foi um alívio. Quero me formar e ter minha vida com Alfredinho. Não preciso de homem tão cedo.

– Mas se quiser um apenas para quebrar o galho, disponha desse seu amigo que veio sedento da Amazônia.

– Toma jeito! – Andreza censurou, sorrindo para os amigos.

* * *

Por volta das 16h, Mário subiu a pé ao centro da cidade. Foi matar a saudade da Rua do Comércio. Passando pelo prédio do arcebispado, não resistiu ao notar um antigo ambulante. Tomou suco de maracujá com pão doce; continuava uma delícia divina. No Foto Fon, entregou os rolos de filme, a revelação estaria pronta dentro de dois dias. Depois, encontrou velhos amigos e recostou-se nos carros estacionados, paquerando as jovens que passavam e cumprimentando os muitos conhecidos que frequentavam assiduamente o centro da cidade.

Antes de descer à avenida, não pôde deixar de entrar no ponto de encontro da juventude, a Sorveteria DK1. Pediu sorvete de mangaba, outro de pinha e, finalmente, um de sapoti. Eram 18h, o comércio começava a fechar as portas. Então Mário desceu a rua, passou pelo Bar do Relógio, tomou cerveja gelada com os boêmios que iniciavam a noitada e retomou seu caminho, andando pela Avenida da Paz até sua casa.

No sábado, Doutor Bernardo convidou os homens da família para uma cervejinha na praia da Pajuçara antes do almoço. Por volta das 11h, os cinco sentaram-se à mesa do pequeno bar em frente à praia, palco de outras conversas, de outras histórias.

Conversaram amenidades; futebol, aventuras de Mário. Antônio contou sobre a fulminante, escandalosa e fugaz paixão que se desenrolou entre Gabriel e Vera enquanto a polícia investigava quem era o assassino do marido. O delegado Alcides Boaventura havia se empenhado, mas nada descobrira sobre o assassinato de Fernando. O serviço havia sido bem-feito.

Quando os ânimos se acalmaram, Doutor Bernardo preveniu à família sobre Isabel.

– Apesar de a operação ter sido realizada pelos melhores médicos e hospitais do Brasil, o câncer é traiçoeiro e perigoso. Mesmo sendo extirpado como foi, mesmo tomando todos os cuidados, pode reaparecer um caroço no seio ou em outros locais. Felizmente, Isabel está bem: eu a acompanho em todas as radiografias e exames semanais. Ela acha exagero, diz que está se sentindo bem-disposta, que o seio operado não diminuiu sua autoestima. A fibra e a coragem de Isabel ajudam muito. Porém, é preciso que nós, parentes, tenhamos duas atitudes básicas: não tratá-la como doente, como coitadinha, e evitar-lhe preocupações.

– Meu genro, meus netos, vocês sabem que Isabel é minha vida. Se for necessário, vendo tudo que tenho para salvá-la. Ela é a alma de nossa família – adiantou Dom Pablo.

– O problema, Dom Pablo, é que essa doença é traiçoeira, não importa se acontece aqui, em Nova York, em Londres ou no Vietnã. Eu tenho esperança de que ela viverá por muitos anos, para o bem de todos nós. Então, façamos um brinde à minha, à nossa amada Isabel! – Doutor Bernardo concluiu, levantando o copo.

Alguns copos depois, a conversa acabou enveredando para a política. Antônio estava preocupado: em pouco tempo tomaria posse o presidente Costa e Silva; Castello Branco havia perdido a queda de braço para a "linha dura" do exército. O critério de escolha do presidente da República foi ser o general mais antigo das forças armadas. Antônio não via aquilo com bons olhos, pensava que haveria uma convocação popular depois de Castello Branco, que fariam eleições gerais para a presidência e para o congresso, uma constituinte.

– Eu também tinha essa esperança. O Costa e Silva não tem jogo de cintura para governar o Brasil. Receio cair em uma ditadura mais dura, como a de Getúlio Vargas, que governou com a Constituição de 1937, a "Polaca". Época violenta. A sucessão de Castello Branco dividiu os generais brasileiros: de um lado ficaram os castellistas, oriundos da Escola Superior de Guerra; do outro, os generais "linha dura", liderados pelo ministro da Guerra, o Costa e Silva. Eu não esperava que Castello Branco cedesse. A partir de agora, vai ser luta pelo poder entre os generais. Tome nota do que estou falando – previu o sábio Doutor Bernardo.

À noite, já em casa, Gabriel convidou Mário para uma festinha íntima na casa de praia de uns amigos, alugada exclusivamente para encontros amorosos. Os dois partiram no Gordini em direção ao bairro do Trapiche da Barra. Duas irmãs os esperavam, Anete e Laurete, filhas de Seu Carneiro, um funcionário público federal transferido do Espírito Santo.

Seu Carneiro havia chegado à cidade há menos de um ano, mas já fizera boas amizades. Em sua casa, toda sexta-feira, oferecia uma feijoada. Convidava somente homens de prestígio: juízes, promotores, desembargadores, senadores, deputados, oficiais do exército, médicos, ricos comerciantes, industriais. Sua mulher, Gilda, junto com as filhas, recebiam amavelmente os convidados; estavam sempre descontraídas, alegres, simpáticas e lindas. Os vizinhos invejosos julgavam a família pelo comportamento moderno, avançado. Chegaram a inventar, maldosamente, que Dona Gilda era cafetina das filhas. Seu Carneiro, com poucos meses morando em Maceió, ficou com a fama de ser o maior corno da cidade.

Pararam o Gordini em frente à casa do Seu Carneiro e Gabriel buzinou. Apareceram três irmãs. Ao entrar no carro, Cidete, a terceira irmã, avisou:

– Não se preocupem comigo, vou só acompanhar. Ficar em casa sábado à noite, ninguém merece.

Naquela noite, a casa do deputado na praia de Ipioca acolheu seis mulheres e cinco homens. Nem todos se conheciam. Sentaram-se ao redor de duas mesas na varanda, o caseiro serviu bebida e comida. Para animar a festa, havia um cantor com violão e um repertório de músicas antigas. A farra foi ficando cada vez mais animada e, por volta da meia-noite, cada um encontrou seu par.

Entre beijos, abraços e muita pegação, a brincadeira continuou até a madrugada. Ao amanhecer, Mário, menos bêbado, dirigiu o Gordini até a casa do Seu Carneiro para deixar as irmãs, retornando pela avenida principal. Estacionou o carro na garagem e os pais, já acordados, fingiram não ver os filhos abraçados, caminhando pelo corredor em busca dos quartos. No dia seguinte, os dois acordaram com o barulho dos parentes e amigos habituais da feijoada domingueira de Dona Isabel.

Finalmente, na terça-feira, houve o encontro tão esperado por Mário. Antônio o levou ao escritório da Construtora Manguaba, uma casa simples na Rua do Uruguay, com três quartos, uma sala, cozinha e banheiro. Estava bem pintada e limpa. Nos fundos havia um enorme quintal, onde foi construído um almoxarifado com divisórias de madeira. Na sala de entrada, trabalhavam duas escreventes burocratas. Um dos quartos era a sala de Antônio, outro foi transformado em sala de reunião, e o terceiro servia como depósito de materiais de expediente.

Quando Dom Pablo chegou, iniciaram a reunião sem formalidades. Antônio informou a situação financeira e econômica, falou sobre as obras em construção e as obras no planejamento da construtora. Disse tudo com clareza e fez a proposta para o cunhado sob a vista do avô.

– Neste ano estamos construindo, com recursos próprios, quarenta casas e estão quase todas vendidas. Para 1968, a previsão é um conjunto habitacional de duzentos apartamentos e um edifício na praia do Trapiche da Barra. Estamos procurando terrenos para essas obras, temos alguns em vista. A construtora precisa de outro dirigente, os trabalhos estão acumulados. Nossa proposta é você vir trabalhar conosco no próximo ano, cuidando da parte administrativa enquanto termina o curso de Engenharia.

Mário esclareceu que teria de ficar até o final do ano em Boa Vista. No ano seguinte, pediria baixa do exército e começaria a trabalhar na construtora. Um ano passaria rápido.

* * *

Maceió, durante as férias de verão, era uma festa. As praias se enchiam e a programação da cidade era intensa. Depois do Réveillon, os clubes iniciavam as prévias carnavalescas: Baile de Máscaras, Baile dos Marujos, Baile Preto e Branco, Baile do Hawai, Baile Tricolor, Baile Vermelho e Branco, todos animados pelas grandes orquestras de Carnaval. Quinze dias antes do feriado, era a vez da popular Maratona Carnavalesca na Rua do Comércio, onde havia uma orquestra de frevo e o corso de carros alegóricos desfilando em cada esquina. No domingo anterior ao Carnaval, acontecia o Banho de Mar à Fantasia na Avenida da Paz, com muita animação e concursos de bloco de frevo e fantasias. Por fim, quando chegava o Carnaval, havia muita folia nas ruas e nos bailes dos clubes.

Mário aproveitou suas férias. Matou a saudade da família, dos amigos, resolveu o que tinha de resolver e divertiu-se bastante. Nas vésperas de viajar, ele e a mãe conversaram muito na varanda.

– Amei você ter vindo de férias. Gostei mais ainda de saber que, no próximo ano, meu querido filho retorna de vez para trabalhar com Antônio e meu pai. Fiquei encantada e orgulhosa do seu trabalho na fronteira do Brasil, suas histórias sempre admiráveis. Olhei tanto as fotografias! Suas namoradas, o pessoal do quartel... Seus amigos tornaram-se meus amigos. A professora que trabalha com você me cativou. Que beleza incomum dessa moça! Fiquei com vontade de conhecer Roraima, seu quartel, conhecer esse casal e agradecer a amizade que lhe têm. Por isso, comprei uma toalha de mesa para a mãe e um vestido de renda para Yamary, ambas feitas pelas mulheres rendeiras do Pontal da Barra. Quando você fala sobre a professora Yamary, seus olhos brilham. Será que está apaixonado por ela e não sabe?

– Que nada, mamãe, é só amizade. Gosto da minha amiga, ela me ajuda muito ensinando os soldados a se tornarem cidadãos conscientes. Tenho certeza de que ela e a mãe ficarão felizes com os presentes.

Antes da partida de Mário, Gabriel organizou uma festinha de despedida na casa do deputado, em Ipioca. Compareceram alguns amigos, amigas e as mulheres da família Carneiro. Dessa vez, até Dona Gilda participou da brincadeira.

O PROJETO

Mário reassumiu o Comando do 9º Pelotão de Fronteira. Tudo continuava dentro dos conformes, exatamente como ele havia deixado. Conversou com os subordinados, pediu as informações necessárias a cada um, conferiu as correspondências. Para o almoço, pediu mortadela com ovos fritos, feijão e arroz, e à tarde alegrou-se pensando em Yamary. Olhava pela janela da sala de comando. Perto das 16h, as professoras entraram de bicicleta no quartel. O comandante se levantou e foi cumprimentá-las. Yamary estava mais queimada, sua cor realçando com o vestido branco, tão leve em seu corpo. Ao se aproximarem, todas cumprimentaram o comandante com um abraço afetuoso.

– E as novidades? – perguntou ele a Yamary.

– Muitas, meu querido. Quer ouvir agora ou depois da aula? – sorriu-lhe a jovem.

– Agora, estou curioso. Pode atrasar um pouco o início da aula.

No gabinete do comando, Yamary iniciou o relato.

– O governador me deu uma passagem para Brasília e três diárias. Hospedei-me num hotel barato para economizar, mas fiquei encantada com a capital federal. Quando cheguei ao Congresso, fui ao gabinete do deputado Atlas; os assessores estavam me esperando. Selma, uma das funcionárias, visitou comigo o

Ministério da Educação em busca de projetos profissionalizantes. Orientaram-nos e batemos em outras portas, em outras repartições, até encontrar o que procurávamos. Acordamos vários cursos: alfaiate, pedreiro, carpinteiro, soldador, fotógrafo, pintor, cabeleireira, manicure. Aqui está a relação dos cursos e a carga horária mínima para concluir cada um. Precisamos fazer um planejamento dentro de seu quadro de trabalho anual. Acertei os cursos entre março e novembro, são sete meses. O Ministério da Educação, junto ao SENAC, será responsável pelos professores, pelos materiais didáticos e pelas passagens. O governo do Território entra com a hospedagem e a alimentação dos professores, e o quartel contribui com o planejamento e os alunos. Adiantei o trabalho de planejamento e organizei todas as informações em uma planilha. Falta adequar ao horário das instruções militares do quartel, então precisaremos reavaliar. Deverá partir daqui um ofício solicitando a execução desses cursos. O ministério, então, fará um convênio que deve ser assinado pelo Ministério da Educação, pelo SENAC, pelo governo do Território e pelo comando do Pelotão. Aqui está o meu planejamento para discutirmos e modificá-lo no que for preciso; devemos enviá-lo com urgência. Para facilitar a burocracia, vamos enviar o projeto pronto diretamente para Jair Costa Filho, funcionário-chefe do setor. Fiz amizade com ele. O cara me paquerou o tempo todo.

Yamary entregou a pasta com o projeto ao comandante. Ele, surpreso, olhou de relance para a papelada elaborada pela professora e sorriu para ela.

– Se não estivéssemos no quartel, eu lhe daria um beijo – confessou ele.

– Pode dar, comandante. Ninguém vai notar aqui na sala do comando – provocou Yamary, sorrindo.

– Menina, cuidado. É melhor ir para a sua sala, a Ana já começou na outra turma. Depois da aula conversamos melhor.

Mário estava encantado com a desenvoltura, o entusiasmo e o poder de decisão da professora. Leu e releu o planejamento, que previa em detalhes a oferta de cursos profissionalizantes para os soldados e suas famílias. Havia pouca coisa a acrescentar.

Quando Yamary terminou a aula, o comandante ainda estava em seu gabinete, trabalhando no projeto. Ela bateu à porta.

– Dá licença, comandante.

– Entre, por favor. Seu trabalho está ótimo, há pouca coisa para modificar. Vamos dar um retoque final amanhã. Você prefere antes ou depois da aula?

– Depois, claro. Nós dois sozinhos na sua casa.

– No quartel, com um datilógrafo, para deixarmos a papelada pronta e enviarmos com urgência para seu fã em Brasília.

– Está com ciúme? – provocou Yamary. – Meu pai mandou avisar que tem um almoço na minha casa sábado. Peça uma folga à sua namorada branquela. Eu tenho a impressão de que ela não gosta de mim.

– Tenho um presentinho para você. Quer receber agora ou levo no sábado?

– Agora! Anda, me dê logo meu presente, fiquei curiosa.

– Calma! Ainda está na mala, lá em casa.

Ele arrumou a papelada no birô e guardou alguns documentos na gaveta. Depois de fechar o gabinete, foram caminhando juntos, ela levando a bicicleta pelo guidom.

Quando chegaram, Yamary cumprimentou os colegas do comandante que estavam na varanda e entrou no quarto com o amigo. Ele encontrou o pacote na mala e entregou a ela.

– Esse aqui é meu presente para você. Esses dois são presentes da minha mãe, um para você e outro para a sua mãe.

Yamary ficou emocionada com aquele mimo. Abriu o primeiro pacote, era um par de brincos de argolas, artesanal, feito com espinha de tubarão. O segundo, presente de Dona Isabel, era um vestido de renda azul–celeste, trabalho de artesanato das mulheres rendeiras. Não desembrulhou o terceiro, guardou para a mãe. Ela olhou nos olhos de Mário e o abraçou, cochichando para os amigos não ouvirem.

– Quanta saudade!

Colocou os embrulhos no bagageiro, subiu na bicicleta e desapareceu no meio da rua, já escura àquela hora.

Depois de tomar banho, Mário vestiu uma bermuda, uma camisa frouxa e partiu na lambreta para a casa das professoras. Para Virgínia, levou um livro. Depois de uma sopa de verduras, foram para o quarto fazer amor e conversaram até mais tarde. Virgínia queria saber detalhes da viagem, do que o povo estava sentindo e pensando sobre o novo presidente Costa e Silva, que assumiria no dia 15 de março. Como se tivesse o pensamento distante, Mário disse vagamente:

– Com esse general linha dura, o pau vai comer.

No sábado, ao entrar na casa de Gustavo, Mário percebeu a peça de artesanato de renda, presente de sua mãe, forrando a mesa principal. Deu um abraço apertado no casal. Anary mostrava a beleza do artesanato das rendeiras de Maceió a todos que chegavam. Era aniversário de Gustavo, Mário não sabia. Yamary estava linda no vestido azul-claro de renda, bem amoldado em seu corpo, os brincos de argola destacando seu rosto amorenado de olhos amendoados e lábios grossos.

A festa aconteceu no quintal à beira-rio. Música boa e havia comida e bebida à vontade. Yamary não largou o comandante; queria saber tudo sobre a viagem, se tinha namorado muito. As festas na casa de Gustavo eram agradáveis, Mário sentia-se bem ali, mas também era um empecilho para ter um caso, para namorar Yamary. Ele tinha consciência de que havia uma atração pela amiga. Lembrou-se da sabedoria de sua mãe, que, sempre brincando, disse que ele estava apaixonado e não sabia.

Mário olhava para Yamary com ternura, pensando: "Ela é uma menina. Em breve vou embora de Boa Vista, nunca mais nos veremos". E tomava mais uísque. Noite alta, ficaram poucos convidados. Gustavo então pegou o violão e cantou seu repertório de músicas sentimentais, com as clássicas de Nelson Gonçalves, Orlando Silva e Chico Alves. Mário acompanhava, cantando desafinado. Pensava na amiga, cantava e bebia. Passava das 3h da manhã quando a festa terminou. Depois de cair no sono arreado num sofá, o comandante foi levado ao quarto de hóspedes.

No dia seguinte, ao acordar, Mário olhou para o teto sem saber onde estava. Havia dormido de calça, mas descalço. Percebeu que estava na casa de Gustavo. Entrou no banheiro, escovou os dentes com os dedos e vestiu sua roupa. Olhou no relógio: eram 6h30. Abriu a porta do quarto, a cozinheira já estava arrumando a sala. Ele a conhecia. Colocou o dedo nos lábios, pedindo silêncio, e atravessou a sala, saindo pelo jardim. Na rua, sequer olhou para trás; foi caminhando calmamente até sua casa.

* * *

A segunda-feira não poderia ter começado melhor: ao entrar em sua sala, Mário se deparou com o documento que aprovava a oferta dos cursos profissionalizantes no pelotão. O ofício finalmente havia chegado de Brasília, com poucas modificações. O comandante chamou Yamary e mostrou-lhe a documentação recém-chegada de Brasília. Quando leu a papelada, a coordenadora de cursos profissionalizantes do pelotão abriu os braços e deu um abraço em Mário.

– Nosso sonho realizado, meu comandante!

– Sua ideia, seu sonho. Você foi buscá-lo em Brasília. Parabéns a você, minha querida!

Mário beijou Yamary perto da boca e ela lhe entregou os lábios. Foram interrompidos por um soldado batendo à porta do gabinete, mas ela pensou naquele beijo molhado até a hora de dormir.

Na terça-feira, foram ao aeroporto buscar o professor do curso de pedreiro, que ficou hospedado no Hotel Roraima. Na quarta, pela manhã, começaram as aulas teóricas e práticas. Os soldados, atentos, aprenderam como fazer uma fundação, a levantar parede, rebocar, assentar piso e azulejo, colocar telhado. Ao final, construíram o esqueleto de uma casa, que foi aproveitado para os cursos de eletricista, de bombeiro hidráulico e outros.

Yamary estava tão entusiasmada com o curso, que assistia a algumas aulas. Ao fim, fez um relatório com fotografias para enviar a Brasília, conforme exigia o convênio. Os soldados ficaram radiantes com o que aprenderam e com o certificado que receberam.

GUERRILHEIRA AMOROSA

Era aniversário de Virgínia, e ela convidou os amigos para uma comemoração em sua casa. Com a ajuda das amigas, preparou um leve e saboroso jantar regado a um bom vinho importado. Naquela noite, a professora estava amável como nunca, o que surpreendeu os amigos. Sempre fora muito discreta em relação a suas atitudes e sentimentos, tipo durona, mas sem ser chata. Naquela noite, porém, ela cantou, beijou e abraçou as colegas e Mário.

A festa durou até mais tarde. As colegas professoras foram dormir, e o casal, meio de pileque, continuou a comemoração no quarto. Virgínia deitou-se, nua, e ajudou Mário a tirar a roupa. Numa volúpia avassaladora, beijou-lhe o peito cabeludo, e logo estava sobre o companheiro. Ficaram abraçados e calados por um tempo, até que a professora falou, baixinho: “Quero mais”.

Para recuperar o desejo de Mário, abriram uma garrafa de vinho e sentaram-se nas duas cadeiras em torno da pequena mesa do quarto. Virgínia, pela primeira vez, estava falante. Lembrou a história dos dois desde o primeiro encontro, as boas horas que passaram juntos, as transas maravilhosas, as desconfianças, a inesperada união entre ela, uma líder política da esquerda, e um tenente do exército brasileiro. Se os colegas de São Paulo soubessem, não acreditariam.

A verdade é que havia aprendido muito com o Mário naqueles meses tranquilos. Nunca se importou com as aventuras que ouvia sobre ele e outras mulheres: o comandante era o queridinho da cidade, e nem a amiga Glória havia escapado. O que importava para ela era o sexo maravilhoso que os dois sempre fizeram.

Mário ouvia calado, achando estranha aquela conversa; sempre que tentava falar sobre o relacionamento dos dois, ela o cortava e mudava de assunto. Era uma mulher discreta, embora se transformasse em uma leoa na hora do sexo. Havia um mistério na vida de Virgínia. Muitas vezes Mário desconfiou que fosse casada em São Paulo. Mas, pela primeira vez, lá estava ela conversando, recordando os momentos que os dois haviam vivido juntos. Ele estava surpreso.

Era tarde da noite quando o comandante partiu para casa na lambreta. Virgínia avisou que, no dia seguinte, viajaria para um povoado no interior e só retornaria em dois ou três dias.

* * *

Mário estava em pleno expediente quando sua amiga Alice, uma funcionária da Secretaria de Educação que trabalhava com Virgínia, entrou no quartel. Foi levada ao comandante e, ao vê-lo, deu-lhe um envelope branco, lacrado, com apenas o nome de Mário escrito na frente.

– A professora Virgínia pediu para lhe entregar isto – disse Alice, já saindo do gabinete.

Surpreso, Mário abriu o envelope. Enquanto lia a carta datilografada pela namorada, entre assustado e atento, foi perdendo a cor.

Boa Vista, 5 de abril de 1967

Meu comandante,

Começo esta carta já imaginando sua surpresa quando a receber. É uma despedida: as possibilidades de nos vermos daqui em diante serão remotíssimas, praticamente nulas. Estou retornando ao meu lugar, à clandestinidade, à luta armada. Sempre fui uma guerrilheira urbana que luta para mudar o mundo, para acabar com esse capitalismo cruel e injusto e realizar o sonho de uma república socialista no Brasil. Estava apenas me escondendo em Roraima como professora, a única profissão que exerci na vida.

Conto-lhe alguns detalhes de minha existência para que você possa me compreender melhor. Sou filha de um sapateiro comunista com uma atriz. Minha mãe foi trabalhar no circo e nos abandonou quando eu tinha três anos. Meu pai, com muita raça, batendo sola, conseguiu que eu estudasse, e muito aprendi com ele. Desde jovem, ensinou-me a doutrina fundamental de Marx e Engels. Quando entrei na Faculdade de Direito de São Paulo, me envolvi com a política estudantil para divulgar as ideias marxistas. A exploração capitalista só vai acabar quando a classe operária, por meio de um processo revolucionário, alcançar o poder político, instaurando um governo regido pelo povo, pelo proletariado.

Estou nessa luta desde bem jovem. Nosso movimento cresceu com a Revolução Cubana, em 1959. No Brasil, os sindicatos dos trabalhadores estavam se fortalecendo. No Nordeste, sob a liderança de Francisco Julião, as Ligas

Camponesas estavam se organizando contra os latifundiários, contra a oligarquia. Quando João Goulart tomou posse, abriram-se novos horizontes para a nossa luta. Os ianques e os militares deram o golpe em 1964, iniciando uma ditadura manipulada pelo capitalismo cruel.

Mas quem sabe esse golpe não veio para apressar a revolução do povo no Brasil?

Sou membro do Partido Comunista do Brasil, atuei na linha de frente em São Paulo e já participei até de assaltos a bancos para desapropriar dinheiro para a nossa revolução. Eu estava na clandestinidade, então o partido mandou que eu passasse um tempo fora de São Paulo. Foi quando fiz o concurso para professora e terminei em Boa Vista, com identidade falsa.

Para mim, foi uma experiência maravilhosa: conheci outro Brasil, outros brasileiros. Todo esse tempo que passei em Boa Vista, vendo uma terra tão bonita e tão rica abandonada pelo governo, fez crescer minha esperança na vitória da democracia popular.

Então conheci um oficial do exército brasileiro e o amei do meu jeito, da minha forma. Aprendi muito com você, meu comandante, com sua figura humana e magnânima. É uma pena que esteja do outro lado da minha revolução. Mesmo assim, agradeço por ter me mostrado, com leveza, que militares são também homens de coração terno, honestos e fiéis à pátria. Obrigada por ter me contado histórias do seu Nordeste com tanta doçura, poesia e alegria. Eu achava ser impossível um militar sonhar e realizar esse trabalho magnífico na fronteira do Brasil, mas você se mostrou um tenente cheio de idealismo, que corre atrás dos seus sonhos, o que foi formidável. Obrigada por ter me ensinado, teoricamente, a sobreviver e lutar na selva. Obrigada pelos bons e belos momentos que passamos juntos.

Repito: é mesmo uma pena você não estar ao meu lado nessa luta. Quem sabe no futuro isso não aconteça?

Meu destino é a guerra popular, a luta armada. A guerra de libertação do povo brasileiro será longa, exigirá grandes recursos humanos e materiais. Temos guerrilheiros treinados em Cuba e na China, e teremos o apoio da população para derrubar esse governo retrógado, manobrado pelos imperialistas americanos. Basta de viver submissos aos espoliadores estrangeiros.

Os brasileiros não têm alternativa: é preciso que nos ergamos, com armas na mão, contra a ditadura militar. Só assim seremos capazes de implementar um governo democrático, marxista.

Hoje, deixo essa pequena vida burguesa para voltar à clandestinidade, para voltar à luta. Sou um soldado do Partido Comunista do Brasil, um soldado da revolução do povo. Irei para a linha de combate, embora ainda não saiba onde. Estão me chamando, estou obedecendo. É preciso hierarquia e disciplina para vencer a guerra. Em seu quartel, eu prestava atenção na maneira de ser e de viver dos soldados. Você é o comandante gentil: eles o obedeciam não apenas pela hierarquia e disciplina, mas porque você é um líder carismático, que trata a todos com humanidade, firmeza e justiça. Aprendi com você a importância do trabalho dos soldados em guarnecer as fronteiras do Brasil com os países vizinhos.

Depois que o conheci, desejei militares iguais a você no exército que formarei para libertar essa nação! Meu pai me dizia que revolucionários não podem chorar. Repetindo as palavras do grandioso Che Guevara: "Hay que endurecer-se, pero sin perder la ternura jamás".

Aqui me despeço, sem chorar, mas com uma dor no coração e uma ternura imensa que é toda sua, meu comandante.

Hasta la victoria!!!
Beijos da sua Virgínia.

P.S.: peço-lhe, por favor, que esta carta seja nosso segredo. Nem as colegas sabem os detalhes e a razão da minha mudança. Não mostre aos seus colegas militares. Tenho receio por você, vão lhe prejudicar. Um beijo!

Sentado na poltrona do gabinete, Mário estava lívido. Custou a recuperar-se da surpresa; a carta teve enorme impacto em sua mente e coração. Caminhou até sua casa e trancou-se no quarto, onde releu seis vezes a carta de Virgínia antes de guardá-la no armário.

À noite, tomou uma ducha fria, vestiu bermuda e camisa frouxa, montou na lambreta e foi ao Bar da Paracat. Pediu um prato de filé com fritas, um pão francês e uma Heineken. As palavras da carta ainda martelavam, formando mil conjecturas em sua cabeça. Partiu para a casa das professoras paulistas. As cinco amigas estavam reunidas em torno da mesa. Ao verem o comandante, Glória foi a primeira a falar:

– Ainda estamos atordoadas, sem entender essa viagem inesperada de Virgínia. Ela também lhe deixou um bilhete? Veja o que nos deixou:

Queridas amigas,

Imagino a surpresa de vocês ao lerem este bilhete de despedida. Estou viajando no avião das 5 da manhã, sem saber meu destino final. Sequer pedi demissão ou rescisão de contrato com o governo do Território. Há muitos anos, escolhi meu destino na luta armada por um Brasil e um mundo socialistas. Estava escondida aqui em Roraima, apenas passando um tempo como professora, profissão que pretendo continuar depois da vitória da revolução do povo. Deixei um bilhete para o comandante; pedi para Alice entregar a ele no quartel. Sou também soldado do meu exército revolucionário, cumpro ordens, por isso volto à clandestinidade.

Por enquanto, é só o que posso dizer. Amei nosso trabalho em equipe, aprendi muito nesse tempo em Boa Vista e jamais esquecerei vocês, mas escolhi um caminho e não posso mudar o destino. Se perguntarem por mim, digam que voltei para um antigo namorado em São Paulo.

Continuem esse belo trabalho.

Hasta la victoria!
Virgínia.

Sentados ao redor da mesa, os seis fizeram uma reconstituição rápida da passagem de Virgínia por Boa Vista. Ela, ligada à luta armada, vivia na clandestinidade em São Paulo e foi para Roraima passar um tempo como professora, usando identidade falsa. Seus chefes mandaram que ela retornasse para algum núcleo, precisavam dela. Virgínia então comprou passagem em um avião que partiria logo cedo e marcou um jantar em casa, como se fosse seu aniversário. As colegas se recolheram quando a energia da cidade foi desligada, como acontecia toda noite às 22h. O comandante ficara com ela até depois de meia-noite. Às 3h30, o carro de aluguel do amigo Evandro veio buscá-la, conforme já havia acertado, levando-a para o aeroporto. Às 5h, o avião pousado em Boa Vista levantou voo. Segundo informações, o avião fez escala em Manaus, mas a passagem de Virgínia ia até Belém. Ninguém sabia seu destino final.

Para satisfazer a curiosidade das professoras, Mário as informou que o bilhete deixado para ele era semelhante ao que elas haviam recebido. Acreditava que, não importava em qual parte do mundo, não existia segredo entre mais de três pessoas. No dia seguinte, toda a cidade já sabia da viagem repentina da professora Virgínia. As inúmeras versões corriam boca a boca entre as fuxiqueiras: estava grávida do comandante e foi abortar em São Paulo; era casada e estava voltando para o marido depois de ter botado muita ponta com o comandante; havia sido chamada para um emprego melhor e saiu de Boa Vista; era comunista, o comandante descobriu e, em vez de prendê-la, mandou que fugisse; e muitas outras histórias que a fértil mente humana é capaz de imaginar.

CONVESCOTE

Naquele fim de semana houve um convescote no sítio de Maurício Novaes, um fazendeiro rico e simpático, amante de música e de um bom uísque. Embora fosse casado e tivesse muitos filhos, era boêmio e mulherengo. Mário, ainda sem absorver a fuga repentina e a confissão da ex-namorada, resolveu aparecer para desanuviar a cabeça.

Um extenso quintal gramado e arborizado descia da casa principal até encontrar um igarapé de águas transparentes, onde os convidados se divertiam tomando banho. Maurício cumprimentou os tenentes do 9º Pelotão e todos se sentaram em torno da mesa retangular feita de troncos de árvores. Iniciaram uma boa conversa com o dono do sítio, acompanhada de uísque escocês legítimo. Os convidados continuavam chegando, e o comandante ficou feliz ao ver Gustavo e sua família. Yamary sentou-se na mesma mesa, piscou o olho e sorriu para Mário. A festa prolongou-se, não faltou comida e bebida. Gustavo, que havia levado o violão, puxava músicas de Altemar Dutra.

Muitas doses depois, o comandante mal pôde ver quando um prato de sopa de tartaruga caiu em suas pernas. Ele se levantou com a bermuda suja, tirou a camisa, andou até o igarapé e mergulhou, esfregando a bermuda na água para limpá-la.

A água estava fresca e Mário resolveu aproveitar para nadar um pouco. Deu algumas braçadas, avançando contra a correnteza, e deitou-se para boiar na água, deixando-se levar até retornar ao mesmo ponto. De repente, duas mãos macias pararam seu corpo. Ao se virar, teve uma bela visão: era Yamary, de cabelos molhados. Ela o provocou:

– Estou achando você triste. Foi a namorada fujona? Existe um mistério por trás dessa paulista.

– Não é tristeza, é preocupação com os acontecimentos. Querida, você é a única pessoa em quem confio. Quero lhe contar uma história altamente secreta.

– Que bom, saber disso reacende minhas esperanças. Meus ouvidos estão à sua disposição a qualquer hora. Obrigada pela confiança – disse Yamary, encostando suas pernas nas de Mário por baixo d'água. Ele sentiu desejo de abraçá-la e possuí-la dentro do rio.

– Eu gostaria de ouvir sua opinião. Você é uma mulher quase sensata, minha amiga. Só posso lhe contar mostrando a carta que ela me escreveu.

– Conversaremos na segunda-feira, antes ou depois da aula, você escolhe. Mas por que disse que sou quase sensata? Sou totalmente sensata.

– Falando sem rodeios, você tem me provocado abertamente. Isso é sensatez? Se eu fosse um aproveitador, já haveria acontecido um caso entre nós. Sim, admito, quero todas as mulheres do mundo, mas você eu não posso ter. Sinto um carinho especial por você, como se fosse minha irmã mais nova. Você não imagina a força que faço para ficar sossegado. Escute bem: dentro de alguns meses serei transferido, nem sei para qual cidade, provavelmente para Maceió. Não pretendo voltar para

Roraima. Minha vida está traçada. Deixarei o exército, estou me formando em Engenharia, tenho um emprego garantido na construtora do meu avô. Se por acaso começássemos a namorar, seria por apenas quatro ou cinco meses. Com a distância, fatalmente arranjarei outra mulher. Eu conheço a vida, eu me conheço. Você ficaria em Boa Vista, solitária, aguentando as chacotas do povo linguarudo: "Olhem para ela, está esperando um comandante que nunca voltará!". Tenho carinho e amizade por sua família, sei que ficariam chateados. Será fatal o esquecimento; não há amor que resista à distância e ao tempo. Entendeu minha situação? Eu já fiz algumas besteiras com mulheres ao longo da minha vida e não quero fazer isso com você. Prefiro lembrar dessa amizade. Confesso: você foi a única mulher a quem resisti para não machucar mais tarde. Você é muito especial para mim.

Yamary escutava as palavras de Mário olhando para o fundo do igarapé. Quando ia iniciar sua resposta, houve uma gritaria no sítio: "Uma cobra gigante, uma cobra gigante!". Todos correram para ver a tal cobra, que estava enrolada em uma árvore. O comandante logo mostrou que conhecia do assunto:

– É uma sucuri. Não é venenosa, mas mata um boi no aperto se o enrolar. Temos que ter cuidado, ela tem muita força.

Foi então que Maurício apareceu com uma pistola, descarregando-a na cabeça da cobra. O animal ainda se manteve enrolado na árvore por algum tempo; foi se desprendendo aos poucos, até que arriou totalmente no chão. Alguns jovens se aproximaram e a cutucaram com um pedaço de pau. Quando tiveram certeza de que estava morta, eles a levantaram e a esticaram no gramado. Maurício buscou uma trena para medir o comprimento: 6,70 metros. Alguém lembrou que bicho não anda sozinho: o companheiro ou companheira devia estar por perto, e provavelmente era do mesmo tamanho.

Passada a confusão, a cobra havia animado a festa. Maurício pediu a um mateiro para abrir o animal e aproveitar o couro. Depois, outros violões juntaram-se ao de Gustavo, aumentando o coro. Yamary sentou-se em frente ao comandante. Às vezes arriscava alisar seus pés por baixo da mesa, fazendo Mário sorrir.

* * *

Na segunda-feira, Yamary leu a carta de Virgínia e entendeu a preocupação do comandante. Se o Comando Militar da Amazônia soubesse da história da professora e daquela carta, seria um grande problema; Mário poderia até ser preso. A única pessoa que sabia de toda a situação em detalhes era Yamary. Depois de muito conversarem, ela aconselhou Mário a tocar fogo na carta. Era um documento que só comprometia a ele, então para que guardar?

Ao chegar em casa, Mário foi à cozinha, acendeu o fogão e queimou a carta comprometedora. Sentiu-se imediatamente mais aliviado.

BOEMIA

Mais de um ano se passara sem que o crime da Lagoa Mundaú tivesse sido esclarecido. Os dois suspeitos viraram piada na imprensa e o inquérito foi arquivado por falta de prova. O cabo Boaventura não desistiu, não parou as investigações: continuou a visitar a Boate da Ana, último local em que a vítima fora vista com vida. Nessas visitas, não recusava a cortesia das cervejas e de uma hora de amor com alguma rapariga. Em troca, o cabo agia como uma espécie de segurança do lugar, chegando até mesmo a levar arruaceiros para a 2ª Delegacia de Polícia em Jaraguá.

Gabriel teve uma fase de alta boemia. Passou a beber com mais frequência nos bares, nos clubes e nos cabarés do bairro Jaraguá. Sentava-se à mesa, convidava uma ou duas mulheres e pedia muita bebida. Ele gostava de dançar com as garotas e era conhecido por pagar bem. Tarde da noite, recolhia-se à sua casa. Acordava tarde, e os problemas do escritório se acumulavam. Deixou de correr na praia diariamente. Seus pais estavam preocupados com aquela mudança sem sentido: frequentar quase que diariamente os cabarés. Gabriel se encontrou muitas vezes com o cabo Boaventura na Boate da Ana. A conversa entre os dois era sempre sobre o crime da lagoa. Gabriel dizia que o sacana do Fernando era um marginal e que tinha muitos inimigos.

Um dia, Dona Isabel abriu seu coração com Andreza. Estava muito preocupada e desgostosa com Gabriel. O que havia acontecido com esse menino? Tornou-se um boêmio, um frequentador assíduo de cabarés. Era um rapaz tão fino, gentil, as moças sempre se interessavam por ele. Ela não conseguia compreender. Bernardo também andava triste por não entender como a vida do filho havia chegado àquele ponto. Já havia tentado conversar, mas Gabriel não dava ouvidos. Andreza ficou a pensar em como abordar o irmão. Afinal, ele tinha 28 anos, já era um adulto.

Aquela situação já durava algum tempo. Certa noite, Gabriel levou duas prostitutas para o Zinga Bar, restaurante muito frequentado na cidade. Ao perceber as mulheres de saias curtas e batons abundantes, o gerente pediu delicadamente às jovens que se retirassem. Gabriel quis brigar. Por fim, entrou com as raparigas no carro. Quando dirigia rumo ao centro da cidade, uma jovem atravessou a estrada de repente. O carro bateu com o para-lamas na moça, atirando-a longe. Gabriel freou e correu para socorrer a menina, enquanto a mãe dela, que estava junto, se desesperava. Levou as duas para o banco traseiro do carro. A jovem sangrava no colo da mãe e de uma rapariga. Partiram rumo ao pronto-socorro. Ao passar pelo posto da polícia militar, Gabriel parou o fusca e pediu ajuda. Os policiais transferiram a moça ferida e sua mãe para o carro da polícia, ligaram a sirene e dispararam a viatura até o pronto-socorro.

Gabriel deixou as prostitutas na zona de Jaraguá, deu-lhes algum dinheiro e voltou às pressas para o hospital. Ao chegar, perguntou por uma moça atropelada. Informaram-lhe que estava sendo operada. Ele esperou por mais informações no corredor do hospital; tinha a fisionomia cansada e continuava um pouco bêbado. Um amigo médico o viu e quis saber o que estava fazendo no pronto-socorro. Ele contou por alto sobre o acidente, nem sabia o nome da moça. Dentro de meia hora, o médico retornou e informou que a operação na perna direita estava terminando: a moça iria se recuperar. Ele pegou Gabriel pelo braço, levou-o até a porta principal, perguntou-lhe onde seu carro estava estacionado e se tinha condições de dirigir. Aconselhou-o a sair imediatamente do pronto-socorro; a família da moça certamente causaria algum tipo de problema. O médico prometeu que deixaria o endereço da jovem na casa de Gabriel no dia seguinte. Seria bom que ele a ajudasse com remédios ou exames. Gabriel finalmente tomou consciência da gravidade da situação. Dirigiu devagar para casa, deixou o carro na garagem, subiu ao quarto e tirou a roupa suja de sangue. Tomou um banho e dormiu.

Ele acordou tarde. Era sábado, então desceu para tomar café com os pais, que já o esperavam, preocupados. Queriam saber o que havia acontecido, se ele ferira ou matara alguém atropelado. Tinham visto o para-lamas e o para-choque amassados, e o chão do carro estava sujo de sangue. Gabriel contou os detalhes do acidente, omitindo a parte das prostitutas, e disse que havia sido aconselhado por um amigo médico a sair imediatamente do pronto-socorro. Agora, gostaria de saber como estava a moça atropelada. Os pais ficaram mais aliviados por não ter sido um acidente de morte, e Bernardo correu ao hospital para buscar informações sobre a vítima.

Gabriel passou o fim de semana recluso no quarto, repensando sua vida e querendo notícias da jovem. Deixou esfriar as emoções do acidente e, na quarta-feira à noite, foi sozinho a Riacho Doce, onde a jovem morava. Bateu à porta da casa e foi atendido pelo pai, que, ao perceber quem era Gabriel, não quis conversa:

– Saia daqui, senão vai levar porrada! – ameaçou.

A mãe da moça interferiu:

– Por favor, meu senhor, vamos conversar. A vizinha viu o acidente, disse que foi imprudência da nossa filha. O senhor socorreu a menina, pediu ajuda à polícia, eu estava lá. Quero ouvir o que o senhor tem a dizer, não se incomode com meu marido.

– Eu esperei por notícias no corredor do pronto-socorro, só fui para casa quando um médico, meu amigo, disse-me que sua filha estava fora de perigo. Deixei passar alguns dias para acalmar os ânimos e venho agora pedir desculpas. Quero saber como posso ajudar. Embora a vizinha tenha visto que a menina foi imprudente, que atravessou a estrada sem olhar, eu também me sinto culpado; poderia ter desviado se estivesse prestando mais atenção. Eu soube, pelo mesmo amigo médico, que ela precisará de no mínimo um mês em repouso para se recuperar. Por isso, quero pagar uma indenização para ajudar com os remédios, com os exames e com tudo que ela precisar.

A mãe sentou-se na cadeira de um velho birô e começou a escrever num papel. Listou remédios, consultas médicas, radiografias, até uma bengala. Fez um cálculo aproximado e mostrou o papel a Gabriel. Ele conferiu, puxou um talão e preencheu um cheque com o dobro do valor apresentado pela mãe, que agradeceu.

– Espero que sua filha melhore. Se possível, gostaria de vê-la antes de me retirar – disse Gabriel.

A mãe o levou ao quarto onde a jovem, deitada com uma perna engessada, escrevia numa prancheta. Ela o olhou estranhamente e ele logo se apresentou:

– Sou Gabriel, fui eu que lhe atropelei. Desejo melhoras e peço desculpas pelo que fiz.

Ele se despediu e deixou um cartão de visitas com a mãe, dizendo que o procurasse se precisasse de alguma coisa. Em casa, contou toda a história aos pais, que o recriminaram por ter ido até lá sozinho. Esse acontecimento foi uma espécie de aviso. Gabriel deixou a vida de boêmio e retornou à vida antiga, trabalhando com mais dedicação, como se quisesse compensar um erro. Ele nunca entendeu essa fase de boemia irresponsável que passou em sua vida.

O PRESENTE

Mário ia fazer 30 anos e convidou alguns amigos para seu aniversário. O tenente Wanderley, que já havia sido transferido para Cruz Alta, prepararia seu último churrasco, e Cid estava no Rio de Janeiro de vez; o pelotão esperava outro médico e outro dentista para substituí-los. O comandante entregou uma quantia em dinheiro ao sargento Robson para que ele providenciasse bebidas, comidas, o bolo e tudo que fosse preciso para a festa.

No sábado à tarde, Mário conferiu as compras do amigo: pratos, talheres, gelo, cerveja, uísque, refrigerantes e sucos. As carnes estavam na geladeira do quartel, que quase virou um frigorífico. Ele agradeceu ao sargento e o dispensou; esperaria por ele no dia seguinte.

Deitado na rede, Mário se pôs a pensar na vida, no futuro, na sua transferência para outra unidade militar, na sua viagem sem retorno para Manaus. Percebeu que teria saudade daquela vida que vinha levando há quase dois anos.

Pouco antes de escurecer, Wanderley procurou o comandante para convidá-lo para uma pequena despedida na zona; sua viagem para Cruz Alta estava marcada para a semana seguinte. Mário se sentiu solitário naquela casa. Ele seria o único morador enquanto não chegassem o novo médico e o novo dentista.

Estava em devaneio quando sentiu alguém balançando a rede pelo pulso. Ao olhar, ficou feliz em ver Yamary sorrindo para ele. Ela usava um vestido branco de tecido fino, solto no corpo. Em seu rosto queimado, destacavam-se os lábios carnudos. Yamary sentou no chão, alisou a cabeça de Mário e começou a falar, sem deixá-lo abrir a boca.

– Seu aniversário não é amanhã. Eu sei que é hoje, dia 8 de julho. Parabéns pelos 30 anos. Eu vim entregar meu presente no dia do seu aniversário. Meu amado comandante, você tem me rejeitado porque um dia irá embora e não pretende retornar, receia que eu sofra com a sua ausência. Você tem medo de um dia me machucar. Tantas vezes me insinuei, e você, sempre gentil, nunca sequer me deu um beijo.

Ela se levantou e sentou na rede junto ao comandante. Continuou falando.

– Pensei muito em nós dois nesses últimos dias e cheguei a uma conclusão: essa sua atitude de não passar por cima da nossa amizade para que eu não sofra é um ato de amor. Você me ama, mas tem medo de admitir esse fato porque vai embora. Mas para mim será pior, muito pior, se você for embora e eu ficar imaginando o que poderia ter acontecido entre nós. Não troco cinco meses e meio de amor por nada na vida. Porque amo você mais do que tudo no mundo, e prefiro arriscar, prefiro um dia sofrer, do que me arrepender do que não fiz. O sofrimento será compensado pelas boas lembranças que criaremos juntos. Essa semana eu pensei no seu presente. Fui à loja da Malu, mas nada me agradou. Você já tem tudo: uísque, perfume, um gravador moderno... Quero lhe dar um presente que o fará se lembrar de mim pelo resto da vida. Ontem, quando ouvi mais uma vez as histórias de amor da minha mãe, que lutou contra toda sua tribo para se casar com meu pai, pude compreender melhor o que eu queria, então trouxe um presente para você.

Ela ainda alisava os cabelos do comandante, e virando seu rosto para o dele, encarando-o olhos nos olhos, continuou:

– Eu sou o seu presente. Quero lhe dar meu corpo, minha alma, quero que você me possua, quero ser a mulher mais feliz do mundo pelo menos nesses meses que passarmos juntos.

Dentro da rede, num puxar de duas tiras do vestido, Yamary ficou apenas de calcinha. Mário não resistiu: os dois se abraçaram e trocaram beijos por todo o corpo. Yamary soltou gritos de dor e de amor. Mário sentiu escorrer um líquido em seu corpo; era o sangue da mulher amada. De repente, sentiu que ela apertava por dentro, numa sequência de contrações que o deixaram louco. Os dois se abraçaram e, naquele momento, ele não sabia se estava vivo ou morto. Continuaram embalados pela rede, estáticos. Mário nunca havia sentido coisa parecida. Ao se descolarem, percebeu o sangue avermelhando a rede e o chão.

– Vou limpar o sangue – disse ela, calmamente.

Enquanto Yamary limpava o chão, Mário embalou a rede molhada de sangue; mandaria lavar na segunda-feira. Terminado o serviço, entraram no quarto e tomaram banho juntos.

A fome não demorou a vir. Tiveram a ideia de comer no Bar da Paracat, pois na casa não havia nada. Montaram na lambreta e foram comemorar não só os 30 anos do comandante, mas também o início daquele amor. Os dois, encantados, olhavam-se e sorriam sem parar. Quando a energia da cidade foi desligada, Mário se levantou da mesa: era hora de levar Yamary para casa. Ela retrucou:

– Meu amor, pode se preparar para ser preso, porque hoje eu vou dormir na sua cama. Vou comemorar seus 30 anos até amanhã de manhã, eu nos seus braços e você nos meus. Não se preocupe com os meus pais: antes de ir te encontrar, abri meu coração para eles. Meu pai, um filósofo, me incentivou: "A vida é uma passagem rápida, vale mais três ou quatro meses de amor que uma saudade". Segui o conselho dele e vim caminhando até você. Nunca imaginei que seria desvirginada numa rede, apesar de ser meio índia. Pegue algumas cervejas, vamos nos embebedar, nos amar em sua cama, e seja o que Deus quiser. Se você for para a cadeia por minha causa, eu o visitarei todos os dias.

Mário cedeu ao pedido de Yamary e a levou consigo. Na cama, nus, os dois tomaram cerveja, se abraçaram e, pela segunda vez, se amaram. Acordaram por volta das 8 da manhã e fizeram amor pela terceira vez. Mário estava se sentindo o homem mais feliz do mundo. Ao saírem do quarto, viram o sargento Robson e outros dois auxiliares ajeitando as mesas e pratos. Yamary também se meteu na arrumação, e em pouco tempo os convidadoscomeçaram a chegar. Dona Anary entregou uma sacola para a filha. Ela entrou no quarto, trocou de roupa e voltou linda e radiante. O comandante estava fascinado por sua fortaleza, sua determinação e por aquele sexo divino.

* * *

Foi uma festa pequena, para amigos. Wanderley comandava a churrasqueira e havia muita bebida e comida. Gustavo cantava e tocava seu violão, acompanhado por outros boêmios. As cinco professoras paulistas também estavam presentes. A comemoração só acabou quando as luzes da cidade se apagaram. Naquele domingo, Mário dormiu sozinho, bêbado, feliz da vida. Sonhou que criava asas, que se transformava em um grande pássaro e voava sobre a floresta amazônica, mergulhando no céu e descendo aos igarapés, onde bebia água. Entretanto, sempre continuava com sede.

Às 5 da manhã, acordou com o toque de alvorada e uma enorme preguiça. Queria dormir mais um pouco, mas um comandante precisava estar com a sua tropa. Levantou-se, tomou uma aspirina e foi direto para a prática de educação física. Começava mais uma semana.

Mário pensou em Yamary durante todo o expediente. Ele a esperou à tarde, e quando ela chegou, de bicicleta, os dois conversaram um pouco. Ao fim das aulas da escola regimental, Yamary caminhou para a casa do comandante. Mário, deitado na rede, lia Crime e castigo; ele gostava de reler os grandes clássicos. Recebeu-a com um sorriso nos lábios, e então entraram no quarto, beijaram-se e amaram-se. Encantado com a graça, a suavidade e, ao mesmo tempo, a maneira ardente e espontânea com a qual Yamary fazia amor, ele se perguntava se as indígenas, por sua natureza livre e selvagem, encaravam a sexualidade de modo tão natural.

A programação de Mário depois do trabalho incluía apenas Yamary. Dia de quarta-feira, havia apenas um expediente no quartel pela manhã. À tarde, eles saíam na lambreta e a namorada orientava a direção. Terminavam em um local deserto, à beira de um igarapé, e forravam a toalha para o piquenique. Então, nus, mergulhavam nas águas cristalinas de pequena correnteza para fazer amor. O comandante ficava louco com o domínio de Yamary sobre o próprio corpo. Ela se contraía por dentro e ele sentia o prazer, o gozo, vindo como uma sensação de morte ou de dor.

Mário deixou para trás as outras mulheres, as namoradas acidentais que às vezes apareciam. Só queria saber de sua índia Yamary. Os dias se passavam e os dois continuavam em lua de mel, entre amor no rio e noitadas na casa do comando.

A TERRORISTA

Certa noite, o comandante recebeu em sua casa uma correspondência confidencial do Comando Militar da Amazônia, trazida no avião da Cruzeiro do Sul. Pelo envelope pardo e o carimbo de "urgente", pensou ser mais um Pedido de Busca Circular. Ao abrir, seu palpite se confirmou. Ficou surpreso ao ver o anexo, uma fotografia de Virgínia. Leu o comunicado.

> COMANDO MILITAR DA AMAZÔNIA
> Pedido de Busca Circular nº 24/67
> Manaus, 21 de agosto de 1967
>
> ---
>
> Solicitamos informações sobre a terrorista Olga Martins Santos, também conhecida por Lúcia, Bethânia ou Suzana.
>
> **Dados da Terrorista:**
> Filha de um sapateiro, perigoso comunista, marxista e stalinista, Olga nasceu e foi criada na cidade de Presidente Prudente. Sua mãe abandonou a família quando Olga tinha dois anos. Vladimir, o pai, educou e doutrinou a filha com ideias esquerdistas desde criança.

Olga cursou Direito em São Paulo e se tornou líder estudantil. Em 1964, foi presa para averiguação.

Atualmente, faz parte de um grupo terrorista ligado ao Partido Comunista do Brasil (PC do B). Trabalha, na clandestinidade, para um grupo de luta urbana armada. Já assaltou diversos bancos, tendo deixado feridos e mortos durante os ataques. É guerrilheira de alta periculosidade.

O Comando Militar da Amazônia obteve informações de que a guerrilheira Olga se encontra em algum local na Amazônia, onde atua na formação de grupos de guerrilheiros rurais.

Solicitamos enviar quaisquer informações acerca da guerrilheira Olga.

Coronel José Ramalho de Azevedo
Chefe da 2ª Secção do Estado Maior do CMA

Fotografia anexa.

Mário olhou atentamente para o retrato de Olga. A fotografia estampava com nitidez o rosto de Virgínia. Respirou fundo e foi tomar uma ducha fria para arejar a cabeça, que mais parecia uma usina naquele momento.

Vestiu uma bermuda e uma camisa velha, montou na lambreta e rumou para a casa de Yamary. Ela havia tirado a noite para corrigir provas da escola regimental, anotando as devidas orientações para cada aluno. Ficou surpresa e alegre ao ver seu amado. Ele precisava conversar um assunto particular, queria a opinião da namorada. Ela o levou para o quarto e os dois se sentaram na cama.

O comandante mostrou o envelope pardo e Yamary leu o documento. Ao terminar e examinar a foto, não teve dúvidas:

– É ela. Quem diria que a paulista branquela seria uma terrorista assassina? Você se livrou em tempo. Já imaginou se essa documentação chegasse na época em que ela morava em Boa Vista e namorava o comandante da guarnição do exército? De qualquer maneira, o Comando Militar de Manaus vai tomar conhecimento do seu namoro. Acho que você deve responder o mais rápido possível, mas sem entrar em detalhes amorosos. Se possível, vá a Manaus explicar pessoalmente. A melhor defesa é o ataque. Eu sou boa de redação, ajudarei você a redigir a resposta, que deve ser simples e objetiva. Então, enviaremos ao Comando o mais rápido possível, via aérea.

– Vamos trabalhar. Tudo que fazemos juntos dá certo.

Pegaram uma caneta começaram a redigir. Corrigiram, editaram e organizaram o texto até que ficasse pronto e enxuto.

9º PELOTÃO DE FRONTEIRA
Quartel em Boa Vista, 23 de agosto de 1967
Ofício 221/67 9PF

Ao Sr. Coronel José Ramalho de Azevedo
Chefe da 2ª Seção do Estado Maior do CMA
Comando Militar da Amazônia.

Em resposta ao Pedido de Busca nº 24/67 do CMA, temos a informar que a referida guerrilheira esteve em Boa Vista por cerca de seis meses, atuando como professora de história contratada por concurso pelo governo do Território de Roraima. Ela morava com mais cinco professoras em uma casa de conjunto para funcionários. Tinha passaporte e carteira de identidade com o nome de Virgínia de Almeida Lira, pelo qual era conhecida na cidade.

No dia 3 de abril de 1967, sem avisar à Secretaria de Educação onde era lotada e trabalhava, sem comunicar a amigos e colegas de trabalho, embarcou num avião da Cruzeiro do Sul com destino a Belém do Pará. Segundo consta, não praticou atos subversivos durante o tempo que passou em Roraima. Sua viagem repentina foi uma grande surpresa para todos, inclusive para o governador do Território e para o Comando do 9º Pelotão de Fronteira, onde colaborava com a biblioteca, repassando livros que chegavam da Secretaria de Educação do Governo Federal.

As informações acima são preliminares. O tenente Guimarães, subcomandante do 9º Pelotão de Fronteira, foi designado por este Comando para realizar uma sindicância secreta sobre a atuação da guerrilheira Virgínia (Olga) no Território Federal de Roraima, num prazo de 10 (dez) dias.

Tenente Mário Márquez Peixoto
Comandante do 9º Pelotão de Fronteiras

No dia seguinte, logo cedo, o cabo datilógrafo bateu à máquina a resposta oficial ao pedido de busca. O comandante marcou o envelope com o carimbo de "urgente" e enviou pelo avião da tarde.

Três dias depois, recebeu um radiograma do CMA:

> Ao Comando do 9º Pelotão de Fronteira
> Boa Vista – Roraima
>
> ---
>
> Radiograma 325/67 CM pt Informo a este Comando estarei viajando a Boa Vista dia 27/8 objetivo acompanhar sindicância sendo efetuada pelo Ten Guimarães pt Favor reservar hospedagem de 27 a 31 de agosto Hotel Roraima pt
>
> Coronel José Ramalho de Azevedo
> Chefe da 2ª Secção do Estado Maior CMA

Depois de muito pensar, Mário foi conversar com Yamary. Ele poderia se complicar pelo relacionamento amoroso e por ter aberto a porta do quartel para a guerrilheira. Certamente teria de prestar depoimento durante a sindicância, assim como todas as professoras e os funcionários da Secretaria de Educação. Havia medidas urgentes a tomar: conversar com as professoras e com a funcionária que havia entregado a carta.

À noite, Mário visitou a casa das professoras. Falou da sindicância sobre a atuação de Virgínia e comunicou a vinda de um coronel do Estado Maior para acompanhar os depoimentos. Ficou aliviado quando uma das professoras confessou ter rasgado o bilhete e jogado no lixo. As paulistas combinaram falar apenas a verdade para não haver contradição nos depoimentos. No dia seguinte, Yamary procurou Alice, a funcionária escolhida por Virgínia para entregar o envelope ao comandante. Era uma amiga de muitos anos. Se fosse chamada a depor, diria que a professora Virgínia viajou de repente sem avisar a ninguém. Omitiria a carta ao comandante.

Às 17h do dia 27 de agosto, um domingo, Mário recebeu o coronel Azevedo no aeroporto de Boa Vista. Levou-o ao Hotel Roraima e aproveitou para confessar, bem-humorado, que havia dormido algumas vezes com a guerrilheira.

Dia seguinte, conforme combinado, o jipe do Comando apanhou o coronel Azevedo no hotel e o levou ao quartel. Depois dos cumprimentos, ele se reuniu com o tenente Guimarães e os dois elaboraram um roteiro para ouvir as testemunhas que conheciam a professora Virgínia. Saindo da reunião, foram conversar com o governador do Estado, a primeira testemunha.

Enquanto o coronel e o tenente ouviam os depoimentos da sindicância, o quartel funcionou normalmente, inclusive a escola regimental. Quando havia oportunidade, o comandante se encontrava com a amada Yamary; o carinho, a sabedoria e o sexo incrível aliviavam suas preocupações. Finalmente, no último dia de estadia do coronel em Boa Vista, ele e o tenente Bernardes tomaram o depoimento de Mário. O coronel iniciou a conversa:

– É inevitável que ouçamos o que você tem a dizer sobre essa guerrilheira. Todos na cidade sabem que vocês tiveram um relacionamento amoroso, e, para concluir a sindicância, deixamos seu depoimento para o final. Gravarei e datilografarei nossa conversa, assim você poderá modificar ou acrescentar algum detalhe. Quero que você conte a história desde o começo.

Mário, então, começou a falar. Contou que havia conhecido Virgínia junto com as outras professoras paulistas, que eram moças inteligentes. Todos se tornaram amigos e os dois acabaram tendo um caso inesperado.

– Éramos apenas amigos, até que certa noite, quando as luzes da cidade foram apagadas no meio de uma conversa, ela me pegou pela mão e me levou para sua casa. Desse dia em diante passamos a nos encontrar uma ou duas vezes por semana, mas não havia nenhum apelo emocional; era apenas físico. Virgínia, ou melhor, Olga, é uma mulher fria, de poucas emoções. Quando saíamos do quarto, ela me tratava como um simples amigo. Nunca sequer andamos de mãos dadas ou abraçados.

O coronel tomava nota e Mário continuou seu relato.

– Ela estava escrevendo um livro sobre a Amazônia e fazia muitas perguntas sobre a região. Vivia com uma máquina a tiracolo, fotografando. Era colaboradora da biblioteca do pelotão, doava livros que o Ministério da Educação enviava ao governo do Território. Nunca estive a par de suas atividades de subversão ou sua ligação com movimentos sociais. Um fato curioso é que sempre convido historiadores, professores e pessoas ligadas à arte e à cultura em geral para palestrar aos sargentos e soldados, mas ela nunca se prontificou a dar uma palestra.

– Comandante, você tem alguma fotografia da Virgínia?

– Eu não sei, coronel, só procurando. Que eu me lembre, não.

Mário continuou seu depoimento, sempre tomando o cuidado de omitir detalhes que poderiam comprometê-lo. Não demorou. À noite, os oficiais foram jantar com o governador, e no dia seguinte o coronel Azevedo retornou a Manaus.

O tenente Guimarães terminou a sindicância com um extenso relatório sobre a professora Virgínia: registrou todos os lugares onde ela esteve e apurou os detalhes dos trabalhos feitos ou organizados pela guerrilheira durante os meses que passou em Boa Vista. O comandante foi citado algumas vezes no documento, que foi enviado para o Comando Militar da Amazônia, em Manaus.

O processo corria e o final do ano se aproximava. Mário e Yamary tentavam ignorar a proximidade da despedida dedicando-se ao convívio permanente. Eles tinham locais preferidos para se amar nas praias do Rio Branco e sempre traziam alguns lençóis guardados nos embornais da lambreta. Nos finais de semana, almoçavam na casa de Gustavo. Às vezes, com muita discrição, passavam a noite no Hotel Roraima. Eles se dedicavam um ao outro e aproveitavam cada momento como se o mundo fosse acabar. De fato, parte dele acabaria para Yamary no dia em que seu comandante voasse para outro destino.

A ALDEIA YANOMAMI

Certo dia, durante uma visita à casa de Gustavo, Mário mostrou vontade de conhecer a aldeia dos índios Yanomamis, onde Dona Anary nasceu e viveu por boa parte da vida. Era um local de difícil acesso na parte montanhosa de Roraima, perto da Venezuela. Alugaram um pequeno avião e Mário sentou-se junto a Bernardino, o piloto. Yamary e Anary ficaram bem acomodadas nos bancos traseiros. Após pouco mais de uma hora de voo, o avião pousou numa pequena pista de saibro e areia, que servia também de campo de futebol. Ao desembarcarem, os índios se aproximaram e reconheceram Anary com muita alegria. Caminharam juntos à aldeia conversando em língua yanomami. Mário ficou fascinado com a aldeia e com o estilo de vida dos índios. Yamary apresentou os visitantes aos amigos e parentes e mostrou-lhes a aldeia, dando uma aula como se estivesse em sala.

– A aldeia tem várias malocas que se comunicam. Em geral, as malocas são casas individuais, mas existem algumas maiores e circulares que servem de espaço comunitário, acomodando até duzentas pessoas. As áreas centrais são espaços para festas e rituais. Os índios se ocupam da caça e da pesca, enquanto as índias se dedicam à agricultura. Cada família tem sua própria fogueira, na qual o alimento é preparado e cozido durante o dia. À noite, as redes são penduradas próximas ao fogo, que é alimentado até a manhã seguinte para manter uma boa temperatura. Não existem chefes nas aldeias yanomamis: todas as decisões são tomadas pelo Conselho após longos debates, nos quais todos têm direito à palavra. Nossa tribo acredita na igualdade entre as pessoas, e cada comunidade é independente.

Os visitantes almoçaram com os índios, que serviram um bom peixe em palha de bananeira. Às 15h30, o pequeno avião retornou à Boa Vista. Mário estava encantado com a organização dos Yanomamis. Por simples preconceito, pensou que encontraria uma aldeia suja e miserável, mas se deparou com uma sociedade sadia e com índios felizes com a vida rústica, que não se encantavam pela modernidade da civilização.

MANAUS

Na manhã de segunda-feira, Mário recebeu um radiograma solicitando seu comparecimento à posse do novo general-comandante do Comando Militar da Amazônia. A cerimônia aconteceria no dia 23 de outubro, às 10 da manhã, na sede do CMA.

Mário convidou Yamary para viajarem juntos. Ficariam em um hotel e passeariam pela bela Manaus. Como a posse estava marcada para a segunda-feira seguinte, eles viajaram no sábado.

O avião da Cruzeiro do Sul pousou pela manhã. O hotel era um dos melhores do centro da cidade. Ao entrarem no apartamento, abriram as malas e penduraram as roupas no armário. Mário abriu a janela e os braços e, virando-se para Yamary, exclamou: “Enfim sós”. Ela o abraçou por trás e beijou seu pescoço. Foram direto para o banho.

Embaixo da ducha morna, abraçados, acariciavam-se com mãos e bocas. Mário levantou-a em seus braços e deitou-a na cama. Beijaram-se dos pés à cabeça até o momento sublime do sexo, quando a alma de Mário se soltou de dor e amor. Ele beijou levemente os lábios da amada, agradecendo-a por aquele momento de prazer. Ela sorriu, cheia de malícia:

– Quero passar os quatro dias nessa cama. Só vou me levantar para ir ao banheiro e comer.

Na hora do almoço, o casal escolheu um restaurante típico para provar o melhor pato no tucupi do Amazonas. Tinham o dia só para eles e decidiram aproveitar: contaram histórias da infância e da juventude, sempre acompanhados de cerveja gelada e uma cachacinha amarela. Da varanda do restaurante, assistiram ao pôr do sol no Rio Negro. Era noite quando retornaram ao hotel, mas não saíram de novo. Amaram-se e dormiram.

Domingo, rumaram à bela praia de Ponta Negra. Escolheram uma barraca e deitaram-se para tomar banho de sol, seguido de um refrescante mergulho no rio. De volta à barraca, o dono ofereceu cachaça de jambu, uma flor da Amazônia. Mário tomou uma talagada e teve uma leve sensação de dormência na língua e no céu da boca. Repetiu a dose várias vezes, alegrando-se ao saber que a cachaça de jambu era afrodisíaca. No almoço, comeram fritadas de tambaqui e tucunaré, então retornaram à confortável barraca e lá ficaram até o anoitecer. Retornaram ao hotel, bêbados e alegres. No dia seguinte, Mário, elegantemente fardado, entrou no quartel general do Comando Militar da Amazônia de braço dado à Yamary. O vestido rosa-claro da amada destacava sua pele morena, queimada de sol, e sua beleza chamou a atenção das senhoras presentes, que perguntavam quem era aquela jovem. Mário a apresentava como sua namorada. A cerimônia de passagem de comando foi bem organizada dentro dos padrões militares. Ao final, o novo general-comandante fez um discurso sobre o que chamou de Revolução de 1964, terminando com a frase: "O Brasil jamais será um país comunista".

A recepção no gabinete do Comando foi de camaradagem. Mário conversou com os colegas, alguns sabiam e comentaram o caso da guerrilheira. Também informaram que, no dia 24 de dezembro, Mário e outros colegas tenentes deveriam ser promovidos a capitão. O coquetel, bem servido, oferecia frutas da Amazônia e sucos variados, além de canapés, cerveja e um bom uísque. A banda do 24° Batalhão de Caçadores animava a festa com músicas de jazz, em especial as de Glenn Miller.

Mário e a namorada foram uns dos últimos a sair do quartel. Era noite quando retornaram, beijando-se e dizendo "eu te amo". No quarto do hotel, mais e mais amor.

A viagem estava chegando ao fim, e o casal decidiu passar o último dia na praia de Ponta Negra. Queriam uma bela despedida daquela lua de mel em Manaus.

Pela manhã, depois do café, Mário pediu a Yamary para esperá-lo no hotel; ele precisava ter uma conversa com um colega no 24° BC, mas retornaria logo. Ela insistiu em acompanhá-lo, ele preferiu sair sozinho. Discretamente, partiu para o centro do comércio de Manaus e entrou num joalheria. Após escolher o que queria, voltou ao hotel com um pequeno pacote no bolso.

Na praia de Ponta Negra, escolheram a mesma barraca do dia anterior e lá tomaram sol, cerveja e a afrodisíaca cachaça de flor de jambu. Almoçaram pirarucu e continuaram na cervejinha até o sol baixar por trás do Rio Negro, um espetáculo belíssimo. Finalmente, despediram-se da cama do hotel com muitos ais de amores e, é claro, as divinas contrações. Foram dias inesquecíveis que marcaram o resto de suas vidas.

Em casa, Yamary contou à família sobre os dias felizes de Manaus. Quando se lembrou que faltavam apenas dois meses para a partida de Mário, chorou sozinha no quarto, molhando o travesseiro. Sentia-se, ao mesmo tempo, a mulher mais feliz e mais triste do mundo. O tempo era inexorável. Não pretendia vê-lo quando chegasse o dia da partida: ela não aguentaria um abraço de adeus.

A DECISÃO

No final de novembro, Bernardo e Isabel receberam uma carta de Mário.

Boa Vista, 21 de novembro de 1967

Queridos pais,

No último dia que passei de férias em Maceió, minha sábia mãe fez uma observação sobre mim, baseada nas histórias que contei e no meu modo de vida em Roraima. Ela falou, com convicção, que eu estava apaixonado pela professorinha que ensina aos soldados, mas que eu ainda não sabia disso. Dona Isabel nunca erra, e mais uma vez acertou. Ela sabe o que está acontecendo com os filhos pelo gesto, pelo olhar, por uma história contada.

Desde que cheguei ao 9º Pelotão de Fronteiras, estabeleci com a professora Yamary uma convivência profissional, quase diária, na alfabetização de soldados. Eu e ela realizamos, juntos, vários projetos de ensino e cultura, como a oferta de cursos profissionalizantes e a criação e organização de uma biblioteca para incentivar a leitura entre os militares e a comunidade. Como era de se esperar, o trabalho e a convivência deram origem a uma profunda admiração e amizade entre nós.

Certo dia, tive uma grande surpresa: Yamary me disse, sem rodeios, que estava apaixonada por mim. Apontei logo o maior problema entre nós dois e falei que eu não poderia alimentar um namoro a distância com uma jovem tão preciosa como ela, pois em pouco tempo eu seria transferido e não retornaria a Boa Vista. Como sabemos, a distância e o tempo acabam com qualquer paixão.

Quando chegou o meu aniversário, tivemos uma longa conversa. Mesmo sabendo que um namoro entre nós não tinha futuro, ela disse que queria viver o presente: ainda que fossem apenas cinco ou seis meses, eles seriam inesquecíveis. Quando eu fosse transferido, então, a saudade seria amenizada pela bela lembrança dos dias que passamos juntos. Ela estava disposta a arriscar, preferia viver esses momentos e enfrentar a dor de me perder do que abrir mão desse amor. Foi assim que começamos a namorar, mesmo sabendo que havia um prazo de validade.

Nosso amor foi se tornando mais forte a cada dia. Nunca pensei que uma mulher tivesse o poder de me completar tanto. Ela trouxe alegria à minha vida, minha felicidade está escancarada.

Aproximei-me da família de Yamary muito antes do namoro. Seu pai, Gustavo, é negro, e sua mãe, Anary, é índia. Yamary é a mulher que eu amo há tanto tempo e não sabia. Só minha mãe percebeu.

Hoje, é com alegria que escrevo para comunicar minha decisão a vocês e à nossa família. No dia 24 de dezembro, serei promovido a capitão. Coincidentemente, é aniversário de Yamary. Decidi pedi-la em casamento, não sei mais viver sem essa mulher. Comprei as alianças quando fomos a Manaus. Nem ela nem a família sabem dessa que, a meu ver, é a decisão mais acertada que já tomei em minha vida.

Devo viajar para Maceió antes do dia 31 de dezembro. Tenho tudo planejado: fiz a solicitação para ser classificado no 20° BC em Maceió, e, quando for promovido a capitão, terei o direito de escolher qualquer cidade do Brasil após servir por mais de dois anos na fronteira. Pretendo começar a trabalhar na construtora no início de março.

Quando eu for para Maceió, levarei Yamary; quero que ela conheça minha família. Ela não sabe do noivado, mas pretendo me casar no próximo ano. Ainda vou combinar a data com a noiva.

Tenho certeza de que essa decisão deixará todos surpresos e alegres. Vocês vão amar Yamary, e ela, vocês!

Um beijo saudoso do noivo apaixonado,
Mário.

O comandante e Yamary continuaram os encontros amorosos. O dia da despedida estava chegando, e Mário teve vontade de revelar seu plano de casamento para alegrá-la. Acontece que Yamary, mulher forte, nunca se mostrou triste, nunca falava no dia da partida, vivia como se ele não fosse embora. Mário, então, resolveu manter a surpresa do noivado. Mal sabia ele que Yamary chorava sozinha em seu quarto todas as noites, abafando os soluços desesperadamente.

Enfim, era véspera de Natal. Ao entrar na casa de Gustavo, Mário encontrou toda a família bebendo e comendo em torno da mesa posta com fartura, o apetitoso peru assado sendo o centro das atenções. No meio da festa, ele abraçou Yamary e pediu licença à família para dizer algumas palavras naquele Natal.

– Meus queridos amigos, quero comunicar a vocês uma decisão há muito pensada e repensada. A decisão mais acertada da minha vida. Desde que cheguei a Roraima, há cerca de dois anos, vi em Yamary uma companheira de trabalho entusiasmada pelo ensino. Realizamos, juntos, o sonho de alfabetizar os soldados do pelotão. Essa amizade e essa cumplicidade deram origem a um amor que só foi descoberto por nós há poucos meses. Iniciamos um namoro sabendo que terminaria algum dia, em breve, quando eu fosse transferido para outra cidade. E esse dia está chegando.

Todos os presentes, principalmente Yamary, olhavam surpresos para Mário. Ele continuou:

– Antes que esse dia chegue, e por ter descoberto que não posso viver sem essa mulher, decidi pedir à Yamary para ser minha companheira para o resto da vida. Yamary, você quer ser minha esposa, mãe dos meus filhos, meu amor, minha amiga e parceira até nossos últimos dias? Você quer se casar com este comandante, seu companheiro de luta?

Surpresa por tudo que ouvia, Yamary se emocionou. Não conseguia dar uma palavra, abraçada e chorando no ombro de Mário. Ele puxou a caixinha com duas alianças e entregou uma a ela, que só repetia "Sim, sim, sim!". Alegria geral na família, Gustavo correu para buscar uma garrafa de Dom Pérignon, e todos brindaram aos noivos. Yamary, refeita da emoção, pediu a palavra. Queria falar, disse apenas duas palavras:

– Estou grávida.

* * *

No dia 28 de dezembro Doutor Bernardo recebeu um telegrama.

Bernardo Peixoto
Avenida da Paz 1074
Maceió – Alagoas

Chegaremos 4 janeiro voo Cruzeiro do Sul 18 horas pt Favor reservar Hotel Atlântico três hospedagens para Gustavo vg Anary e Yamary Gomes entre 4 e 14 janeiro pt Mario

O Réveillon no Clube Rio Branco foi um sucesso, a família Gomes sabia animar uma mesa. Naquele ano, o show ficou por conta da banda norte-americana The Platters, que estava excursionando pela América do Sul. Fato curioso é que, poucos dias antes da festa, descobriu-se que o grupo contratado não era o original: o empresário não havia pagado à banda, que ficou retida no hotel em Georgetown. Os comerciantes, fazendeiros e garimpeiros de Boa Vista, decidiram arcar com as despesas do grupo, com a condição de que eles cantassem na praça para o povo e no Réveillon do Clube. Foi assim que The Platters tocou no Réveillon e arrasou. Os casais dançaram de rostos colados ao som dos grandes sucessos "Only You", "Smoke Gets in Your Eyes" e "The Great Pretender".

Não havia ninguém mais feliz que Yamary. De aliança na mão direita e com o amado comandante ao lado, esguio e elegante num terno escuro, ela dançou, brindou e bebeu. As antigas namoradas de Mário olhavam de longe com uma ponta de inveja da linda professora índia. Ao terminar o show dos Platters, subiu ao palco a Banda Pacaraima, formada por músicos de Boa Vista. Às 4 da manhã, como já era tradição, a festa virou carnaval. O comandante caiu no passo, deu um show traçando tesouras e agachando como um bailarino ao som do frevo "Vassourinhas". Yamary, feliz, batia palmas, quando de repente foi empurrada e caiu no chão. Sua irmã Mayara viu quando Malu a empurrou e partiu para cima, derrubando-a no chão e desferindo uma série de tapas antes da briga ser apartada. Mais tarde, Yamary e o comandante riram da situação. Perto do amanhecer, a banda se deslocou para o gramado à beira do Rio Branco, e quando o sol surgiu feito uma bola de fogo no horizonte, a banda, meio desafinada, tocou o "Bolero de Ravel". Começava 1968. A partir daquele ano, Mário, Yamary e o mundo jamais seriam os mesmos.

MACEIÓ

O avião pousou no Aeroporto dos Palmares às 18h20. Já havia escurecido, e a família e os amigos de Mário aguardavam animados e ansiosos no saguão. Os passageiros iniciaram a descida. Quando o jovem casal apareceu de mãos dadas, uma banda de pífano começou a tocar, em ritmo alegre, a música "Saudade de Maceió". Os amigos completavam o coro, gritando: "Mário, Mário, Mário!".

Elegantes, os dois finalmente desceram a escada do avião, ela num vestido azul-claro, ele fardado de capitão do exército brasileiro. Na sala de desembarque, foram cobertos de abraços e beijos. Mário, emocionado com a recepção, apresentava Yamary: "Minha noiva, minha noiva!". Ao avistar Doutor Bernardo e Dona Isabel, abriu os braços e um sorriso. O abraço na mãe foi mais demorado.

– Meus pais, eu trouxe outra filha para a família. Vejam como Yamary é linda! – disse Mário, e então percebeu que havia deixado Gustavo e Anary para trás; eles estavam se apresentando aos futuros novos parentes.

A espera das malas não foi longa. Dom Pablo levou as malas de Gustavo e informou que ele e Anary desceriam em seu carro. Os outros foram se acomodando em outros carros, todos a caminho da casa do Doutor Bernardo, na Avenida da Paz. Dom Pablo aproveitou o momento para apresentar Carolina, sua esposa, e informou ao casal:

– O meu neto, Mário, pediu para reservar dois apartamentos no Hotel Atlântico. Acontece que mudamos os planos. Vocês serão nossos hóspedes aqui em Maceió: minha casa é grande, mandei preparar dois quartos com banheiro para vocês e sua filha. Ficarão mais bem acomodados do que no hotel, tenho certeza. E não dou o direito de recusar.

– Obrigada pela gentileza! Não gostamos de incomodar as pessoas, mas já que o senhor não nos deu o direito de recusar, aceitaremos o convite. Viemos para conhecer a família e ajudar Yamary a escolher a casa que vão alugar, além dos móveis necessários. Só resolvemos viajar a Maceió depois do Natal. Não sabíamos do noivado, sequer que Yamary estava grávida! – disse Anary, animada.

– Como é essa história? Eu vou ganhar outro bisneto? Que notícia maravilhosa!

Os dois casais conversaram por todo o caminho até a casa de Dom Pablo. Chegando lá, instalaram-se num quarto confortável e foram caminhando pela calçada até o bangalô do Doutor Bernardo. A casa estava em clima de festa e a alegria foi ainda maior quando souberam da gravidez de Yamary.

Muitos abraços e muitas apresentações depois, chegou a hora do jantar. Foi servido carapeba frita, sururu ao coco, fritada de camarão, moqueca de siri mole, carne de sol desfiada e filé ao molho madeira. Gabriel e Andreza não largavam o irmão e a cunhada, e Antônio só chamava Mário de "sócio". Os mais velhos estavam encantados com a simpatia e a beleza exótica de Yamary. Seu Sebastião logo se aproximou de Gustavo, sentiram grande empatia um pelo outro quando descobriram que ambos eram violeiros. Dona Conceição contou histórias de quando Mário era criança para Anary. Alguém lembrou que os viajantes estavam cansados e precisavam dormir. Gustavo, Anary e Yamary caminharam até a casa de Dom Pablo. Yamary tomou um banho, vestiu o pijama e, antes de adormecer, chorou no travesseiro, dessa vez de felicidade.

No dia seguinte, Yamary acordou com sua mãe batendo à porta do quarto.

– Acorde, menina! Venha ver que beleza.

Anary esperou que a filha escovasse os dentes e vestisse uma roupa. Então, puxou-a pela mão e desceu as escadas até a sala. Ao sair pela porta da frente, Yamary se surpreendeu com a beleza fascinante do mar azul-turquesa com matizes verde. O céu era de um belíssimo azul, entrecortado por nuvens brancas. A extensa praia de areia branca começava logo abaixo da calçada, repleta de frondosas amendoeiras e jardins gramados. Completando a paisagem, um bucólico coreto enfeitava a Avenida da Paz. Yamary ficou estática, encantada com aquela luminosa manhã. Era naquela cidade que ela iria morar pelo resto da vida, junto a seu amado. Imaginou seus filhos nadando naquele mar azul esverdeado e se emocionou.

Minutos depois, Mário apareceu buzinando o carro e convidando a família de Yamary para conhecer a cidade. Também aproveitariam para olhar algumas casas que o avô havia oferecido para o casal morar.

Passaram pelo bairro boêmio de Jaraguá e desembocaram na praia de Pajuçara. Yamary, encantada com tudo que via, pediu para tomar um banho de mar. Mário cortou sua empolgação; seria melhor olhar as casas ainda pela manhã.

Consultou o endereço e parou na porta da casa da Pajuçara. Era um puxadinho encostado no muro dos fundos, com dois quartos, cozinha e banheiro. Yamary achou lindo, mas Mário não aprovou por ser apenas uma dependência.

Partiram para a parte alta da cidade. No aristocrata bairro do Farol, Dom Pablo possuía duas casas de dois andares com arquitetura da década de 1950. As duas estavam locadas, então só olharam por fora. Yamary preferia morar perto da praia. Mário desceu dirigindo pela beira da lagoa e chegou ao bairro do Trapiche da Barra. Foi direto para a casa perto da praia, que estava em reforma para ser alugada. O inquilino anterior havia entregado a casa há pouco tempo. Entraram pela portinhola do jardim e cumprimentaram os pedreiros, que recuperavam o reboco das paredes. Era uma casa térrea, avarandada, com quatro quartos, sendo duas suítes. No fundo do extenso quintal ainda havia um puxadinho com um quarto menor. Yamary foi logo dizendo:

– Amei essa casa, foi amor à primeira vista! É perto do mar e da lagoa, bem dividida e com um quintal enorme para o Mariozinho brincar. Vamos olhar a última casa só por desencargo de consciência. Eu e o Mariozinho votamos nessa casa, já são dois votos. E você, comandante?

– Quem é que pode com você, Yamary? Claro que será essa! Você já escolheu até o nome do nosso filho.

Satisfeitos, os dois comunicaram a Dom Pablo a escolha da casa. O colombiano confessou gostar do Trapiche da Barra: entre o mar e a lagoa, tinha tudo para ser o bairro do futuro. A construtora estava pensando em comprar um terreno e construir um condomínio residencial de luxo naquele bairro. Tinha certeza de bom negócio. As tendências imobiliárias de Maceió apontavam para o litoral Sul, em especial as praias do Sobral, Trapiche e Pontal da Barra.

Yamary se dedicou a fiscalizar os reparos e a pintura da casa. De imediato, mudou a cor de parede, deixando a casa a seu modo. Andreza a levou ao centro da cidade para comprar os móveis necessários. O casamento, marcado para abril, aconteceria em Boa Vista, e o filho nasceria em julho daquele mesmo ano.

A família decidiu passar o fim de semana no sítio. Lotaram as duas lanchas. Yamary e seus pais ficaram encantados com as lagoas, os canais, as ilhas cheias de coqueiros, os pássaros. Ao atracarem no cais, Seu Sebastião e Dona Conceição já os aguardavam. Mário convidou a noiva e os pais para uma volta na cidade antiga de Marechal Deodoro no jipe velho. Todos ficaram fascinados com a praia do Francês, a cor do mar e os arrecifes.

À tarde, Yamary mergulhou na lagoa e se deixou contemplar o céu, os coqueiros, as garças. Esqueceu do tempo pensando na vida. Ao entardecer, Sebastião trouxe o violão e Dom Pablo cantou suas músicas nostálgicas. Gustavo mostrou ser bom tocador, e todos cantaram, beberam e conversaram até altas horas. Só retornaram a Maceió no domingo à tarde.

A BOEMIA DE JARAGUÁ

A forte amizade iniciada naquele fim de semana entre Gustavo e Sebastião durou o resto da vida; o cangaceiro se entendeu com o filho de Canudos. Em seu velho jipe, Sebastião mostrou a cidade a Gustavo, enquanto Dona Anary se ocupava em ajudar a filha com os serviços da casa nova. Os dois saíram pelos bares da cidade ao anoitecer e foram à casa de mulheres no bairro boêmio de Jaraguá. Numa dessas incursões, entraram na Boate da Ana, onde pediram uma cerveja gelada.

De longe, uma prostituta encarava Sebastião. Estava a pensar, até que pareceu se lembrar de alguma coisa e chamou Dona Ana.

– Está vendo aquele senhor de camisa verde? Tenho certeza de que é o velho que foi xingado por aquele rapaz assassinado. Minha memória é boa, gravo bem as fisionomias das pessoas. Sou assim desde menina.

Ana telefonou para a Delegacia de Bebedouro e tentou falar com o delegado Boaventura, mas ele não se encontrava. Os homens se divertiram, pagaram e saíram antes que ela conseguisse contatar o delegado.

No dia seguinte, ele retornou a ligação. Ana contou que um dos suspeitos do Crime da Lagoa havia farreado na boate na noite anterior. O delegado aproveitou a oportunidade para aparecer no cabaré. Apoderou-se de um quarto, chamou a rapariga testemunha e anotou o depoimento da jovem em um caderno.

– Você tem certeza de que esse senhor que esteve aqui ontem à noite é o mesmo que foi atacado pelo corretor de imóveis assassinado?

– Sim, tenho certeza. Eu reconheci o velho, não esqueço o rosto das pessoas.

– Você foi para o quarto com ele? Ele te chamou para algum serviço?

– Não, eu estava com outro cliente.

– Quer dizer que você não conversou com ele? Não perguntou o nome dele?

– Não, senhor. Quando vi o homem de longe, falei logo para Dona Ana. Ele foi para o quarto com a Carminha, o outro foi com a Augusta.

O delegado Boaventura pediu para falar com a Carminha. A jovem, pernambucana de Bom Conselho, disse que estava às ordens.

– Ontem você foi para o quarto com um cliente mais velho. Quero saber o nome desse cidadão, onde ele mora e o que você sabe sobre ele.

– Ele não é tão velho, ainda está muito bom. Com algumas alisadas, ficou logo afoito. O cara é melhor que muitos jovens bêbados que broxam quando tomam qualquer cachacinha.

– Não é isso que eu quero saber. Quero saber o nome dele, onde ele mora. Preciso dessas informações.

– Seu delegado, isso eu não sei, não. Quando entrei nessa profissão, me aconselharam a nunca perguntar o nome do cliente, muito menos onde ele mora. Faz parte dos serviços que nós presta aos clientes, não saber da vida de ninguém.

– Puta que o pariu! – gritou o delegado, batendo com força na mesa. – Eu quero é o nome e endereço desse velho. Vocês fiquem de olho: quando ele aparecer novamente, peçam à polícia para prendê-lo. É uma testemunha preciosa, e também é suspeito. Seja qual for a hora, me telefonem. Vou escrever nesse papel o número da minha casa e da delegacia.

O delegado só se acalmou quando tomou duas cervejas e foi arrebatado pelos encantos de Carminha. Boaventura deixou a boate feliz.

Sebastião passou o resto da estadia de Gustavo apresentando os bares da cidade em seu velho jipe, sempre com o violão debaixo do braço. Foi por pouco que não retornaram à Boate da Ana.

Anary e Gustavo retornaram para Boa Vista. A noiva ficou, precisava de mais tempo para deixar a casa à sua maneira. Continuaria hospedada na casa de Dom Pablo, só voltaria para preparar o casamento. A família organizou uma festa de despedida para os sogros de Mário, e Sebastião prometeu que iria ao casamento com Conceição.

A CONSTRUTORA

Mário entrou com o pedido de baixa do Exército. Foi rápida a tramitação, ficou no quadro de Capitão da Reserva não remunerado. Como previsto, iniciou seu trabalho na Construtora Manguaba em março de 1968. Em uma semana, estava senhor da situação. Com a supervisão de Antônio, listaram, nas grandes lojas de material de construção, os materiais de acabamento das duzentas casas para venda em São Paulo, regateando preço e oferecendo pagamento à vista para baratear a obra. Para iniciar a venda das casas do Conjunto Santa Isabel no Tabuleiro do Martins, construíram e mobiliaram rapidamente apenas um imóvel, que serviu como amostra e facilitou o trabalho dos corretores.

Mário se dedicou ao seu trabalho. Percebeu que alguns trabalhadores chegavam atrasados, enquanto outros apresentavam atestados médicos e ficavam sem trabalhar por alguns dias. Entrevistou todos os empregados e constatou que, além disso, a maioria dos quase duzentos trabalhadores não sabia interpretar um texto – eram praticamente analfabetos.

Em uma reunião com a diretoria, Mário demonstrou sua preocupação com a produtividade dos trabalhadores. Tinha algumas sugestões que exigiam pequenos gastos; seria um investimento. Teria retorno, com certeza. Distribuiu a listagem das sugestões datilografadas a Antônio e Dom Pablo, que leram no mesmo momento.

SUGESTÕES PARA
MELHORAR A PRODUTIVIDADE

1. Oferecer café da manhã simples, com pão ou macaxeira, para todos os trabalhadores antes do início do serviço. Muitos começavam o trabalho em jejum, sendo a primeira refeição o almoço, que eles preparam no intervalo entre 12 e 13h;
2. Ao término do expediente, oferecer alfabetização aos trabalhadores, contratando uma professora para uma aula diária de 40 minutos em uma sala improvisada na obra;
3. Criar um posto de saúde dentro da obra e contratar um médico, ou estudante estagiário, para atendimentos de urgência. Essa medida evitará as faltas justificadas por doenças. Disponibilizar também os remédios mais comuns (pedir amostras grátis ao Doutor Bernardo, Andreza e Vera);
4. Tornar obrigatório, para todos os trabalhadores, o uso de capacete e outros equipamentos de segurança.

Antônio e Dom Pablo leram com atenção as medidas simples, mas revolucionárias de Mário. Dom Pablo isentou-se de opinião; deixou que Antônio decidisse junto com Mário. Ficou acertado que implementariam essas sugestões gradativamente até o final do ano. O argumento de Mário era que, com essas medidas, a produtividade dos trabalhadores aumentaria, assim como a autoestima, garantindo prazer em trabalhar. Era um investimento que não precisariam repassar ao custo de venda da casa.

Andreza e Yamary deram a maior força para que essas medidas fossem implementadas em prol não só dos trabalhadores, mas também da construtora. Andreza se prontificou a organizar o posto de saúde, recolhendo, com seu pai e outros médicos, diversas amostras grátis de remédios. Yamary organizou a escola de alfabetização nos modelos da escola regimental.

Em pouco tempo, o café da manhã passou a ser oferecido e o posto de saúde e a escolinha estavam funcionando. Os gerentes sentiram a satisfação dos empregados. Já avaliar a produtividade requeria mais tempo.

Dom Pablo comentou, gracejando:

– Meus sócios socialistas e suas esposas vão falir a construtora. Na verdade, eu gostei das inovações, gosto de ousadias. Os trabalhadores merecem.

O CASAMENTO

No final de março, Yamary viajou a Boa Vista para preparar o casamento e a hospedagem da família, organizando uma programação agradável para retribuir o carinho recebido pelos familiares do comandante.

Toda a família de Mário, inclusive as crianças e uma babá, viajaram para Roraima, deixando suas casas aos cuidados de empregados e vigias. Seu Sebastião deixou um amigo vigiando o sítio. As passagens foram presente de Dom Pablo.

Embarcaram num avião pela manhã, e devido às paradas e conexões, chegaram em Boa Vista ao escurecer. Hospedaram-se no Hotel Roraima, com exceção de Sebastião e Conceição, que ficaram na casa de Gustavo.

Yamary preparou uma vasta e divertida programação. Todos os dias havia almoços ou festas no sítio de algum amigo. Os meninos se divertiram tomando banho nos igarapés e adoraram a comida regional da Amazônia. Mário mostrou o quartel do 9º Pelotão de Fronteira, onde foi recebido com saudações militares, e mostrou a casa onde morou por dois anos. Levou Gabriel ao Bar da Paracat e o apresentou aos amigos. Malu gostou e paquerou o irmão do comandante, conversaram alegremente. Mesmo quando a luz da cidade apagou, os dois continuaram. Dormiram na casa de Malu.

Eles formaram um alegre casal, indo juntos em todos os eventos. No casamento também ficaram juntos, largando-se apenas na hora embarque. Ela prometeu que um dia iria conhecer Maceió.

O casamento aconteceu pela manhã na Igreja de Boa Vista, presentes os amigos da família de Yamary. Ela entrou de braço dado com o pai, o vestido de noiva comprido, a grinalda presa por uma testeira que ostentava uma pena inclinada. Yamary estava linda, a barriguinha da gravidez aparecendo nitidamente. Ela não quis apertar o vestido para não machucar o Mariozinho. Mário entrou de braço dado com Dona Isabel, feliz, sorrindo e cumprimentando todos os convidados. O padre que realizou o casamento era jovem e fez um bonito sermão.

Houve uma bela e farta recepção no Clube Rio Branco, a orquestra de Roraima tocando, o povo dançando até anoitecer. Festa alegre, irradiando felicidade. Dom Pablo, entusiasmado, chegou a perguntar se Carolina queria se casar. Ela apertou sua mão com carinho.

– Meu querido, estamos juntos há mais de trinta anos, me sinto feliz, nada me falta. Tenho você, que não nega fogo aos 75 anos. Talvez o casamento quebre essa magia da nossa convivência, desse amor ao nosso modo. Prefiro deixar tudo como está. Quero continuar sendo sua professora. Aliás, estudei tudo sobre o Território de Roraima e a cidade de Boa Vista para ter o prazer de lhe ensinar um pouco da geografia e da história dessa região amazônica. Sinto-me desejada. Então me diga: para que casar?

Três dias depois do casamento, o avião decolou de Boa Vista de madrugada. Ao anoitecer, a família desembarcou no Aeroporto dos Palmares.

* * *

Yamary, com gravidez adiantada, de barrigão, ajudava na organização da escola e orientava a professora contratada. Ao fim do expediente na construtora, que acontecia por volta das 16h, alunos voluntários tinham aula de português, matemática, história e geografia. No início apareceram poucos alunos, mas aos poucos a turma foi aumentando. No terceiro mês, os alunos se apertavam nos bancos e cadeiras da sala improvisada. Eles sentiram o quanto valia a pena estudar. Andreza e Vera organizaram o posto de saúde, que contava com uma enfermeira e um estagiário de medicina. Os familiares dos trabalhadores também passaram a ser atendidos ali. Os casos mais graves eram encaminhados para o Doutor Bernardo, que continuava sua tradição de atender gratuitamente, toda terça e quinta, o povo carente. Durante a madrugada, o velho Quincas levava, em sua velha camionete, cerca de duzentos pães franceses. Uma equipe formada pelos trabalhadores fazia café e distribuía os alimentos a partir das 6h30. O expediente iniciava às 7h.

Certo dia, impressionada com o tamanho da barriga de Yamary, Andreza decidiu levá-la ao consultório do pai. O velho e experiente médico confirmou seu palpite: pareciam ser gêmeos. A notícia causou euforia na família – faltava um mês para Mariozinho e Gustavinho nascerem.

A PASSEATA DOS 100 MIL

No dia de São João, Dona Isabel viajou para o Rio de Janeiro com Doutor Bernardo. Os exames semestrais tinham sido marcados com antecedência, e o acompanhante escalado da vez era Gabriel. O filho ficou alegre pensando nas primas cariocas. Isabel deu entrada no hospital pela manhã, iniciando uma bateria de exames. Doutor Bernardo, então, liberou o filho para dar uma volta no Rio.

Gabriel leu no jornal que naquele dia haveria uma grande passeata contra o regime militar. O governo havia autorizado o evento, organizado a partir de um encontro de estudantes e intelectuais com o governador Negrão de Lima.

Gabriel tomou um ônibus para o centro do Rio de Janeiro e foi assistir à passeata. Naquele dia, nenhum ônibus ou carro circulava pela Avenida Rio Branco. Ele chegou às 11h e encontrou a região tomada de gente por toda a extensão da avenida. Não havia apenas estudantes, mas pessoas de vários segmentos sociais, incluindo artistas famosos e intelectuais, que caminhavam pelo asfalto de braços dados. As mães de muitos estudantes também compareceram, assim como alguns religiosos. Pela primeira vez, era possível participar de uma manifestação sem o risco de ser preso. A morte do estudante Edson Luiz pela polícia, há três meses, estava viva na memória de todos. Parecia inacreditável que tanta gente reunida não resultaria em repressão, como acontecera em protestos anteriores.

A polícia calculou mais de cem mil manifestantes presentes. Por isso, o episódio ficou conhecido como a "Marcha dos Cem Mil".

Gabriel tentou se aproximar quando iniciaram os primeiros discursos. Queria cumprimentar seu amigo Vladimir Palmeira, líder da passeata. Às 11h30 iniciaram-se os primeiros discursos alertando sobre uma possível infiltração de policiais, pedindo que tivessem cuidado com as provocações. Gabriel viu quando Vladimir apareceu em um terno escuro, com alguns amigos lhe dando proteção. Àquela altura, a praça e a avenida estavam lotadas. Vladimir tirou o paletó, afrouxou a gravata e pediu que todos se sentassem para escutá-lo melhor. A multidão atendeu, sentando-se no chão, inclusive Gabriel. Vladimir, orador fluente, começou:

– Esta manifestação é dos estudantes, do povo. Os estudantes mostraram que não são cordeiros e que seu movimento ganhou força e consistência. Mas não nos iludamos; esse recuo é tático. A repressão está na essência da exploração do povo. Como é que um governo que sempre nos reprimiu permite, agora, essa manifestação? Está na cara: sabemos que a violência vai voltar e que seremos reprimidos novamente, porque isso faz parte de um sistema que já conhecemos. E é por conhecê-lo bem que queremos derrubá-lo.

Eram palavras duras, que apontavam para um horizonte difícil de ser divisado. O pessoal da esquerda radical estava atuando na luta armada para derrubar a ditadura e implementar a democracia do proletariado. Mas, por incrível que pareça, aquela passeata terminou sem confrontos e sem feridos.

A multidão seguiu em passeata até a Candelária. Das janelas dos edifícios caía papel picado, saudando a Marcha dos Cem Mil. Vladimir Palmeira seguia à frente, protegido por cordões formados por cerca de trinta companheiros. Os grupos iam se juntando de braços entrelaçados, formando uma massa compacta. As atrizes Eva Todor, Tônia Carrero, Eva Wilma, Leila Diniz, Odete Lara e Norma Bengell caminhavam de mãos dadas, exibindo um cartaz no qual se lia "Contra a censura, pela cultura". Em outro grupo, via-se Gilberto Gil, Cacá Diegues, Nara Leão, Nana Caymmi, Caetano Veloso, Chico Buarque, Edu Lobo, Nelson Motta, Paulo Autran, Marieta Severo, entre outros.

Gabriel, solitário no meio da multidão, embevecido pela aproximação dessas figuras da cultura brasileira, ficou frustrado por não ter dado sequer um olá de longe ao amigo Vladimir, o grande líder daquela manifestação. A Marcha dos Cem Mil entrou na história como um dos mais importantes movimentos de resistência à ditadura.

Gabriel chegou ao hotel e contou a seus pais os detalhes da passeata. Ficaram aguardando a reportagem na televisão.

* * *

Mais tarde naquela noite, Doutor Bernardo telefonou aos amigos para marcar um encontro no Amarelinho. Isabel ficou na companhia do motorista e de Leonor, que estava com uma imensa vontade de dar um abraço especial no primo, mas o motorista estava na marcação, sempre vigilante. Gabriel foi com o pai ao encontro com os alagoanos. Ele adorou rever as ilustres figuras de Alagoas, referências na literatura e cultura nacionais. Deram boas gargalhadas, como sempre, e retornaram mais tarde ao hotel, meio bêbados. Na manhã seguinte, Gabriel acordou com a campainha do apartamento tocando. Ao abrir a porta, Leonor entrou rapidamente, abrindo os braços para o primo.

– Consegui fugir daquele monstro! Me abrace, por favor.

Gabriel, um tanto surpreso e feliz, abraçou Leonor, beijou sua boca e tirou sua roupa. Mesmo depois de alguns anos, seu corpo era o mesmo. Ela apenas de calcinha, ele de bermuda de pijama. Se abraçaram, se amaram.

– Que saudade, querido! Pena eu ter apenas uma hora. Descanse um pouco, quero mais. O monstro do motorista, meu vigia, pensa que estou no cabeleireiro do hotel.

Enquanto recuperava a energia, Gabriel contou a ela sobre a Marcha dos Cem Mil. Ele foi testemunha, participou da passeata, mas só teve uma frustração: não conseguiu dar um olá para Vladimir.

Leonor se prontificou a entrar em contato com Vladimir e marcar um encontro; tinha certeza de que ele gostaria de ver Gabriel. Pediu ao primo que esperasse um telefonema entre as 16 e 17h.

Gabriel deu uma volta em Copacabana e encontrou sua prima Fátima para almoçar. Às 16h retornou ao hotel, esperando o telefonema de Leonor. Ela foi pontual e objetiva:

– Consegui para hoje, lhe escrevo. – E desligou o telefone.

Gabriel ficou meio intrigado, mas entendeu que não podiam conversar abertamente por telefone. Pouco depois, enquanto descansava no apartamento, ligaram da portaria: havia uma encomenda. Ele desceu e recebeu um envelope pardo com o número do apartamento 503.

Sentou-se numa poltrona e abriu o envelope. Havia um bilhete: Hoje, às 20h, em uma mesa do Canecão. Gabriel não hesitou: fez picadinho do envelope e do bilhete, jogando tudo na lata de lixo.

Ficou sem entender como Vladimir, o homem mais procurado do Rio, que vivia na clandestinidade, marcava um encontro num local público, uma casa de festa lotada, a orquestra tocando, o povo dançando e um show maravilhoso acontecendo.

Partiu para o Canecão à noite, levando Fátima. Atento, deu várias voltas pelo salão, mas não encontrou Vladimir. Sentaram-se numa mesa e pediram chope. Uma orquestra alemã se apresentava. De repente, Vladimir e mais três amigos juntaram-se a eles. Foi uma alegria! Pediram cerveja, caipirinha, vodca. Apareceram mais duas jovens, que se apresentaram e continuaram bebendo, dançando.

Vladimir esclareceu a Gabriel que o melhor local para se esconder é na multidão. Foi uma noitada alegre e inesquecível! Terminaram perambulando pelas calçadas da Avenida Atlântida em Copacabana, cantando: "Ai, ai, que saudade, ai que dó, viver longe de Maceió...". Quando finalmente Vladimir foi para o seu esconderijo, Gabriel voltou ao hotel, onde dormiu com a prima.

AS NETAS

A barriga de Yamary estava enorme. Não havia dúvidas: eram gêmeos. Compraram dois berços para Mariozinho e Gustavinho, além de roupas azul-claro.

Num sábado, ao anoitecer, iniciaram-se as contrações de Yamary. Ela avisou ao marido, à mãe e ao pai, que saíram de Boa Vista ao seu encontro. Doutor Bernardo fez alguns exames superficiais e as dores diminuíram de ritmo. Ele achou melhor só levá-la à Casa de Saúde Paulo Neto se as contrações se tornassem contínuas. Mário, nervoso ao ver Yamary andando de um lado para o outro, pediu que ela se deitasse, que tentasse dormir. Durante a madrugada, as dores voltaram mais fortes. Mário colocou Yamary no carro e Anary e Gustavo os acompanharam. Avisaram para Doutor Bernardo e Andreza. Na casa de saúde, Yamary foi submetida a alguns exames. Levaram-na para o centro cirúrgico, já prevendo a necessidade de uma intervenção cesariana.

A família ficou na expectativa, esperando alguma notícia. Em menos de uma hora, Andreza apareceu às gargalhadas:

– Duas meninas, duas meninas lindas!

Mário, ansioso, emocionou-se ao abrir a porta do quarto e se deparar com aquela imagem, que ficou guardada em sua mente e coração pelo resto de sua vida: Yamary deitada na cama, sorrindo, segurando nos braços um pacote em cada lado, duas lindas crianças, duas meninas. Mário se aproximou e olhou para as filhas, pensando em tantas coisas e ao mesmo tempo em nada. Deu um beijo na testa de Yamary e cochichou em seu ouvido: "Eu te amo". Ficou todo o tempo junto da amada, sentindo-se o homem mais feliz do mundo.

No dia seguinte, estavam de volta à casa no bairro do Trapiche. Yamary escolheu os nomes das gêmeas: Marisol e Marimar, homenagem a Mário e ao sol e mar de Maceió. Colocaram uma pulseira em cada uma com o nome. Tornaram-se o xodó da família.

Marcaram o batizado das meninas para o fim de semana, pois Gustavo tinha uma viagem programada para a região de Juazeiro e Petrolina, de onde saíra há muitos anos. Tentaria encontrar um parente, quem sabe um irmão.

A cerimônia aconteceu na Igreja Nossa Senhora Mãe do Povo, em Jaraguá, e a festa foi comemorada na casa do bisavô. Dom Pablo estava orgulhoso. Duas bisnetas para perpetuar a família.

CECÍLIA

No batizado, Gabriel encontrou Cecília, uma amiga da família com quem estudou na faculdade e que há algum tempo morava em Belo Horizonte. Retornara a Maceió depois de um casamento trágico. Alta, forte, uma cortadora veloz, Cecília era excelente jogadora de vôlei do Clube de Regatas Brasil-CRB. Em um campeonato brasileiro de vôlei, a seleção alagoana se destacou em terceiro lugar, grande feito para um pequeno estado nordestino. Cecília foi considerada a revelação do campeonato.

Gabriel ficou impressionado com a elegância e classe de Cecília. Aqueles anos em Minas haviam sido generosos com sua beleza, pensou.

Sentaram-se nas cadeiras da varanda de Dom Pablo. Ele queria saber sobre a vida dela, sobre o segredo de Belo Horizonte para conservar as mulheres bonitas daquele jeito. Cecília deu uma risada e olhou para o amigo:

– Gabriel, meu querido Gabriel... Na nossa turma da faculdade, você era o mais popular entre as mulheres: bonito, bom de papo, alegre, divertido, todas te queriam, até eu andei te paquerando. Hoje estamos mais velhos, você continua solteiro, fazendo filhos pelo mundo. Como é lindo o Sidney, seu filhinho! Pela nossa velha amizade, vou contar o que aconteceu comigo pela primeira vez na vida, porque confio em você e me deu vontade de desabafar um pouco.

Ele ouvia atento, e ela continuou:

> Depois de um campeonato brasileiro de vôlei em que fui destaque entre as jogadoras, me convidaram para jogar em vários clubes do Brasil. Na verdade, o vôlei é amador de fachada; existe um profissionalismo não oficial. Recebi uma proposta irrecusável do Minas Tênis Clube. Um bom salário, um pequeno apartamento mobiliado para morar e um emprego como estagiária de advocacia enquanto eu terminava o curso de Direito na faculdade. Meus pais não queriam, mas sou uma mulher determinada, sempre soube o que quis. Então, embarquei para Belo Horizonte. Aconteceu tudo dentro do planejado, esforcei-me, dei tudo de mim nos treinos, sabia que estava ali por ser boa jogadora. Aprimorei minha técnica individual, finalmente estreei e me destaquei durante o Campeonato Mineiro. Eu me dediquei muito ao vôlei, treinava quatro horas por dia no ginásio do clube. Naquele ano, fui convocada para a seleção feminina de Minas Gerais. Continuei estudando em um curso noturno de Direito e consegui me formar, aprendi muito na prática como estagiária na empresa de um dos diretores do clube. Também juntei dinheiro, já que quase não tinha despesa com aluguel, alimentação e transporte.
>
> Acontece que um dos filhos do diretor do clube, César, começou a me paquerar insistentemente. Ele se aproximou e me levou para jantar, pensava que haveria

certa facilidade com a ingênua nordestina. Eu fui seca e sincera, e disse: "César, você está me paquerando abertamente. Acho você um doce de pessoa, mas estou em Belo Horizonte de passagem, talvez por mais dois ou três anos, aproveitando minha forma física e fazendo aquilo que mais gosto na vida: jogar vôlei. Não pretendo me envolver com ninguém. Sou leal ao namorado que deixei em Maceió". Então ele disse: "Tudo bem, Cecília. Não me leve a mal, é que você balançou meu coração. O que posso fazer? Sinto-me bem ao seu lado, gosto da sua companhia".

César se afastou depois que esclareci minha situação.

Pouco depois desse dia, recebi uma carta de Ivens, meu namorado, com algumas surpresas. Ele entendia que a distância e o tempo arruinavam qualquer relação amorosa, notava que eu estava escrevendo com menos frequência e fez outras observações frias para, finalmente, concluir que era melhor dar um tempo no namoro. Eu ficaria livre, ele também. Reli a carta com atenção e achei que Ivens tinha razão, então pensei em escrever-lhe concordando em dar um tempo. No dia seguinte, o correio trouxe uma carta da minha irmã com algumas novidades. Segundo ela, não poderia deixar de me avisar que Ivens estava namorando uma prima. Fiquei chateada, tenho horror à traição. Nunca mais quis saber, nem soube de Ivens.

Mas até que me senti aliviada com o fim do namoro. Certo domingo, enquanto eu almoçava no clube, César apareceu. Sempre gentil, perguntou como estava passando "a braba cangaceira de Alagoas". Tempo depois, iniciamos um namoro. Ele cheio de desejos, eu freando o sedutor. Era difícil, também tinha meus hormônios à flor da pele. Um dia, conversamos. Contei que fui criada em uma família tradicional, que estudei em colégio de freiras e que não me sentia a par dos novos costumes: preservava minha virgindade, questão de princípios. A primeira vez só aconteceria no momento adequado, o namoro ainda tinha pouco tempo, eu queria que ele tivesse paciência.

Acontece que o mineiro parecia um animal em busca do sexo. Eu aguentava firme e forte, continuava jogando meu vôlei cada vez melhor e aprendendo muito no escritório. Tinha César como namorado, mas sem grande paixão. Certa noite, depois de um cinema, fomos a um bar no centro da cidade tomar um chopinho. Foi quando ele falou em casamento. Eu achei cedo", ele insistiu.

Pensei bastante. Estava com 24 anos, ainda nova, mas, para a carreira no vôlei, era uma idade em que muitas jogadoras abandonavam a quadra por problemas físicos ou para se casar. Escrevi à minha mãe, queria saber sua opinião. Ela me aconselhou a fazer o que o coração mandasse: um bom marido era tudo, não precisava de amor igual aos romances, o tempo e os filhos ajudariam a relação a crescer, dizia ela.

Finalmente aceitei me casar com César. Ele era gentil, agradável, educado, e eu tinha algum bem-querer por ele, isso era inegável.

Num final de semana, viajamos a Maceió. César conheceu minha família E, para minha surpresa, levou as alianças. Noivamos. Dentro de pouco tempo houve o casamento restrito à família. Os primeiros meses de casados foram uma lua de mel sem fim. César mostrou que gostava do sexo, senti que ficou feliz ao ver o sangue de minha virgindade no lençol do hotel. Fomos morar em um bom apartamento. Logo engravidei, mas joguei vôlei até o quinto mês de gestação. Clarice nasceu em Belo Horizonte. Foi o dia mais feliz de minha vida, amei-a intensamente desde o primeiro olhar, o primeiro mamar. Quatro meses depois do parto, voltei a jogar. Era o que mais gostava de fazer no mundo, jogar vôlei, e sempre fui disciplinada em meu preparo físico e técnico.

Enquanto eu estava grávida, César e eu não deixamos de transar nenhum dia; parecia que a gravidez havia aumentado seu apetite sexual. Certa noite, meio bêbado, praticamente me estuprou, me sodomizou, minha barriga estava enorme. Dois dias depois Clarice nasceu.

Bom, vamos interromper a história por aqui. Estão nos chamando para o almoço, outro dia lhe conto mais sobre minha vida, minha tragédia. Não vou ficar para o resto da festa. Depois do almoço tenho um compromisso com meus pais.

– Sinto muito que tenha passado por tudo isso. Vou cobrar o resto da história. Você é uma mulher especial – disse Gabriel, olhando nos olhos de Cecília.

A VIAGEM

No final da tarde, Gustavo anunciou aos amigos que faria uma curta viagem a Petrolina e Juazeiro, no sertão nordestino, de onde havia picado a mula há mais de trinta anos sem nunca retornar. Arriscaria encontrar um sobrinho ou mesmo um irmão, pois havia deixado a família por aquelas bandas, embarcando num vaporzinho para se jogar no mundo.

Sempre teve uma grande vontade de voltar às suas origens. Quando esteve em Maceió pela primeira vez, em janeiro, veio-lhe a ideia. Agora, aproveitava essa oportunidade, já que estava tudo bem com as netinhas. Seria uma viagem rápida, no máximo uma semana. Ele havia estudado o roteiro num mapa velho, pretendia viajar de ônibus. Iria de Maceió a Palmeira dos Índios, depois a Paulo Afonso, onde dormiria antes de, finalmente, chegar a Petrolina. Iria rever a região onde nasceu e viveu durante parte da juventude. Seus pais talvez já tivessem morrido, mas ele tinha grande esperança de encontrar alguns parentes. Na terça-feira pela manhã, iniciaria a aventura. Ganhar o mundo sempre foi sua sina, só parou de viajar quando encontrou Anary em sua aldeia.

Sebastião ficou empolgado com a viagem do amigo. Sem pensar muito, se prontificou:

– Se você quiser um companheiro de viagem, eu topo essa parada. Conceição toma conta do sítio. Amanhã vamos comprar as passagens de ônibus para Palmeira dos Índios, de lá compramos para Paulo Afonso e vamos de cidade em cidade. No meu tempo de jovem, andei por esse sertão nordestino a cavalo; não deve ter mudado muita coisa, o progresso apareceu pouco naquelas bandas.

– Sebastião, você será uma boa companhia, mas tem uma condição: levar o violão para a gente se distrair nas longas noites na estrada.

Ouvindo a conversa, o velho Pablo, ainda forte no alto dos seus 75 anos, teve uma vontade imensa de acompanhar os dois amigos na aventura:

– Eu tenho uma caminhonete Rural Willys, apropriada para estradas ruins. Se vocês quiserem, posso emprestá-la para a viagem, mas com uma condição: eu também irei.

Viagem maravilhosa, uma excursão dos mais velhos da família pelo sertão nordestino. Isabel ficou preocupada com o pai. Mesmo gozando de boa saúde, percorrer de carro quase 800 km em péssimas estradas seria cansativo para um setentão. Carolina, Conceição e Anary, as esposas, sabiam que não adiantava dar conselhos; eram homens teimosos e determinados. A partir daquele momento, os três, animados, fizeram uma lista de ferramentas e outras utilidades que poderiam servir durante a viagem.

Conseguiram um mapa atualizado das estradas nordestinas no DER e planejaram o roteiro. Na manhã da terça, depois de um café reforçado na casa de Dom Pablo e sob os olhares da família, a Rural Wyllis partiu rumo ao sertão. Doutor Bernardo teve vontade de embarcar na aventura, pediu que enviassem notícias de onde estivessem, nem que fosse por telegrama, para acalmar o coração das mulheres preocupadas com seus maridos metidos a jovens.

Os aventureiros concordaram em revezar o volante. Dom Pablo iniciou a primeira etapa da viagem na direção, Gustavo a seu lado e Sebastião no banco traseiro. Partiram, acenando para os familiares. Subiram a ladeira do Farol, tomando a longa Avenida Fernandes Lima até entrar na estrada rumo a Palmeira dos Índios. Dom Pablo queria conhecer a cidade onde o escritor Graciliano Ramos foi prefeito e a casa em que morou. A conversa foi trivial, três senhores contando histórias de vida, sempre com muito bom humor.

Finalmente, depois de mais de duas horas, chegaram a Palmeira dos Índios, a terceira cidade em população do estado de Alagoas. Deixaram a Rural estacionada na praça principal e deram uma volta pela cidade, tirando fotografias na Prefeitura Municipal e na casa onde morou Graciliano. Indicaram-lhes um restaurante, onde almoçaram antes de enfrentar uma estrada esburacada até a cidade de Paulo Afonso.

Gustavo tomou a direção, disse que estava acostumado com os buracos em Roraima e deu a partida na Rural. Dom Pablo, que havia tomado três cachacinhas, estava esperto, cantarolando feliz. Sebastião fez um comentário sobre o mistério de sua vida na Colômbia e Dom Pablo contou parte do mistério que perdurava mais de quarenta anos. Os amigos sabiam da história, juntada em retalhos pelos outros e contada vez ou outra pelo colombiano. Dessa vez, ouviram tudo do próprio Dom Pablo.

> Nasci numa bela cidade de nome Cartagena das Índias. No dia em que completei 25 anos, viajei com meus pais, a cavalo. Fomos visitar alguns parentes perto de

Barranquilla, uma bonita cidade à beira do mar do Caribe. Ao entardecer, cansados, ficamos felizes ao ver a placa de madeira que indicava a Fazenda Macondo. Os parentes estavam nos esperando. Recepção afetuosa, muita conversa, os empregados prepararam banhos quentes em coloridas banheiras revestidas de porcelana. Os primos nos instalaram em confortáveis quartos do casarão. Depois de um bom banho, descemos para o jantar. Na mesa havia fartura, muita fruta, mamão, melão, abacaxi, manga, melancia, laranja, suco de todo tipo, comida à vontade, porco assado, galinha ao molho pardo, guisado de carneiro. Ficamos encantados com o banquete e com a alegria reinante na casa grande da fazenda.

– Meu coração bateu forte quando vi minha prima Rosa descendo a escada. O sangue ferveu-me nas veias. A última vez que a tinha visto, há cinco anos, ela era menina, tinha 13 anos, moleca livre, subia em árvores como um macaco, cavalgava os campos montada no dorso dos cavalos, sem sela. A menina Rosa se tornou uma lenda na região, diziam que ela conversava com os animais. Com 10 anos amansava alazão selvagem, e suas histórias com cavalos correram léguas. Na redondeza todos sabiam desse talento, diziam que ela era bruxa. Muitos fazendeiros levavam cavalos brabos para a Fazenda Macondo e pediam à menina para amansá-los. Rosa nunca se fez de rogada: segurava o animal pelo cabresto, andava junto a ele por meia hora, conversando, alisando o pescoço, o dorso; ninguém entendia o que ela falava.

A certa altura, retornava à estrebaria, cobria o lombo do bicho com uma manta e montava, sempre conversando com o animal. Quando se sentia segura, trotava o cavalo devagar. De repente disparava, galopando pelos campos. Gritava alegre, era um grito de guerra, como se tivesse vencido o animal. O cavalo parecia entender Rosa. Depois de muito galopar, retornava com o animal cansado e apeava, alisando o pescoço, conversando. Entregava o cavalo domesticado ao dono satisfeito. A jovem Rosa da Fazenda Macondo era lenda na região desde menina, desengonçada, magra e moleca.

– Na ocasião dessa visita, aconteceu a mais grata surpresa. Rosa havia se transformado de menina desengonçada em uma elegante mulher, a mais bonita que eu já vira. O povo dizia ser a mulher mais bonita de toda a Colômbia.

– Emocionei-me ao ver Rosa descendo as escadas num vestido azul decotado com rendas brancas, o cabelo preto brilhante como um mutum. Seu coque, bem penteado, salientava o pescoço comprido. Os dentes alvos, brilhantes, compunham um sorriso fascinante. Os olhos negros, abaixo de grossas sobrancelhas, me fuzilaram, me fascinaram, me enfeitiçaram.

– Durante o jantar, que foi servido em uma mesa de jacarandá comprida, ficamos nos olhando ao longe. Certa hora, Dona Carmen, minha mãe, fez-me uma pergunta. Eu estava em devaneio, encantado. Não respondi, e minha mãe percebeu meus olhares. Ao acabar a comilança, a família se dirigiu à varanda, hora de saborear um café, um bom licor. Num impulso, encostei-me e iniciei conversa com Rosa, que estava sentada na mureta.

– Não acredito que você seja aquela garotinha sapeca que vivia correndo pela casa, que não saía de cima dos cavalos, que roubava mangas e frutas dos sítios da redondeza.

– Sou aquela garotinha e ainda adoro meus cavalos. Cavalgo todos os dias pelos campos da fazenda, às vezes galopo até Barranquilla para ver o mar. E você? O que faz da vida além de muita farra? Eu soube que você é o maior boêmio, mulherengo, o queridinho das putas de Cartagena.

– É mentira de alguns invejosos, sou apenas um homem romântico, um coitado. Minha boemia é uma procura. Há muito tempo procuro, em todos os lugares, alguém para amar, para me apaixonar. Enquanto essa mulher não aparece, divirto-me nos cabarés da vida.

Olhei nos olhos da prima e abri um sorriso.

– Tenho a impressão de que encontrei essa mulher nesse momento. Rosa, quando a vi descendo as escadas, meu coração bateu forte. Ele me disse: "Apareceu quem tanto você procurava. Essa mulher é sua e assim será para o resto da vida". Meu coração não se engana, ele me convenceu. Você é a mulher que sempre desejei. Você vai ser minha até a hora da morte.

– Por favor, Pablo, fale sério. Não somos mais crianças, deixe essas cantadas para as suas cartaginesas. Além do mais, estou comprometida com Dom José Izquierdo, vizinho de fazenda. É um compromisso sério entre famílias, todos querem esse casamento. Não posso ter essa conversa com você, sinto muito.

Ao saber desse compromisso de Rosa, senti uma imensa tristeza, um vazio, como se tivesse perdido uma pessoa. Mas ela voltou a conversar.

– Deixe eu lhe contar uma história. Quando menina, você era meu ídolo; sempre fui apaixonada por meu lindo primo. A última vez que esteve aqui, há cinco anos, eu tinha 13 anos e achava você o moço mais bonito do mundo, ficava feliz quando passava alguns dias na fazenda. Eu corria pelos cantos me exibindo, queria sua atenção. Era apenas uma garotinha, e você, um homem. Zombava de mim, me chamava de magrela, o que me dava ódio. Mesmo assim, chorei sozinha de saudade quando você retornou à Cartagena. Nunca o esqueci, mas agora é tarde: vou me casar no próximo ano, o enxoval está completo, é de gosto das famílias.

Eu fiquei louco depois dessa confissão. Cheguei mais perto de Rosa e falei firme, decidido, abrindo meu coração. Foi a decisão mais rápida, mais inesperada e mais importante da minha vida.

– Não, não e não. Você é minha mulher, eu sou seu homem, nós nascemos um para o outro. Nosso destino está escrito há mil anos nos céus, nos infernos, nas paredes, nos buracos, nas profundezas dos mares, eu e você, você e eu. Vamos fugir, Rosa. Vamos para Cartagena, vamos nos casar. Sou trabalhador, a empresa é de meu pai, posso comprar uma casa. Vamos ter muitos filhos e viver felizes um com o outro para o resto da vida.

Rosa não conteve as lágrimas. Olhando nos meus olhos, ela compreendeu: eu sempre fui o amor de sua vida. Devagar, escorregou a mão por cima da mureta e segurou minha mão. Eu imediatamente a apertei com carinho e força. Nos olhamos e, discretamente, nos beijamos levemente na boca. Só minha mãe percebeu aquele beijo na varanda. Convidei minha prima para uma volta no pomar, no Bosque das Mangueiras, como chamavam na fazenda. Nesse momento ouvi o trotar de cavalos e os ruídos das rodas de charrete. Era a família de Dom José, que tinha ido conhecer os tão falados parentes. Desceram os pais, Dom Ricardo e Dona Natália, e os irmãos, Juan e Sebastian. O jovem noivo Dom José apeou do cavalo. Vestia terno branco elegante, colete, botas e chapéu Panamá. Alto, de cabelos castanhos e pele morena, era um homem bonito. Estudava em Bogotá quando alguém teve a ideia de unir as fazendas por laços matrimoniais. Rosa recusou o acerto, não estava pronta, era muito nova, desculpou-se. Depois de questionamentos, veio a chantagem. Dom Geraldo, o pai, confessou estar doente. Quem iria administrar a Fazenda Macondo quando ele morresse?

Rosa tempestivamente respondeu: "Eu, meu pai!". Não convenceu. Descarregaram mais chantagens; como perder um partido daqueles? Com quem ela pensava em se casar naquele fim de mundo? Uma mulher de 18 anos estava pronta. Após meses de pressão, o pai piorou e apelou à filha, só morreria descansado se houvesse o casamento. Rosa aceitou, então, sem sequer conhecer o noivo. Dom José morava em Bogotá há três anos, retornou à Fazenda para efetivar o noivado. O compromisso era recente.

Na varanda, as famílias conversaram e fizeram planos. O casamento seria em Barranquilla e a festa na Fazenda Macondo. Só eu e Rosa não falávamos, trocando olhares constantes. O amor havia explodido entre nós dois. Perto das 23h, o noivo cumprimentou Rosa e partiu com a família.

Cansados, fomos dormir. Deram-me um quarto confortável, mas não consegui pegar no sono; rolava na cama, pensava na vida, na morte, no amor, pensava em Rosa, em Rosa e em Rosa.

Ao ouvir o relógio dar uma badalada, 1h da madrugada, impulsionado pela paixão, pelo amor louco, caminhei devagar pelo corredor. Diante da porta do quarto de Rosa, bati discretamente apenas uma vez. Ela abriu. Abraçamo-nos e Rosa sussurrou: 'Eu estava lhe esperando. Por que não veio logo?

Passamos a noite nos amando, e logo o dia amanheceu. Às 5h, saímos do quarto e descemos a escada segurando duas malas com roupas de Rosa, sem despertar nossos pais. Chegando à estrebaria, Afonso, o velho empregado da família, estava a olhar os cavalos, que haviam relinchado durante toda a noite. Ao nos ver de malas nas mãos, percebeu o que estava acontecendo. Conhecia a patroinha, sua determinação e teimosia, sabia de sua paixão por mim desde menina.

Rosa colocou o dedo nos lábios, pedindo silêncio, e deu um abraço apertado em Afonso. Ele ajudou a selar

Trovão e outro cavalo para mim. Só deixou a estrebaria quando estávamos longe e novo dia havia surgido.

Afonso entregou o bilhete aos nossos pais: "Fugimos, nos amamos desde antes de nascermos, esperamos todos para o casamento em Cartagena". Dona Ana, mãe de Rosa, desmaiou. Mas minha mãe se encheu de alegria, levantando o ânimo das famílias, e me pediu para retornar imediatamente. Precisava preparar o casamento do filho querido, impulsivo. Ela gostava de Rosa.

Ao saber do acontecido, a família de Dom José se sentiu ultrajada. Pensaram até em duelo, mas o noivo traído alegou ser civilizado; não era a solução. Romperam amizade com os vizinhos, e Dona Natália prometeu vingança.

Meu casamento aconteceu na Catedral de Santa Catalina de Alejandría, em Cartagena. Foram três dias e três noites de festa no casarão de meus pais, com muita música, bebida e comida. Casal mais feliz nunca houve naquelas bandas, nem em toda a Colômbia.

Fomos morar num sobrado perto do mar, dois pavimentos, avarandado, alguns pés de bougainvilles subindo e enfeitando a fachada. Havia uma pequena cavalariça nos fundos. Eu era o homem mais feliz do mundo, a vida de boêmio já era uma página virada em minha história. Eu vivia para Rosa, o amor mais bonito de todo o Caribe. Cada dia trabalhava mais, pensando no filho que nasceria em alguns meses. Muitas vezes fugia do trabalho para amar Rosa. Ela pressentia minha ida e ficava pronta, esperando o amor ao entardecer. Nove meses depois daquela primeira noite na Fazenda Macondo, nasceu Maria Isabel, uma bela menina rosada.

Isabel falava como um papagaio, repetia tudo que ouvia, era a alegria da família, da vizinhança". Passados dois anos, Rosa ficou grávida novamente; torcíamos por um menino.

Certa tarde, em Cartagena, houve um encontro infeliz. Rosa deixou Isabel brincando no quintal com a babá e caminhou em direção ao Armazém Marquez. No percurso encontrou-se com Dom José, que bebia com quatro jagunços num bar da esquina. Ele e os capangas foram até Rosa, a desmontaram e a agarraram. Dom José a tomou pelo braço, a colocou no colo e saiu em disparada pela rua. Rosa não se conteve. Esperneou e conseguiu morder, com raiva, o pescoço de Dom José, que a largou ao ver o sangue. Mas Rosa caiu em velocidade; a cabeça bateu no calçamento e ela ficou imóvel, desmaiada.

Quando eu soube da tentativa de sequestro, corri ao socorro da minha esposa. Encontrei Rosa estatelada na rua, a respiração ofegante. Ao me ver, só teve tempo de sorrir. Ela morreu em meus braços.

Depois do enterro, retornei à minha casa e pedi aos meus pais para cuidarem de Isabel por alguns dias. Tranquei-me durante 36 dias e 35 noites. Comia apenas o que minha mãe levava. Perdi a voz, a dor da saudade de Rosa alimentava meu ódio. Na manhã do 36º dia, fiz a barba, vesti-me com uma roupa escura e aprontei três cartucheiras cheias de munição, três revólveres e uma espingarda. Selei e montei o Trovão, partindo a galope rumo à fazenda de Dom José.

O sol estava se pondo e a família conversava na varanda protegida por dois jagunços, um em cada lado, vigiando. Sorrateiramente, estudei a situação. Deixei Trovão amarrado numa aroeira e, quando escureceu, aproximei-me lentamente, agachado. Posicionei-me, protegido por um tronco de árvore, e empunhei dois revólveres, iniciando os disparos como se fosse uma metralhadora. Em dois minutos, matei Dom José, Dom Ricardo, o pai, Juan, um dos irmãos, os dois capangas e feri outro irmão, Sebastian. Dona Natália, a mãe, estava na cozinha e se escondeu ao ouvir o tiroteio, salvando-se.

Dona Natália prometeu matar Isabel por vingança. Fugi de Cartagena num navio cargueiro com minha filha. Meu pai me deu dinheiro e alguns lingotes de ouro. Nunca retornei a Cartagena. Consegui refazer minha vida em Maceió, e hoje tenho uma bela família. Quando meu pai morreu, minha mãe me encontrou e veio morar comigo. Essa é a verdadeira história, o povo inventou outros detalhes, com muita imaginação.

* * *

Gustavo estava impressionado com a história de Dom Pablo, Sebastião já a conhecia. A Rural enfrentava bravamente um péssimo trecho de estrada de barro. Não faltavam histórias para os viajantes. Perto de Paulo Afonso, ao longe, perceberam um jipe virado à beira da estrada e encostaram a Rural. Dentro do jipe havia um homem, não sabiam se estava desmaiado ou morto. Gustavo tomou o pulso do jovem, estava vivo. Não sabiam como providenciar uma ambulância. Com cuidado, retiraram o jovem de dentro do jipe e o colocaram no banco traseiro da Rural. Ele sangrava e gemia. Na entrada de Paulo Afonso, avistaram um policial na rua, que os levou ao hospital onde o jovem foi atendido pelo médico de plantão. Dentro de pouco tempo, o médico trouxe informações: o acidentado tivera algumas escoriações, talvez uma costela quebrada, mas a vítima estava fora de perigo.

Não sendo mais necessários, os três se dirigiram ao Hotel Paulo Afonso, cada qual tomou um quarto com cama de casal, ventilador de teto, chuveiro de água quente. Gustavo deixou a Rural num posto de combustível, pediu uma lavagem geral e limpeza da sujeira que o sangue deixara no assento traseiro. Ao anoitecer, pegaram a caminhonete, encheram o tanque e se prepararam para continuar a viagem no dia seguinte. Antes de procurar um restaurante para jantar, resolveram visitar o acidentado no hospital. No quarto estava o rapaz de cerca de 30 anos, enfaixado de curativos. Ele agradeceu a seus salvadores e pediu desculpas pelo trabalho. Encontravam-se no hospital duas irmãs do acidentado, deviam estar entre os 40 e 45 anos. Elas agradeceram aos três senhores que, segundo o médico, socorreram e salvaram a vida do irmão.

Sebastião perguntou às irmãs onde havia um bom restaurante. Marluce, a mais velha, indicou uma churrascaria na beira da estrada, mas, para retribuir o trabalho que tiveram com o irmão, convidava-os para comer uma carne de bode em sua casa. Fazia questão de pagar o favor. Como estavam à toa na vida, não havia outra coisa para fazer naquela noite, os três confabularam e aceitaram o convite das irmãs. Embarcaram os cinco na Rural, estacionando em frente a uma casa afastada do centro. As irmãs serviram cerveja, uma cachacinha, depois veio um tira-gosto. Enquanto isso Marlene, a outra irmã, colocava a carne de bode no fogo de lenha. Conversa vai, conversa vem, a bebida animou. Foi servida a carne de bode. Dom Pablo se deliciou, repetiu o prato com arroz, farinha e manteiga derretida. Sebastião perguntou se podia tocar violão, elas se empolgaram com essa possibilidade. Em pouco tempo estava a maior animação. De repente chegou uma vizinha, Maria das Graças, sertaneja bonita, da mesma idade das irmãs. Disse que ouviu o som da música e quis participar da festa.

Marluce contou a história do irmão aos novos amigos.

– Ele é viado, não tem jeito, era o grande desgosto do nosso pai. Mamãe morreu cedo, papai se tornou um viúvo austero, nunca procurou outra mulher, era o que dizia, mas jamais acreditei. Ele nos proibiu as filhas de namorar, foi muito ruim para nós. Ainda meninas, deixamos de estudar e fomos trabalhar na sua loja de materiais e ferramentas rurais. Papai morreu de infarto há seis anos, deixou a loja para os filhos, nós duas tocamos o negócio. Betinho dá uma ajuda, mas, quando olha um homem bonito, fica assanhado, só faz atrapalhar. Apaixonou-se por um mecânico da CHESF. O cara vive explorando, pedindo dinheiro. Tivemos de cortar os adiantamentos de Betinho, ele deve à loja seis meses de salários adiantados. Hoje, pela manhã, ele pegou o jipe de entrega da loja, foi atrás do cara. O mecânico disse que só com dinheiro. Ele tinha pouco, o canalha se recusou a transar com ele. Betinho comprou uma garrafa de cachaça, ficou bêbado e bateu com o jipe, vocês o salvaram. Nós decidimos: vamos mandá-lo de vez para Maceió com uma mesada. Lá ele se vire e faça o que quiser da vida. Aqui só nos traz problemas, não é justo, o povo do sertão não aceita viadagem. Eu e minha irmã na maturidade, não casamos, de um tempo para cá é que estamos aproveitando a vida.

Graça gostou de Dom Pablo. Encostou-se desavergonhadamente e disse que gostaria de ter um coroa enxuto como aquele só para ela. As conversas foram se tornando picantes. O violão revezava entre Gustavo e Sebastião, as meninas cantando todas as músicas puxadas, principalmente as de Altemar Dutra, ídolo e morador da região. Eles contaram da viagem, estavam a passeio, tentando encontrar parentes de Gustavo, família Gomes que devia morar em Juazeiro ou Petrolina. Graça, que havia morado em Petrolina, lembrou-se de que o dono de um posto de combustível na entrada da cidade chamava-se Severino Gomes. Quem sabe não era parente? Gustavo se animou com a informação, tinha um irmão chamado Severino. Como a casa era afastada do centro, a música, a bebida e a comida continuaram noite adentro.

Passava da meia-noite. Os seis estavam bêbados, cantando no terraço. Dom Pablo achou que era hora de dormir, a vizinhança por certo estava incomodada; teria o que comentar no dia seguinte. Elas falaram que não ligavam para o povo. Ficaram mais um tempo se embriagando.

Finalmente se despediram. Na volta, passariam outra vez em Paulo Afonso para repetir aquela noitada inesquecível. Os três entraram na Rural e rumaram para o hotel.

Os amigos partiram no dia seguinte, tomando a péssima estrada rumo a Cabrobó, sertão pernambucano. Sebastião dirigia aos solavancos. Estavam ressacados, meio indispostos, mas felizes. Tinham adorado a farrinha na casa das irmãs. Antes de chegarem a Cabrobó, avistaram uma boa churrascaria num posto de combustível. Aproveitaram para encher o tanque da Rural e almoçar, rebater a ressaca com uma cerveja. Sentaram-se à mesa, a cerveja geladíssima melhorou a ressaca. Comeram linguiça, filé de boi e carne de bode.

Chegaram a Petrolina ao entardecer. Gustavo se dirigiu ao posto de combustível na entrada da cidade. Perguntou ao bombeiro qual era o melhor hotel da cidade e qual era o nome do dono do posto. O funcionário disse ser Seu Severino, mas quem tomava conta era o filho, Seu Cícero. Ele só apareceria pela manhã. Os três foram para o hotel, não tiveram coragem de sair à noite, estavam cansados.

No café da manhã, Gustavo comunicou aos amigos que estava ansioso para conversar com o dono do posto. Os dois amigos se prontificaram a acompanhá-lo, afinal tinham ido para ajudar a encontrar sua família. No posto, dirigiram-se ao pequeno escritório onde um rapaz fazia contas. Pediram para conversar, e gentilmente o jovem os convidou a se sentarem nas cadeiras. Acomodados, Gustavo explicou sua presença:

– Eu me chamo Gustavo Gomes, sou daqui da região. Quando jovem, resolvi ganhar o mundo. Há muitos anos deixei para trás meus pais e meus irmãos. Tive uma vida de aventureiro, hoje moro com minha família em Roraima. Apareceu uma oportunidade, resolvi visitar esta terra e procurar meus parentes. Meu pai foi escravo, depois lutou junto com Antônio Conselheiro. Quando arrasaram Canudos, ele fugiu para essa região e se casou com minha mãe, Severina. Eles trabalhavam num roçado à meia com o dono da terra. Eu não gostava daquela vida de agricultor e fugi num barco do Rio São Francisco, fui ser embarcadiço. Virei o mundo e hoje voltei, estou aqui à procura de meus parentes. Soube que seu sobrenome é Gomes, você é a primeira pessoa que procuro.

O jovem Cícero olhou para Gustavo, abriu os braços e falou, emocionado:

– Sou seu sobrinho, filho de Severino, seu irmão! Conheço sua história. Meu pai vai ficar muito contente.

Gustavo se levantou e os dois se abraçaram. Passada a emoção, o jovem contou a história; sabia tudo da família.

– Meu avô Pajeú e minha avó Cícera já morreram. Estão vivos ainda três irmãos: Severino, meu pai; Maria das Dores, que é solteira e vive sozinha em sua casa; e Tio Antônio, que vive em Salvador. É comerciante e vem sempre a Petrolina. Meu pai é dono desse posto, eu ajudo na administração. Vamos para minha casa. Vai ser a maior surpresa, tenho certeza de que meu pai vai ficar feliz. Papai, Antônio e tia Das Dores nunca deixaram de falar do irmão que um dia tomou o caminho do mundo e ninguém sabe onde vive.

Foram os quatro na Rural. Ao entrarem na casa, encontravam-se na sala Das Dores e Dona Cacilda, a mãe de Cícero. Das Dores, olhando os três homens com o sobrinho, reconheceu instintivamente o irmão. Soltou um grito: "Gustavo!". Emocionada, abraçou-o chorando. Nesse momento Severino apareceu, queria saber quem eram os senhores.

– É nosso irmão Gustavo, homem de Deus! – disse Das Dores, abraçando-o novamente.

Gustavo olhou para o irmão e fez que sim com a cabeça. Os dois se abraçaram e ele apresentou os amigos a Severino. Dona Cacilda ofereceu suco de mangaba, não tinham bebida alcoólica, eram religiosos. A conversa se prolongou até Dona Cacilda mandar todos darem uma volta na cidade enquanto ela e Das Dores preparavam um almoço. Fazia questão de que todos almoçassem em sua casa.

Deixaram Cícero no posto e passearam por Petrolina. Ao atravessarem a ponte sobre o Rio São Francisco, chegaram a Juazeiro. Depois de tantos anos, Gustavo pouco se lembrou das cidades irmãs. Foram até a terra onde morou e trabalhou com seus pais. A região estava mudada. Ele reconheceu os montes e morros que ficavam verdes naquela época do ano.

Na hora do almoço, chegaram Marina, filha de Severino, Durval, seu marido, e um filho de três anos, Durval Neto. Das Dores tinha conseguido falar ao telefone com Antônio em Salvador, que resolveu viajar com a família no dia seguinte para ver Gustavo. A mesa estava farta: buchada de bode, carne de boi, galinha ao molho pardo e uma peixada de curimatã.

Gustavo contou sobre sua vida desde que entrou numa embarcação como clandestino e terminou no Território de Roraima, onde vivia com a família até então. Infelizmente não pôde trazer Anary, Yamary e Mayara. Na próxima vez elas iriam, prometeu. Sua filha, casada com o neto de Dom Pablo, estava morando em Maceió. Deu a eles duas netinhas de uma vez.

Os três amigos retornaram ao hotel ainda pela tarde. Descansaram e jantaram num restaurante dentro de um barco atracado à beira do Rio São Francisco. Às 22h já estavam em seus quartos, dormindo. No dia seguinte havia marcado um almoço com toda a família em uma churrascaria, a melhor da cidade. Durante a manhã, foram à Telefônica. Falaram com Carolina, Isabel, Gabriel, Anary e Yamary. Deram a notícia do feliz encontro. Estavam se divertindo, bons companheiros. A notícia aliviou os familiares preocupados.

Na churrascaria, contaram histórias de família. A mãe, Severina, nunca se esquecera de Gustavo. E ele, quando ouviu a história da mãe, emocionou-se, sentiu culpa. Severino, curioso, quis saber o que faziam Dom Pablo e Sebastião em Maceió. Cada um contou por alto como viviam. Era mais de meio-dia quando Severino avistou, entrando na churrascaria, seu irmão, Antônio, acompanhado da família. Gustavo o reconheceu e se levantou.

Antônio foi ao seu encontro e os dois se abraçaram demoradamente, entre lágrimas e beijos. Ele e o irmão tinham quase a mesma idade, desde meninos havia afinidade entre os dois.

Formou-se uma fila para apresentação: a esposa Joana, a filha Mirian, o genro José Inácio e a neta Janaína. Na outra fila, o filho Gustavo, a nora Simone e os netos, Ubaldo e Zélia. Gustavo ficou emocionado quando ouviu o nome de seu sobrinho, Gustavo. Tinha tantas coisas para contar ao irmão. Mostrou retratos de Boa Vista, do casamento, de Maceió, das netas gêmeas, de sua casa. Antônio não era religioso, tomou muita cerveja com o irmão. A enorme mesa ficava cada vez mais divertida. Em certo momento, Sebastião buscou o velho violão, dedilhando o repertório de Nelson Gonçalves e Altemar Dutra. Os sobrinhos ficaram encantados com a simpatia e alegria do tio Gustavo e amigos.

Passaram mais dois dias em família, e Gustavo evitava, alegando não querer dar trabalho, os almoços e jantares oferecidos na casa de Severino. Dom Pablo percebeu que o motivo verdadeiro era não poder tomar uma cachacinha. Então, programaram muitos passeios a Juazeiro e Petrolina.

Os irmãos trocaram endereços e prometeram que, durante as férias de janeiro, a família organizaria um encontro em Maceió. O retorno da viagem foi marcado para segunda-feira, tinham de cumprir a programação apertada, as passagens aéreas de Gustavo e Anary estavam marcadas para quinta-feira, não podiam atrasar. No sábado houve um jantar inevitável na casa de Severino para toda a família. Dom Pablo e Sebastião se desculparam e saíram mais cedo; precisavam descansar. Acontece que estavam loucos por uma farrinha. Foram conhecer a Shalako, a casa de mulheres mais refinadas de Juazeiro. Os velhos se esbaldaram com as mulheres bonitas.

No domingo houve mais uma despedida geral na churrascaria, com muitos afagos e promessas de se verem mais.

Na segunda-feira, a valente Rural retornou pela péssima estrada. Gustavo fotografou toda a visita em quatro rolos de filme de 36 poses. Quando revelasse, mandaria as fotos para os irmãos. Chegaram em Paulo Afonso ao entardecer e ficaram na dúvida se procuravam ou não as atenciosas irmãs. Dom Pablo abriu mão, precisava descansar, os amigos que fossem; afinal, eram os namorados das jovens comerciantes. Sebastião também se deu por satisfeito, pensava nos carinhos da bonita morena na Boate Shalako de Juazeiro. Ainda sentia seu perfume, coisa fina. Desistiram das irmãs, dormiram em Paulo Afonso. No dia seguinte, retomaram o rumo de Maceió.

Enquanto a Rural rodava na estrada, os três amigos conversavam e contavam histórias. Sebastião, olhando a paisagem do sertão, lembrou-se de sua juventude.

> – Há mais de trinta anos, perambulei por todos esses lugares. Eu pertencia a um bando de cangaceiros. Meus pais, sofrendo com uma seca de três anos, resolveram se juntar aos retirantes rumo a São Paulo, em busca de uma vida melhor. Arrumamos as trouxas, amarramos os mantimentos num jumento e partimos para o sul. Durante a caminhada, pernoitamos em uma pequena cidade de Sergipe. Dormíamos numa praça quando apareceu o bando de Lampião para soltar um cangaceiro do grupo que estava preso. Eles abriram a delegacia, libertaram o companheiro e deram uma carreira nos três soldados da polícia. Eu, olhando de longe, me encantei com suas roupas, embornais, chapéus. Eles dançaram no meio da rua. Quando estavam saindo

da cidade, pedi a Lampião para me levar, queria fazer parte do grupo. Ele mandou que eu montasse num cavalo que levava comida. A partir daquele dia, abandonei minha família; nunca mais tive notícias. No bando de Lampião, assaltei casas, cidades, fazendas... Quem resistisse levava bala. Assisti muita crueldade. Com o tempo, percebi que aquilo não estava certo. Aproveitei uma visita de Lampião ao padre Cícero, em Juazeiro do Norte, Ceará, e pedi ao padre para me livrar do bando. Ele bondosamente me ajudou, pediu a Lampião um favor: estava precisando de um jovem para trabalhar na Igreja e carregar suas coisas quando viajasse. Lampião me liberou para ser o ajudante, ele jamais negava um pedido ao padre Cícero. Mas também não gostei de ser ajudante de padre, então fugi com um grupo de romeiros e fui bater na cidade de Marechal Deodoro. Foi quando Dom Pablo me convidou para trabalhar com ele, construindo e cuidando do sítio onde moro há mais de trinta anos. Graças a Dom Pablo, mudei minha vida. Hoje sou um homem com uma família feliz.

Mas tenho um pecado dentro de mim, carrego essa cruz há mais de dois anos. Às vezes tenho vontade de me entregar à polícia e pagar por esse pecado, tirar esse peso de minha consciência. Os que matei quando estava no cangaço, não tenho arrependimento, achava natural. Era como se fosse uma guerra.

– Sebastião, nós somos seus amigos, não somos padres, mas se quiser pode desabafar, estamos prontos para ouvi-lo – disse Dom Pablo, em tom paternal.

Sebastião ficou mudo. Pensou, pensou, até que resolveu abrir seu coração, contar o fato que amargurava a sua consciência.

– Para o amigo Gustavo entender melhor, contarei do começo. A menina Andreza, minha nora e neta de Dom Pablo, tem uma amiga, Vera. São como irmãs, foram criadas juntas, moravam perto, estudaram no mesmo colégio e passaram no vestibular para medicina juntas. A Vera se casou com um rapaz, Fernando, e eles frequentavam muito o sítio nos fins de semana. Mas esse Fernando tomava uma cachaça empurrada, geralmente ficava bêbado, chato, metido a brabo, e tinha uma cisma comigo, me tratava como se eu fosse empregado dele. Falava alto: "Sebastião, traga mais uísque!" ou coisa parecida. A própria Vera, várias vezes, chamou-lhe a atenção para me tratar com respeito. Para não arrumar confusão, eu ficava calado, fazia tudo que o filho da puta queria. Um dia, Andreza chegou ao sítio com a menina Vera toda espancada, cheia de roncha no olho e no corpo. Tinha sido surra do marido. Ao chegar em casa embriagado, ele discutiu com Vera sem motivo e lhe deu uma surra. Esse sujeito tinha inveja e ciúme porque sua mulher, estudiosa, cursava medicina, enquanto ele não havia conseguido passar em nenhum vestibular.

As brigas e as surras foram se tornando mais frequentes. Vera sempre pedia socorro à Andreza, e minha nora a escondia em casa ou no sítio. Eu, um velho cangaceiro, não entendia por que uma moça bonita, estudiosa, bondosa, levava aquelas surras do marido e depois ele retornava para casa. A menina ficava com a cara e o corpo cheios de ronchas. Às vezes passava três ou quatro dias escondida no sítio. Trazia o filho, Alfredinho. Conceição tomava conta e acabou se apegando ao menino como se fosse um neto. Eu sentia que Vera tinha vergonha do marido. Nunca gostei desse rapaz; bastava vê-lo para ter raiva.

Há muitos anos, nas tardes de terça-feira, eu vou a Maceió no velho jipe. Levo frutas para a casa do Doutor Bernardo, para a casa de Dom Pablo. Janto com meu filho Antônio e minha nora Andreza, brinco com meus netos. À noite me encontro com Pedro, amigo de longa data, para uma farrinha. Vamos sempre às casas de mulheres em Jaraguá, tomamos algumas cervejas, escolhemos boas raparigas. Ao deixar a boate, dirijo devagar retornando ao sítio, chego sempre por volta da meia-noite. Tenho esse vício de uma rapariga. Toda terça-feira, junto com meu amigo Pedro. Mas então aconteceu um fato. Numa terça-feira à noite, eu estava jantando com Antônio, Andreza e meus netos quando a menina Vera apareceu com a cara cheia de roncha. Mancava, sentia dores nas pernas, trazia Alfredinho nos braços. Depois de deixar o filho no quarto com as outras crianças, sentou-se no sofá e começou a chorar, chorava que dava dó. Desabafou:

"– Dessa vez não quero mais aquele filho de uma puta. Ele me deu a maior surra, me encheu de pontapés. Covarde!"

"Vamos dar parte na delegacia", sugeriu Andreza.

– "Não, não quero escândalo, só quero ficar aqui, minha amiga, no quarto de hóspedes. Amanhã vou para o sítio. Ele tem raiva porque estudo muito, o curso de Medicina é duro, ele se sente humilhado. É um fracassado, nunca progrediu na vida. Tenho aguentado porque a casa onde moramos é do pai dele, meu sogro. Se não fosse a casa, eu já estaria morando em outro lugar. Na casa de meus pais não dá, eles não vivem bem. Só aqui eu tenho abrigo, minha amiga."

Andreza a levou para fazer os curativos no quarto. Olhei para o relógio. Eu estava um pouco atrasado, tinha marcado com Pedro na Boate da Ana, em Jaraguá, às 20h. Pedro havia convidado duas raparigas bonitinhas, novinhas, para a mesa. Eu estava feliz, satisfeito da vida, quando vi entrar o Fernando na boate. Olhei de longe enquanto ele se sentava numa mesa, visivelmente embriagado. Chamou uma mulher que ficou com ele, mas logo depois se levantou. Com certeza percebeu que ele não tinha condições. Pedi ao garçom uma cerveja e esperei. Nesse momento, senti uma mão segurando minhas costas. Ao me virar, era o Fernando, que sorriu perguntando bem debochado e bêbado:

"O que está fazendo aqui, seu merda? Essa boate não é lugar de empregado. Sabia que eu nunca fui com a sua cara? Saia daqui, fique longe de onde eu estiver, seu empregadinho de merda!"

Eu me segurei, respirei fundo. Como Pedro ainda estava com a rapariga no quarto, deixei um recado pelo garçom. Para evitar confusão, fui para casa. Sempre evitei brigar com aquele filho de uma puta.

Desci as escadas da boate e fui até o jipe. Não consegui ligar a chave, tentei mais umas vezes, nada. Abri o capô e apertei algumas peças no escuro. Liguei a chave, o jipe pegou. Dei duas aceleradas fortes quando escutei aquela voz de bêbado:

"Quero que você me leve em casa agora."

Era o sacana do Fernando sentado no banco da frente. Eu estava irritado com a prepotência daquele marginal. Levantei-me, dei a volta, peguei o canalha pelo colarinho e tirei-o do jipe. Olhando no fundo dos olhos, mandei que fosse a pé. Ele continuou a me insultar:

"Seu empregadinho de merda. Seu filho de uma puta, eu estou mandando você me levar em casa".

"Filho da puta é você, covarde que só bate em mulher, gritei, com raiva".

Ele partiu para cima de mim e me deu um murro no peito. Revidei no mesmo instante e, reunindo toda a força, dei-lhe um murro na cara. Ele caiu para trás, de costas. A rua estava deserta, era mais de meia-noite, e andei em direção ao jipe. Ia deixá-lo embriagado no chão quando notei um filete de sangue escorrendo na calçada. "Está desmaiado", pensei. Levantei-o. Resolvi levá-lo para o pronto-socorro.

Sentei-o com muita dificuldade no banco do jipe. Ele pendeu a cabeça para o lado, o sangramento continuava. Parei o veículo no final da Avenida da Paz e tentei acordar o sujeito, mas ele sequer abria os olhos. Quando vi que não respirava, entendi que estava morto. Fiquei em dúvida: se o levasse ao pronto-socorro, seria acusado de morte e muitos problemas surgiriam. Na verdade foi meu murro que o derrubou, e a pancada com a cabeça no chão foi fatal. Resolvi dar fim ao corpo.

Dirigindo o jipe em direção ao sítio, fui pensando em como me livrar do morto. Cheguei ao sítio, encostei o jipe no cais e me certifiquei de que Conceição estava dormindo. Procurei uma corda, estirei o corpo no cais e, juntei a ele uma fateixa de pedra, amarrando bastante. Ao olhar para a cara do miserável naquele momento, não senti nem um pouco de pena; não gostava dele e não tive sequer dor na consciência. Morreu porque estava bêbado e caiu com um murro. Tirei-lhe a carteira com os documentos. O corpo estava pesado, então o coloquei na canoa e remei em direção ao meio da lagoa Manguaba. Atravessei um estreito canal que me levou à lagoa Mundaú. Perto do bairro de Bebedouro, joguei o corpo dentro d'água. O defunto pesado com a fateixa se encravou no fundo da lama. Só acharam o corpo três dias depois, um menino marisqueiro de sururu mergulhou e notou que havia um homem no fundo. Quando tiraram o corpo, ele estava carcomido pelos crustáceos.

Ao voltar para o sítio, tomei um banho e dormi. Conceição nem percebeu. No dia seguinte, fiz uma fogueira de gravetos para queimar a carteira e os documentos. O pouco dinheiro que ele tinha, transformei em cinzas. Uma semana depois eu soube que a menina Vera foi chamada para reconhecer o corpo. Vera confirmou se tratar do marido. Quando li nos jornais que ela era suspeita, tive vontade de confessar o crime, mas ouvi Gabriel falando que nada havia contra ela e desisti. Não minto: senti remorso pela Vera e pelo Alfredinho, que é como um neto para mim. Essa é a história, esse é o meu pecado. Embora não tenha pena do filho de uma puta que matei, às vezes tenho vontade de me entregar à polícia para me livrar desse peso com a família de Vera.

Terminado o relato, foi a vez dos amigos falarem.

– Meu amigo Sebastião, você fez um bem à humanidade matando aquele canalha. E ainda foi sem querer – disse Dom Pablo, batendo em suas costas.

– Estou me sentindo mais aliviado por ter contado meu segredo a vocês, principalmente pela força que o senhor está me dando. Como eu disse antes, já matei gente na época do cangaço, mas esse sacana só me deu remorso por causa da Vera.

– Amigo Sebastião, esse segredo é nosso para o resto da vida. Nem pense em se entregar, ninguém tem prova contra você. E quer saber de uma coisa? É muita covardia um homem bater numa mulher, principalmente na esposa, mãe de seu filho – comentou Gustavo.

– O meu grande problema era Vera. Foi criada junto com todos os meninos, a gente se apegou como se fosse uma filha. Um mês depois da morte do Fernando, perguntei como ela estava passando sem o marido. Ela respondeu, pilheriando: "Estou ótima, Seu Sebastião, me sentindo livre, feliz. Se eu soubesse que era tão bom ser solteira novamente, teria eu mesma matado o Fernando antes". Quando perguntei do Alfredinho, ela respondeu que, de vez em quando, o garoto sentia falta do pai, mas que com pouco tempo se acostumaria. Fiquei mais tranquilo. Comecei a me preocupar depois, quando eu e Gustavo fomos à Boate da Ana certa noite. Acho que uma rapariga me reconheceu.

– De maneira nenhuma, Sebastião. Você sabe que tenho uma boa biblioteca, leio muitos livros policiais. Gosto de histórias de crime. Vou lhe dar uma orientação: se por acaso alguém te reconhecer um dia, você vai negar. Ninguém pode condenar sem prova. Fique tranquilo. E outra coisa: não passe mais pela porta da Boate da Ana; o criminoso sempre volta ao local do crime. Existem outras casas de mulheres no Canaã, no Tabuleiro.

Sebastião ficou aliviado com aquela conversa. Havia tranquilizado seu espírito, sua cabeça.

Os três almoçaram numa churrascaria na cidade de Maribondo e chegaram a Maceió ainda dia claro. Houve um jantar na casa do Doutor Bernardo. Na quinta-feira, Gustavo e Anary tomaram o avião para Boa Vista. Gustavo se sentia o homem mais feliz do mundo, foi uma viagem extraordinária, manteria contato com seus parentes por toda a vida. Voltaria a Maceió para ver a filha e as netas quando fosse possível. Já Dona Conceição perguntou o que aconteceu com Sebastião, que andava triste, preocupado, mas retornara alegre e feliz.

O FAVOR

Gabriel era frequentador assíduo do Clube Fênix, seu ponto de encontro preferido para ver os amigos, tomar uísque e ouvir boas músicas do conjunto Sambrasa. Num domingo ensolarado, percebeu, ao longe, Cecília jogando vôlei no ginásio. Terminado o jogo, ela caminhou à beira da piscina, deitou-se numa cadeira e deixou o sol bronzear seu corpo. O biquíni branco contrastava com a pele morena. Gabriel observava encantado a sensualidade da advogada. Aproximou-se e sentou-se na cadeira ao lado.

– Parece que nessa semana vamos nos enfrentar numa audiência trabalhista.

– Será um grande prazer trabalhar ao lado de um dos melhores advogados de Alagoas. Prepare-se, pois ando inspirada.

– Você não terminou de contar sobre sua vida em Belo Horizonte. Confesso que fiquei sensibilizado e curioso para ouvir o restante da história.

– Prefiro conversar num local mais calmo, mais reservado. Minha história é longa, tem passagens intensas, nunca contei sequer à minha mãe. A verdade é que preciso de um favor, e escolhi você devido à nossa velha amizade. Sei que você é honesto e confiável. Mas, antes de lhe pedir esse favor, sinto-me na obrigação de contar detalhes da minha vida, até os mais chocantes. Quero pedir, desde já, que você fique à vontade para dizer se não puder me ajudar; eu entenderei. Que tal nos encontrarmos depois da audiência, na sexta-feira?

– Está marcado. É minha convidada, iremos jantar. Você aguçou minha curiosidade.

* * *

Diante do Juiz, cada advogado defendeu seu cliente. Era uma questão trabalhista: o cliente de Cecília pedia uma gorda indenização por ter sido demitido. Gabriel, que defendia a empresa, fez uma proposta que foi analisada por ela. Cecília então fez uma contraproposta, aceita pelo empregador. A audiência foi rápida, o acordo homologado, as partes satisfeitas. Na saída, Gabriel perguntou a que horas e onde pegaria Cecília para o jantar combinado.

Passava das 20h quando tomaram uma mesa com vista para o mar no Zinga Bar, na praia de Riacho Doce. Pediram uísque com gelo e casquinha de siri. Noite agradável, a brisa nordestina acariciando o rosto e a lua, fazendo tremeluzir o mar.

– Agora me conte sua história. Lembro em que parte você parou: dois dias antes de sua filha nascer, seu marido lhe pegou pelo pulso, e você sentiu que havia se casado com um tarado.

> – Fiquei surpresa com aquela violência. Eu estava grávida, com uma barriga enorme, e meu marido praticamente me estuprou. Dois dias depois, dei entrada na maternidade. Parto normal, sem problemas. Senti a maior emoção da minha vida quando deitaram Clarice na cama junto a mim, quando olhei minha filha pela primeira vez. Ao retornar para casa, dei toda atenção à minha menina risonha; meu maior prazer

era dar de mamar àquela frágil criatura que dependia inteiramente de mim. Em pouco tempo eu já estava de volta aos treinos, o preparador físico prometeu que me deixaria pronta para jogar dentro de um mês. Acontece que César queria fazer sexo desde que retornei da maternidade. Eu aleguei que estava de resguardo, que só poderia transar, segundo recomendação médica, dentro de 30 a 40 dias. Mas, ao completar um mês do parto, César prendeu meus braços e pernas com algemas à beira da cama, enquanto eu dormia. Acordei de repente e senti que estava presa, incapaz de me levantar. Ao ver César nu, em pé diante da cama, me assustei.

"Que loucura é essa?" perguntei apavorada. Ele se aproximou, sorrindo: "Vamos fazer uma brincadeirinha sexual. Confie em mim".

Presa, fiquei calada enquanto ele beijava todas as partes de meu corpo. Estava assustada, não reclamei. De repente, transamos normalmente. Era a primeira vez que aquilo acontecia comigo, eu pensava se tratar de uma fantasia distante, algo que só acontecia em livros e filmes. Ele se deitou por cima de mim e perguntou se eu o amava. Foi então que ele abriu as algemas e me soltou, querendo saber se tinha sido bom.

Não respondi. Virei-me de costas para ele com ódio. Naquela maldita noite não consegui dormir.

Cecília olhou para o amigo, que estava atento.

– Gabriel, meu querido, estou contando essa história a você por achar necessário; no final você vai entender. Nunca contei esses detalhes nem às minhas melhores amigas. Estou lhe chocando?

– Não, pelo contrário. Por favor, querida, continue.

– Não sou mulher de deixar as coisas acontecerem. No dia seguinte, quando César chegou do trabalho, eu estava fazendo Clarice dormir. Depois do café, puxei-o pelo braço.

"Vamos conversar", eu disse. Sentamos nas poltronas da sala e fui enfática: "Quero lhe dizer que foi uma grande surpresa essa história de sadomasoquismo. Primeiramente, você não combinou comigo. O corpo é meu, e eu não gostei. Temos que combinar tudo que queremos fazer um com o outro, somos um casal. Qualquer tipo de sexo tem de ser consensual. Os tapas que você me deu ainda doem. Não vou mais permitir isso".

Ele ouviu tudo, então argumentou: "Cecília, eu achava que as mulheres gostassem mais de sadomasoquismo do que os homens, eu tinha certeza de que estava lhe dando prazer. Quanto aos tapas, prometo que nunca mais farei isso. Embora tenha me excitado bastante, confesso que me descontrolei".

Então, continuamos a fazer sexo. César deixou de me dar tapas, mas me algemava na cama enquanto eu dormia. Certa noite ele me pediu para dar uma bofetada na cara dele, eu recusei. Outra vez trouxe dois vibradores para nos penetrarmos ao mesmo tempo. Eu rejeitei, em hipótese nenhuma faria aquilo. Comecei a me enojar das taras sexuais de César, fiquei preocupada e pedi que consultasse um psicólogo ou psiquiatra para ajudá-lo. Ele prometeu, mas nunca foi ao médico. Eu gostava quando precisava viajar para jogar, deixava Clarice em uma excelente creche-dormitório e ia sossegada, aliviada em deixar meu marido. Eu era cada dia mais abusada por ele. Por outro lado, sentia uma saudade imensa de Clarice. Ela tinha pouco mais de um ano, era minha vida. Finalmente consegui me formar, continuei trabalhando como advogada do Minas e jogando vôlei com excelente vigor físico, parecia até mais jovem. Mas não aguentava mais meu marido. Enojada, pouco conversava com ele. Certa vez houve um torneio de vôlei no Rio de Janeiro, previsto para durar uma semana. Deixei Clarice na creche e viajei com o clube. Era um jogo teoricamente fácil, mas nós perdemos inexplicavelmente, coisas do esporte. Nossa equipe foi desclassificada e retornamos mais cedo para Belo Horizonte. Cheguei ao aeroporto por volta das 21h, preferi deixar para pegar Clarice pela manhã do dia seguinte.

Ao abrir meu apartamento, notei algo fora do normal. Tive uma intuição, e, sem saber ao certo por quê, me senti ansiosa. Quando abri a porta do quarto, uma surpresa desconcertante, cena que jamais sairá da minha cabeça: César beijando a boca de um amigo, os dois nus, deitados e abraçados. O choque foi tão grande que a única coisa que me veio à cabeça foi gritar todos os palavrões que eu conhecia. Saí do apartamento, desnorteada, tomei um táxi e me hospedei em um hotel. Chorei a noite inteira, havia tentado lidar com as taras do meu marido, mas ser traída daquele jeito era demais para mim. Não consegui dormir, peguei no sono quase de madrugada, depois de muitas lágrimas.

No dia seguinte, peguei Clarice e, depois de ligar para me certificar de que ele não se encontrava, fui para o apartamento. Juntei três trouxas com todas as roupas e pertences de César e mudei a chave da porta da entrada. A raiva me deu forças, tinha de continuar minha vida trabalhando no escritório, treinando todos os dias, levando e buscando Clarice na escola.

Depois de quatro dias, César me telefonou pedindo para conversar". Marcamos no apartamento. Pouco depois do meio-dia, quando cheguei com Clarice, ele estava sentado no sofá da portaria do prédio. Clarice correu para seus braços. César estava com uma aparência deplorável, cara de ressaca, barba por fazer, um molambo de homem. Ele abraçou Clarice, amava sua filha, um pai apaixonado que vivia dando mimos e, às vezes, passava a tarde brincando com ela no parquinho do edifício.

Almoçamos juntos, eu tinha uma empregada, senhora de mais de 60 anos, discreta e pontual. Dona Lourdes falava pouco. Depois do almoço, deixamos Clarice com ela e fomos ao quarto conversar.

Foi uma conversa longa e constrangedora. Finalmente acertamos a primeira questão: o divórcio. Sob nenhuma hipótese eu queria a reconciliação. Ele me pediu para nunca contar a verdade sobre o flagrante: se sua família soubesse que ele era bissexual, o pai morreria do coração, já tivera dois infartos. Também pediu para participar da vida de Clarice, levando-a ou buscando-a na escola, saindo com ela nos fins de semana, principalmente quando eu estivesse viajando por conta do vôlei. Acertamos esses detalhes importantes, ele pegou as trouxas e foi para um hotel.

Passamos mais de um ano nessa rotina de divorciados, o que não me afetava. César vinha buscar Clarice e a levava à casa de seus pais, que adoravam a neta. Minha ex-sogra tentou me convencer a me reconciliar de todas as maneiras, mas fui determinada, aleguei incompatibilidade de gênios. César se prontificou a pagar uma pensão, o que não aceitei. Se ele quisesse, podia pagar a escola de Clarice. Eu estava amando ser solteira novamente, não queria compromisso com homem nenhum. Mas não pense que eu era santa, de vez em quando saía com um ou outro cara. Uma colega do vôlei também havia dado em cima de mim. Certa vez, numa viagem, ficamos juntas num apartamento do hotel. Eu já estava dormindo quando ela se deitou nua em minha cama, querendo me beijar. Recusei dizendo que gostava de homem, embora ela fosse uma linda mulher.

Contei essa história toda para chegar à tragédia. Eu estava no escritório estudando um processo quando recebi um telefonema. Era de um hospital. Tinha acontecido um acidente de carro com meu marido e minha filha, precisavam que eu fosse até lá com urgência. Minhas pernas tremiam. Contei o ocorrido no escritório e uma amiga me acompanhou, tomamos um táxi. Foram as piores horas da minha vida. Contaram-me que César vinha dirigindo normalmente quando uma carreta desgovernada se chocou contra o carro. Ele morreu na hora e Clarice estava gravemente ferida. A ambulância a levou para o hospital, estava sendo operada, pediram que eu me preparasse para o pior. Parecia que a carreta havia passado por cima de mim. Deram-me calmante e outros remédios. Depois de seis horas de operação, Clarice ficou em observação na UTI, mas com poucas chances de sobreviver. Eu dormi sob efeito dos remédios. Ao acordar, fiquei louca quando soube que minha Clarice havia morrido.

Nesse momento, Cecília caiu em prantos. Gabriel a abraçou, não lhe veio uma palavra de consolo. Ela repetia:

– Minha pequena Clarice, tão linda, estava numa pedra enrolada de gases e esparadrapos. Tiraram-me do necrotério. Só depois que ajeitaram Clarice num caixão branco foi que pude ver minha filha. Fiquei ao seu lado até ser enterrada. Não existe sofrimento maior no mundo do que perder um filho. Ainda penso em Clarice em todos os momentos, mas disfarço minha tristeza. Meus pais vieram ficar comigo em Belo Horizonte, não me deixaram um minuto sequer. Eu só saía do cemitério para dormir. Com a ajuda de uma psicóloga, finalmente viajei para Maceió, queria levar minha filha. Prometeram que fariam isso, mas precisariam de tempo para transferir os ossos para outro cemitério. Hoje, Clarice está sepultada no Cemitério de Maceió. Eu vou quase diariamente levar flores.

Estou em Maceió há mais de um ano. Trabalho numa banca de advocacia, mas nunca deixei de jogar,

> faz bem ao meu espírito. Sou titular da equipe de vôlei do Clube Fênix Alagoana, uma das minhas poucas alegrias. Essa é a história da minha trágica vida. Só você sabe desses detalhes, não tive coragem de contar a meus pais, nem à minha irmã. Não preciso e nem quero homem nenhum em minha vida. Entretanto, estive pensando em ser mãe solteira, não posso viver apenas à sombra da minha Clarice. Preciso de um filho para amenizar minha dor, ou vou morrer de tristeza com a minha alma corroída. Pensei em suicídio várias vezes.

– Concluindo nossa conversa, sou direta em meus negócios, não uso subterfúgios em meus casos pessoais. Contei minha história para que você entenda o favor que vou pedir. Eu escolhi você, meu amigo, para fecundar uma criança comigo. Ser o pai do meu filho. Sendo eu mãe solteira."

Gabriel tomou um susto com aquela proposta seca e inesperada. Olhando para Cecília, perguntou:

– Como é a história? Você quer ter um filho como mãe solteira e quer que eu seja o pai? Faço apenas o papel de reprodutor?

– É isso mesmo. Escolhi você porque é bom-caráter, educado, gentil, bonito e tem todos os predicados para me dar um filho saudável. Preciso desse filho, Gabriel. Assinarei qualquer documento concordando que não terei participação em seus patrimônios, em suas heranças.

– Não se trata disso, você sabe que assumi um filho de uma mulher humilde, semianalfabeta. Lá em casa fomos criados com ampla liberdade e responsabilidade, assumimos o que fazemos. Quero apenas um tempo para pensar nessa proposta. Foi impactante, ainda estou atordoado.

– Pense o quanto quiser, meu querido amigo, mas gostaria da sua resposta até o final desse ano. Se você não aceitar, continuaremos nossa amizade e irei em busca de outro pai. Tenho uma lista dos mais prováveis, encabeçada por você, claro. Lembre-se: te espero até o dia 31 de dezembro de 1968.

* * *

A proposta da amiga não saía da cabeça de Gabriel. Ele ficou impressionado com Cecília. A história daquela mulher forte, sofrida, destemida, tocou-lhe profundamente o coração, a mente e a libido. O desejo de tê-la em seus braços era tão grande quanto a responsabilidade de colocar um filho no mundo

Certa noite, depois do jantar, Doutor Bernardo lutava para assistir a sua televisão trepidante enquanto Isabel, em seu canto preferido, balançava-se na cadeira da varanda. Gabriel chegou por trás e sentou-se no colo da mãe, como todos os filhos gostavam de fazer. Ela adorava dar colo para os meninos crescidos. Ele deu um cheiro na bochecha da mãe e sentou-se na cadeira à frente.

– Mamãe, escute essa história que povoa minha cabeça há alguns dias.

Então contou à mãe toda a história de Cecília, omitindo, é claro, alguns detalhes. Falou-lhe sobre o sofrimento de perder uma filha, sobre sua admiração por aquela mulher forte, com garra, que superou as dificuldades na vida e se tornou uma advogada brilhante. Finalmente, contou a proposta inusitada e inesperada de ter um filho com ela, como se fosse um touro reprodutor. Dona Isabel ouviu atentamente, não deixando escapar uma vírgula. Ao fim do relato, respirou fundo e olhou para Gabriel com o olhar de uma mãe orgulhosa.

– Meu querido menino, você não sabe a alegria que me dá ver um filho dividir um problema comigo. Embora eu não tenha nem 50 anos, essa doença me deixou fraca. Felizmente seu pai a descobriu no início e vem me acompanhando diariamente. Pelos exames, venci esse câncer maldito no seio. Mesmo assim, isso me enfraqueceu. Até os cuidados me deixam fragilizada, mas sou forte, enfrentei a doença com firmeza, você sabe disso. Todos nós acreditamos que a morte nunca chegará, faz parte da nossa cultura. Porém, quando a vemos de perto, a vida se torna muito curta. Vem a vontade de viver sem se preocupar com a opinião de quem quer que seja, de usufruir todos os momentos com as pessoas que lhe cercam, que lhe amam. Por tudo isso, você está me dando um momento de felicidade em pedir minha opinião, e vou dá-la com alegria e com a sinceridade da minha alma.

Dona Isabel continuou:

– Minha impressão sobre essa moça, Cecília, é a melhor possível. Conheço seus pais há muitos anos. Lembro-me de quando ela foi convidada para jogar em Belo Horizonte. Encontrei-me com Lourdinha e ela me contou que a filha tem uma personalidade forte, que é determinada, que aproveitou as oportunidades que lhe apareceram para investir na carreira esportiva e de advocacia. Parte da história que você contou, eu já conhecia. Ela é uma grande mulher. Se eu fosse você, atenderia a esse pedido. Ela precisa desse filho e eu preciso de mais um, dois, três, cem netos. Mas essa é apenas a opinião da sua mãe; o importante é você fazer o que o seu coração mandar."

A conversa com Dona Isabel abreviou a decisão de Gabriel. No dia seguinte, ele telefonou para Cecília: estava disposto a fazer o favor. Encontraram-se às 18h30 e acertaram os procedimentos. Depois seguiram para o motel do Catolé, onde colocaram o plano em prática. Ao final, Cecília se deitou na cama e esticou as pernas para cima com os pés na parede, truque ensinado por uma amiga para ajudar o esperma a entrar. Os dois passaram a gostar daqueles encontros clandestinos, prazerosos, dos quais apenas Dona Isabel sabia. Por algum tempo encontraram-se quase diariamente, fazendo com cuidado e carinho o ritual da concepção. Sem que eles percebessem, a convivência íntima e as conversas diárias transformaram a amizade em um bem-querer ainda maior.

* * *

Certo domingo, Cecília foi à tradicional feijoada na casa do Doutor Bernardo. Estavam presentes a família e alguns amigos. Enquanto Gabriel jogava futebol na praia, ela se aproximou de Dona Isabel, que estava sentada na varanda, cumprimentou sorrindo, acomodando-se também numa cadeira de balanço. Conversaram bastante, como se fossem velhas amigas. De repente, Isabel inclinou-se para o lado de Cecília e, com a mão sobre sua barriga, olhou no fundo de seus olhos e afirmou, convicta:

– Você está grávida, minha querida. Cuide bem da minha netinha!

Cecília ficou surpresa e muda. Como Dona Isabel poderia saber? Seria experiência ou bruxaria? Ao se recuperar do susto, da emoção, fez a pergunta inevitável:

– Como a senhora sabe?

– Simplesmente sei. Você está grávida.

Continuaram a conversar. Isabel contou-lhe por alto a história da família desde que ela chegara a Maceió, aos 3 anos de idade.

– Quase cinquenta anos se passaram desde que meu pai saiu de Cartagena das Índias, na Colômbia, para constituir família no Brasil.

Terminaram a conversa quando os convidados chegaram da praia. Beberam caipirinha, cerveja, cachaça da boa, tomaram caldinho de feijão. Logo a feijoada foi servida. Cecília estava com tanta fome que repetiu o prato. Oscilava entre feliz e perplexa. Não comentou com Gabriel a conversa que tivera com sua mãe.

Na segunda-feira pela manhã, Cecília foi a primeira a chegar ao consultório de uma médica amiga, onde fez seu primeiro exame de gravidez. Ficou ansiosa enquanto esperava na sala. A médica, sorrindo, entregou-lhe um papel com um laudo à máquina de escrever e sua assinatura. Ao ler o resultado do exame positivo, a felicidade invadiu sua alma. A alegria foi tanta que partiu do consultório correndo, com o coração aos pulos, em direção ao escritório de Gabriel. Percorreu uma distância de quatro quarteirões em pouco mais de cinco minutos. Entrou no escritório e, ao vê-lo sozinho, entregou-lhe os exames. Os dois se abraçaram, felizes. Gabriel estava tão alegre quanto ela.

Cecília pediu para definirem alguns detalhes da situação entre os dois, de preferência num bar ou outro local, onde pudessem conversar bem à vontade. Marcaram para o fim da tarde e tomaram uma mesa na calçada em frente ao mar da Pajuçara, apreciando o pôr do sol entre os coqueiros. Pediram um prato de agulhinha frita e refrigerante. Cecília, com sua praticidade e pragmatismo, puxou um papel com uma lista de procedimentos a serem seguidos por cada um.

– Quero dizer que me sinto muito feliz por estar grávida e estou profundamente agradecida a você. Fiquei na expectativa durante esse tempo em que tentamos, com tanto carinho, fazer essa gravidez acontecer. Só queria fazer os exames quando houvesse um sinal forte, pois minha menstruação sempre foi irregular. Hoje fui à médica porque sua mãe, inesperadamente, me alertou: "Você está grávida, cuide da minha netinha!". Eu ainda estou perplexa, incrédula, pensando nos poderes, na magia que Dona Isabel possui ou se é a experiência da idade. Quando constatei o resultado positivo, eu grávida, só pensei em você. Corri feito uma louca para lhe avisar, queria que fosse o primeiro a saber. Estou grávida de três meses. Nosso filho deve nascer em maio ou junho. Maceió é província, terra de comadres e fuxicos, e embora eu não ligue para o que pensam sobre eu ser mãe solteira, quero tratar o assunto com discrição. Meus pais vão tomar um choque, e como também não quero chocar sua família, seria bom seguir alguns procedimentos. Escrevi uma lista para discutirmos.

Cecília prosseguiu:

– Conforme combinamos, você continuará um homem solteiro. Pode ter suas namoradas, suas raparigas, eu não tenho nada com sua vida particular, não vou interferir em nada. O que eu mais desejava você já está me dando. Vou amar tanto essa criança! Aliás, já amo. Quero apenas que meu filho tenha um pai, mesmo que não sejamos casados; um dia ele compreenderá. A figura paterna é importante na formação de uma criança. Mas quero que você se sinta à vontade. Não precisamos mais transar por obrigação, como vínhamos fazendo antes de eu engravidar. Será um alívio para você, certamente, embora eu confesse que gostei bastante das nossas tardes no motel. Gabriel, você é um homem de vigor físico, gentil, sensível e respeitoso com as mulheres. Quando fizemos nosso acerto, pensei em uma relação burocrática, nunca imaginei que nosso sexo seria tão agradável, até selvagem. Você me fez sentir mulher novamente, inclusive desculpe alguns gritos escandalosos. Tenho certeza de que um dia, quando você se casar, sua mulher terá um grande homem em todos os sentidos. Só agora realmente lhe conheci. Estou imensamente agradecida por esse filho que está no meu ventre. Como sou organizada, escrevi essa lista de ideias para discutirmos e vivermos, como amigos, antes e depois do parto.

Gabriel pegou a lista e leu de relance os escritos com a letra miúda de Cecília, as obrigações dos dois para com a criança. Ela olhava para o chão, de cabeça baixa. Gabriel levantou-lhe a cabeça, segurando pelo queixo, e olhou em seus olhos. Foi a vez dele de falar:

– O que está escrito aqui é praticamente o que você acabou de dizer. Pode deixar, cumprirei minhas obrigações de pai. Porém, aconteceram fatos durante essa viagem que fizemos juntos para trazer essa criança ao mundo, e sinto que preciso abrir meu coração. Foram dias maravilhosos, conversamos e contamos nossas histórias, ouvi suas incríveis histórias. Durante o sexo, nos tornamos carinhosos um com outro, e mudei a maneira de lhe ver, conheci outra Cecília. Como também mudei o meu modo de vida, acho que amadureci nesse período de concepção, se assim podemos chamar esses meses. Enquanto estive com você, não precisei e nem fui atrás de outra mulher. Aprendi a lhe admirar, a lhe querer bem. Terei o maior orgulho da mãe do meu filho. Nesse período de amantes casuais, que passou tão rápido, eu já ficava feliz quando estava perto da hora de lhe buscar. Adorava a expectativa de levá-la àquele motel vagabundo. Por favor, não zombe de mim ou da minha confissão: foram os melhores dias da minha vida, eu me sentia feliz com aquela bendita obrigação. Tive muitas mulheres na cama, mas nenhuma igual a você. Jamais esquecerei os momentos de amor que oscilavam entre selvagens e carinhosos, e eu amei ouvir sobre você jogando vôlei pelo Brasil, sobre sua força de vontade, sua superação. Que bonito! Quando soube da sua gravidez, tive uma das maiores alegrias da minha vida. À noite, em casa, deitei-me numa rede da varanda e fiquei a pensar, a analisar minha vida. Cheguei a algumas conclusões. Estou convicto, nunca tive tanta certeza do que quero. Afeiçoei-me a você. Sua maneira de ser, tão direta, tão corajosa, me fascinou. Serei pai do nosso filho e serei seu amigo. Teremos para sempre um elo, nosso filho não foi fecundado apenas com carinho. Ele foi concebido com muito amor por nós dois. Descobri ontem, deitado na rede, a maior das certezas, tão óbvia, mas eu não via: eu amo você, Cecília. Quero viver com você para o resto da vida! Só agora percebi que não posso mais viver sem você.

Cecília, emocionada, ouviu palavra por palavra. Ela olhou nos olhos de Gabriel e perguntou com ternura:

– Você tem certeza de tudo que falou?

– Claro que sim. Quero me juntar, me casar com você, e espero que um dia você também me ame. Terei paciência, amor é convivência, eu saberei esperar. Quero criar esse menino junto com você. Nunca tive tanta certeza na vida: eu amo você e não preciso de outra mulher no mundo.

Cecília começou a chorar, as lágrimas rolavam em sua face. Gabriel as enxugou com os lábios e falou, com ternura.

– Eu saberei esperar, tenho certeza de que um dia você vai me amar.

– Seu maluco. Eu estou chorando de alegria! Eu amo você desde a nossa primeira noite naquele motel vagabundo. Todos os dias eu ficava ansiosa para vê-lo, abraçá-lo, ter você entre minhas pernas, fazer carinho em seus cabelos. Há algum tempo eu me perguntava: depois de engravidar, como será? Vou perder Gabriel, o único homem que realmente amei em minha vida. Eu amo você desde a primeira noite. E agora estou me sentindo a mulher mais feliz do mundo com sua linda declaração de amor. Claro que quero me casar com você. Mas, depois de casado, nada de sair com piranha, ouviu?

– Você será minha única mulher para o resto da vida. E vou querer mais filhos – disse ele, rindo.

Naquela noite eles dormiram no Hotel Califórnia e pediram o melhor vinho. Foram tantas as formas de amar inventadas naquela noite. Acordaram cheirando a vinho, um por cima do outro.

Gabriel pediu uma reunião com a família, precisava fazer um comunicado. Por volta das 20h, toda a família conversava animada na varanda da casa de Doutor Bernardo. Gabriel entrou acompanhado de Cecília e fez um pequeno discurso:

– Meus queridos, chamei-os aqui, como é costume na nossa família, para comunicar que encontrei o amor da minha vida: Cecília, esta bela jogadora de vôlei e minha inimiga nas cortes da Justiça. O mais importante: resolvemos nos casar. Já temos inclusive data marcada, 30 de novembro, aniversário da minha namorada que tem no ventre uma linda criança de três meses. Convido a todos para, na noite do próximo sábado, comparecerem à casa dos pais de Cecília, onde meu pai pedirá solenemente a mão dela a Seu Otacílio. Quero que Cecília seja minha mulher, amiga e companheira para o resto da vida.

Dona Isabel era a mais contente. As cunhadas Andreza e Yamary fizeram questão de tirar uma fotografia juntas com a máquina de flash que Mário havia trazido de Georgetown.

Andreza, por outro lado, se sentiu traída porque seu querido irmão não havia lhe contado nada, manteve o namoro em segredo, o que ela não admitiu.

Durante o jantar, todos se divertiram. Em certo momento, Dom Pablo chamou Gabriel e Cecília em particular e ofereceu seu casarão para o casal morar enquanto não compravam uma casa, afinal tinham cinco quartos sobrando. Os dois poderiam ficar com um quarto para eles e com outro para a criança. Teriam vida independente, a casa seria como se fosse deles, inclusive os empregados.

Cecília pediu um tempo para responder o convite, mas Gabriel foi insistente: tinha certeza de que ela iria adorar viver com seu avô no bangalô mais bonito da Avenida da Paz.

Dias depois, Yamary e Mário mostraram a Gabriel uma carta de Mayara informando que Malu se casara com John Charles Smith, um negro bonito da Guiana Inglesa, apaixonado por ela. John sabia que ela estava grávida e disse que assumiria a criança como se fosse seu filho. O menino nasceria em janeiro, Malu tinha certeza de que era filho de Gabriel, concebido na semana do casamento de Yamary. Se fosse menino, se chamaria Gabriel; se fosse menina, Gabriela.

Gabriel leu a carta e ficou a pensar se mostrava ou não a Cecília. Resolveu não mostrar, deixaria para outro dia essa história que acontecera antes do namoro dos dois. Ele pediu segredo ao casal e rasgou a carta em pedacinhos. Ficou a pensar no menino de Boa Vista que iria nascer. Mais um filho! Quem gostaria de saber seria Dona Isabel. Qualquer dia, ele contaria também à mãe.

Finalmente chegou o dia do casamento. A cerimônia aconteceu no Sítio Manguaba, festa simples com a presença dos familiares. Armaram um altar embaixo da mangueira, à beira da lagoa. Um jovem padre de Marechal Deodoro celebrou o casamento, falou bonito, comparando o casamento com a água do mar e a areia da praia. Os noivos acharam sua fala bem poética e adequada. Cecília estava linda com um vestido amarelo e grinalda de flores coloridas. Os homens vestiam blazer, inclusive o noivo. A mais feliz da festa era Dona Isabel, que dizia para todo o mundo que, naquele ano, casou dois filhos, ganhou duas netas e tinha mais um encomendado. A festa se prolongou até altas horas, como era costume naquela família.

Gabriel e Cecília foram morar no bangalô de Dom Pablo e Carolina, e viveram em harmonia e tranquilidade enquanto aguardavam o nascimento da criança.

ANIVERSÁRIO

Os primeiros a chegar foram os avós, Bernardo e Isabel, que entregaram à aniversariante uma boneca falante. Clarice deu-lhes um beijo e correu para mostrar o presente à mãe. Gabriel recebeu os pais, que se sentaram nas cadeiras da varanda. Isabel queria assistir à chegada de todos os filhos e todos os netos; tinha paixão por sua família. Bernardo pediu uísque e Gabriel lhe trouxe uma garrafa com um balde de gelo. Cecília se sentou entre eles e preparou a dose do sogro.

– Estamos comemorando o primeiro ano da minha filha, a mais bonita de todos os seus netos. Que os outros não fiquem com ciúmes! Em outubro, vou contribuir mais uma vez para o aumento da família: esse já tem cinco meses – falou Cecília, batendo de leve na barriga.

– Só tenho filhos e netos bonitos, é a marca genética de Isabel. Ela está tão bonita quanto no dia em que nos casamos – comentou Bernardo.

A atenção foi desviada quando as gêmeas Marisol e Marimar entraram correndo pelo jardim da casa de Dom Pablo. Mário e Yamary, atrás, saudavam os demais com um presente na mão.

A roda da varanda foi aumentando com a chegada de Dom Pablo, Carolina, Antônio, Andreza, Sebastião e Conceição, além dos netos Pablito, Tiãozinho, Sydney e Alfredinho. Os pais de Cecília também compareceram.

Dona Isabel estava feliz em ver os sete netos. Outros amigos encheram a casa do colombiano, onde Gabriel e Cecília passaram a viver desde que se casaram.

– São sete netos, e até o fim do ano minha filha e minhas duas noras vão me dar mais três. Só descanso feliz quando eu tiver no mínimo quinze netinhos me rodeando.

Andreza deu notícias de Vera:

– Ela está adorando a residência em um hospital de São Paulo, fazendo geriatria. Vera preferiu deixar o Alfredinho comigo. Ele sente falta da mãe, mas, quando está com os outros meninos, ameniza a saudade. Recebi uma carta dela ontem, está empolgada com um colega médico que trabalha no mesmo hospital. Estão se dando bem, parece que é coisa séria, inclusive ele já falou sobre morarem juntos na região do Brasil Central, numa pequena cidade pelas bandas da estrada Belém/Brasília. O cara é um idealista, quer mudar o mundo. Ela está encantada com o namorado, com suas ideias brilhantes, e ele também está apaixonado por ela. Vera o convidou para conhecer Maceió, mas ele disse que tem outras prioridades por enquanto. Acho que minha amiga encontrou alguém que a entende.

– E a polícia já prendeu quem matou o marido da Vera? – perguntou Bernardo.

– Até agora, não. Já se vão quatro anos; ou nossa polícia é incompetente ou o cara fez o serviço muito bem-feito. Mas, cá entre nós, se Vera soubesse quem matou o marido, ela agradeceria. Eu e Antônio somos testemunhas das surras que ela levou daquele canalha. Depois de apanhar, cheia de hematomas, Vera sempre corria para a minha casa, e eu cuidava dela e do filho. Logo depois do Fernando desaparecer, Alfredinho sentiu falta do pai, mas agora nem se lembra mais. Depois que foi morar lá em casa, passou a chamar Antônio de pai.

Dom Pablo entrou na conversa:

– Vocês sabem que sou discreto, que sinto muito orgulho dessa família que amo e que gosto também de seus amigos. Acontece que aquele Fernando era um marginal mal-educado. Quando bebia, ficava ridículo. Eu sabia das surras que dava na menina Vera, que considero uma neta. De vez em quando, Andreza escondia a amiga no sítio até as marcas dos murros e pontapés sumirem. Pode ser até pecado, mas digo de coração aberto: quem matou aquele sacana fez um favor à humanidade. E eu torço para que a polícia nunca encontre o cara que o deixou no fundo da Lagoa Mundaú – disse Dom Pablo, olhando para Sebastião de soslaio.

Gabriel respondeu:

– Nunca fui com aquele cara, puxava meu saco demais. Certa vez, embriagado no sítio, pediu-me dinheiro emprestado, pagaria no final do mês, aquela conversa de vigarista. Não foi pouco que pediu; era para comprar um carro usado. Ele estava se organizando para montar uma grande imobiliária. Para não render conversa, mandei-o telefonar para o escritório. Ele estava crente de que eu emprestaria, me telefonou logo na segunda-feira e pediu, na maior cara de pau:

– "Gabriel, meu querido amigo, posso buscar o cheque que você me prometeu?" Eu tomei um susto. Disse-lhe que eu era sócio do meu avô e que o estatuto da empresa nos proibia de realizar qualquer tipo de empréstimo. Ele voltou à carga:

– "Mas nosso negócio é de amigo para amigo. Você me dá o cheque e eu lhe dou um meu como garantia. Pago dentro de dois meses, com juros." Neguei e bati o telefone. Fernando ficou algum tempo me cumprimentando à distância. Ele jamais me pagaria. Não sei como Vera, uma moça inteligente e bonita, aguentava aquele marginal."

– Gabriel, meu anjo, dizem as más línguas que houve um caso entre você e sua cliente, Vera. É verdade? – perguntou Cecília com uma pontada de ciúme.

– Eu apenas a ajudei. Fui advogado de Vera, o delegado Boaventura a tinha como suspeita. Eu a levei muitas vezes na delegacia, na época conversava muito com ela. O povo é maldoso.

– A conversa era num motel vagabundo a caminho do Catolé? – insistiu Cecília.

Gabriel fez que não ouviu e mudou de assunto.

– Meu avô, eu soube ontem de uma péssima notícia. Vão instalar uma fábrica de produtos químicos no bairro do Trapiche, entre a praia e a lagoa, perto do terreno que a construtora comprou para construir um prédio. Se essa fábrica for instalada, haverá uma desvalorização enorme dos imóveis nos bairros do Trapiche, Prado, Pontal da Barra e até do Vergel do Lago. Descobriram uma mina de sal-gema no Mutange. O sal-gema é o sal comum, o cloreto de sódio, isso é, o cloro e o sódio juntos. A fábrica vai fazer a separação desses dois elementos por meio da eletrólise. Será preciso uma linha especial de eletricidade direta da CHESF para a fábrica.

– Notícia realmente preocupante – disse Mário. – Adeus, Trapiche. Não vou morar e nem quero meus filhos perto de uma fábrica de produtos químicos. O cloro é letal, fica rente ao chão em seu estado gasoso e tem um enorme poder de expansão. Se houver um vazamento, vai matar toda a população da região. A ONU proibiu a guerra química entre países. No Vietnã, foi usada a bomba de napalm. Toda arma química tem produto de cloro. Será um crime o governo de Alagoas permitir a instalação de uma fábrica desse tipo em um bairro densamente povoado, numa área urbana e de fragilidade ambiental, entre o mar e a lagoa. Não estou acreditando.

– Amanhã darei mais detalhes a você, meu irmão. Por enquanto, vamos parar de falar de negócios. Quero celebrar o primeiro aniversário da minha linda filha, Clarice.

O aniversário era de criança, mas os adultos é que mais se divertiam tomando seus drinques, comendo bons pratos e engatando boas conversas.

Depois da festa, já cansado, Gabriel resolveu tomar um banho antes de se deitar. Ao sair do banheiro, notou que Cecília havia chorado.

– Que foi, meu amor? Lembrou-se da outra Clarice?

– Sim, querido. Às vezes fico espantada com sua sensibilidade. Ainda me dói. Esse sofrimento nunca cicatrizará, embora eu seja feliz com você e com a nossa filha. Ela estava linda hoje com aquele vestidinho dourado. E você, gostou da festa?

– Eu gosto de festa em família, não precisamos dar atenção especial aos convidados. O que me preocupou foi aquela conversa sobre a instalação de uma fábrica química numa área urbana.

– Notei que você e Mário conversaram bastante sobre isso. Pareceu-me um assunto grave.

– É uma história comprida, amanhã lhe conto detalhes. Agora, quero cair nos seus braços, e depois nos braços de Morfeu.

Gabriel chegou por cima de Cecília e os dois fizeram amor, sempre como se fosse a primeira vez.

* * *

A manhã chegou com uma intensa luminosidade. Gabriel desceu sem acordar a esposa, o domingo ensolarado lhe fazia bem. Tomou um suco na cozinha enquanto o avô lia os jornais do dia na varanda. Dom Pablo comentou:

– Fiquei preocupado com aquela história da fábrica que será instalada no Trapiche. A região ficará desvalorizada. Vão acabar com um belo bairro, o que é uma pena. Precisamos vender com urgência o terreno que compramos. O projeto da construção do edifício pode continuar na praia da Avenida da Paz ou na praia de Pajuçara.

Nesse momento, Cecília apareceu com Clarice. Dom Pablo chamou a menina, que correu para seu colo. Cecília convidou o marido para andar na praia, curtir aquela manhã bonita. Gabriel colocou o velho calção e eles desceram juntos, andando devagar de mãos dadas. Cecília não esperou para perguntar:

– E aquela história que Mário contou ontem, você vai me contar agora?

– Minha querida, é uma história que nada tem a ver com você e ao mesmo tempo tem tudo a ver. Você não vai gostar, mas fizemos um acordo de sinceridade um com o outro, seja qual for a situação. Preste bem atenção: muito antes de namorarmos, quando fui à Boa Vista para o casamento de Mário e Yamary, meu irmão me apresentou uma antiga namorada, Malu. Durante os dias que passamos em Roraima, fiquei de paquera com ela. Malu tinha uma loja, vendia material importado, perfume, uísque, radiola, brinquedos. Na verdade era contrabandista, comprava produtos em Georgetown e vendia em Boa Vista. Não nego: dormi várias vezes na casa dela. Acontece que, alguns meses depois, ela se casou com um sujeito de Georgetown, contrabandista como ela, e quatro meses depois nasceu uma menina. O marido assumiu a paternidade mesmo sabendo que a filha não era dele.

– A filha é sua?

– Deixe-me contar o resto da história. O casal era bastante feliz com a filha. No mês passado, porém, aconteceu uma tragédia: o pequeno avião em que Malu e o esposo levavam as mercadorias sofreu um acidente na aterrissagem. Os dois morreram. A filha ficou com a mãe de Malu, uma velha doente e sem condições de cuidar da neta. No enterro do casal, a mãe de Malu pediu a Gustavo e à Anary, pais de Yamary, para cuidar da criança. Achava-a parecida com Mário, pensava ser filha do meu irmão. A menina está com os pais de Yamary. Eles escreveram para contar a tragédia e dizer que estavam dispostos a criar essa menina. Acontece que Malu havia confidenciado à Mayara que a filha era minha, tendo lhe dado o nome de Gabriela.

– Puta que o pariu! Você comeu todas as mulheres do mundo, vamos passar a vida com essas notícias dos seus filhos.

Cecília soltou a mão de Gabriel e retornou correndo para casa. Telefonou para Yamary. Precisava falar com ela e Mário com urgência, queria ir à casa deles naquele momento. O casal aceitou a visita e, ao chegar à casa do Trapiche, Cecília encontrou os dois esperando por ela. Sentaram-se nas cadeiras de vime da varanda.

– Meus queridos cunhados, me contem, pelo amor de Deus, a história dessa filha de Gabriel que apareceu. Ele me confessou agora, enquanto andávamos na praia. Eu fiquei nervosa, isso me abalou profundamente. Ele já tem um filho, Sidney, que é um amor, eu o adoro. Agora vem essa surpresa: Gabriel tem mais uma filha! Que cara mais galinha, querendo comer todo mundo! Deve ter muitos outros filhos por aí. Estou puta da vida. Não gosto de me passar por imbecil.

– Calma, Cecília. Vou tentar contar a história do começo:

Quando Mário foi para Boa Vista comandar o Pelotão de Fronteira, namorou muitas mulheres por lá. A primeira foi Malu, uma contrabandista que tinha uma loja na cidade. Eu trabalhava como professora na escola regimental do quartel, alfabetizando soldados, e tinha contato com o comandante diariamente. Mário foi amante de uma professora paulista. Passaram um bom tempo juntos. Ela era de um grupo de professoras concursadas, morava em casas do governo. Mulher altamente perigosa, uma subversiva. Finalmente, descobrimos que estávamos apaixonados. Eu o coloquei nos eixos, nunca mais olhou para outra mulher, somos um casal feliz.

Yamary contiunou:

– Às vésperas do casamento, toda a família de Mário foi passar uns dias em Boa Vista, e eu fiz uma programação decente para entreter a todos. Porém, Mário levou Gabriel para um bar que é o antro das vadias de Boa Vista. Essa Malu, a primeira namorada do comandante, se engraçou com Gabriel e os dois passaram esses dias juntos, dormindo na casa dela. Meses depois, recebi uma carta da minha irmã contando a história do casamento de Malu com John Charles Smith, da Guyana, que morava entre Boa Vista e Georgetown. Ele também era contrabandista, amava o Brasil e era apaixonado pela Malu desde sempre. Quando se casaram, sabia que ela estava grávida, mas quis assumir o filho. Era um homem de verdade.

– Certo dia, Malu confessou à Mayara que o filho era de Gabriel; ela não tinha transado com ninguém depois daquela semana do casamento. Como o John havia assumido a paternidade, porém, pediu segredo. Quando nasceu a menina, ela lhe deu o nome de Gabriela. Malu e John viviam muito bem, adoravam a filha. Até que chegou o dia em que foram buscar muamba em Georgetown. Eles encheram o pequeno avião de contrabando e sofreram o acidente na pista de pouso. Os dois morreram. A menina Gabriela ficou com a avó, que não tem condições de criá-la. Está com princípio de demência, se esquece das coisas e das pessoas. Uma amiga em comum pediu a meu pai e minha mãe para criar a menina, todos pensavam que era filha de Mário. Meus pais escreveram contando da morte dos amigos e perguntaram se eu e Mário gostaríamos de criar a menina. Por enquanto ela está na casa dos meus pais, que já a adoram. Mandaram uma fotografia de Gabriela, ela é linda. Eu e Mário resolvemos ficar com ela, mas acreditamos que era certo contar a verdade ao Gabriel, que é o verdadeiro pai da criança.

Cecília estava atenta e tensa com aquele caso repentino. Perguntou a Yamary:

– Vocês vão buscar a menina?

– Não. Mayara quer fazer vestibular para Medicina em Maceió, pediu para morar na minha casa. Será uma satisfação enorme ter minha irmã morando comigo, Mário também aceitou numa boa. Ela vem trazendo Gabriela. A casa é grande, tem quatro quartos enormes. Além das gêmeas, vou ganhar Gabriela e mais esse que está na minha barriga. Vamos registrar a menina como nossa, não se preocupe.

Apenas pedimos para você guardar esse segredo de família para sempre. Gabriela será nossa filha.

Cecília estava mais calma e conversou bastante com Yamary. Quando era quase meio-dia, as duas partiram para a feijoada de Dona Isabel. Era um domingo bonito, ensolarado. Ao ver Gabriel, Cecília deu uma alfinetada:

– Não sei quem é mais galinha, você ou seu irmão.

– Minha querida, eu não quero nem desejo outra mulher. Você me satisfaz divinamente, eu a adoro do jeito que você é. Essa filha, Gabriela, foi feita por acaso, eu não sabia, as coisas simplesmente acontecem na vida. Não podíamos deixar essa menina, que tem nosso sangue, ser criada por uma avó senil. A família da Yamary é sensível e generosa, sem preconceitos, e eles estavam dispostos a ficar com Gabriela. Mas agora a menina será criada pelo meu irmão, que é um homem bom e simples, e eu serei apenas um tio. Peço por favor que guarde esse segredo da família. Eu lhe contei essa história porque fizemos um trato de nunca mentir um para o outro.

A COPA DO MUNDO É NOSSA

A Copa do Mundo de 1970, que aconteceria no México, estava perto de começar. Dom Pablo, grande entusiasta do futebol, comprou três aparelhos de televisão. Pela primeira vez os jogos seriam transmitidos pela TV. Naquela copa, o Brasil estrearia no dia 3 de junho contra a Tchecoslováquia. O colombiano colocou uma televisão na sala e duas na varanda. Mandou decorar a casa com panos verdes e amarelos e algumas bandeiras do Brasil. O Brasil saiu na frente com uma vitória de 4 x 1. Depois, num jogo eletrizante contra a Inglaterra, ganhou de 1 x 0. Ainda na fase dos grupos, ganhou também da Romênia por 3 x 2. Cada jogo era uma festa.

Nas quartas de final, o Brasil enfrentou o Peru, conquistando nova vitória por 4 x 2. Classificado para a semifinal, pegaria o Uruguai. Havia uma grande expectativa: o Uruguai ganhara a copa de 1950 em pleno Maracanã, com um placar de 2 x 1. Chegara a hora da vingança. O Brasil todo torcia. Na casa de Dom Pablo, era uma festa em dia de jogo: muita bebida, comida, amigos e, é claro, alguns penetras.

No dia 17 de junho, quatro dias antes do jogo do Brasil contra o Uruguai, Yamary recebeu um telegrama da irmã.

Yamary Gomes Peixoto
Rua Doutor Jorge de Lima nº 48
Trapiche da Barra – Maceió – Alagoas

Estamos chegando Cruzeiro do Sul voo 231.
17 horas 15 de junho. Mayara e Gabriela.

Mário telefonou e marcou, naquela noite, uma reunião com toda a família na casa de Doutor Bernardo. Ele foi direto, contou com detalhes a história de Malu, John e Gabriela. Também assumiu a paternidade sem constrangimento, aquela havia sido a última de suas aventuras antes do casamento. Yamary foi magnânima, aceitou que a menina fosse criada como sua filha em sua casa. No dia seguinte, chegaria o mais novo membro da família: a menina Gabriela. Surpresa na família, Andreza reclamou por não saber de um caso tão importante, brigou com o irmão. Dona Isabel ficou radiante por ganhar mais uma neta. Iria com Bernardo recebê-la no aeroporto.

O avião pousou na hora prevista, toda a família estava presente no Aeroporto dos Palmares. Mayara apareceu na porta do avião segurando Gabriela pela mão. Ao ver todos reunidos, acenou e desceu a escada. No saguão, todos queriam abraçar e beijar a menina, que exerceu um fascínio na família. Seu sorriso e beleza eram cativantes. Cecília, ao vê-la de perto, comoveu-se, sentiu uma forte e inesperada emoção ao olhar aquela criança encantadora, que lembrava sua outra Clarice.

Gabriela desceu à cidade no colo de sua avó. Logo no primeiro momento, as duas compartilharam uma empatia que ia muito além do amor de avó e neta. Dona Isabel, a partir desse dia, teve a necessidade de estar com Gabriela diariamente; a menina exerceu um fascínio mágico sobre sua avó.

Ao ver a filha, Gabriel enterneceu-se: beijou e deu um longo abraço na criança, os olhos marejados. Cecília observava todo movimento, admirada com a emoção causada pela menina. Ela própria sentira uma ternura maternal inexplicável.

Jantaram na casa de Mário e Gabriela que logo se acomodou com as gêmeas e seus novos pais. Ao se despedirem, Dona Isabel pediu a Yamary:

– Leve a Gabriela amanhã para passar o dia em minha casa, com os outros netos. O Sidney adorou a irmãzinha.

Yamary prometeu que a levaria, mas ficou pensando no que a sogra havia dito: "Sidney adorou a irmãzinha". Será que ela sabia da história verdadeira? Dona Isabel era uma bruxa? Ou foi sem querer? Velhos sempre trocam nomes. No dia seguinte, Gabriela fez a alegria da avó. Passou o dia inteiro brincando com os primos sob sua terna vigilância.

Durante o jogo do Brasil contra o Uruguai, estavam todos na casa de Dom Pablo. O Brasil conquistou uma bonita vitória por 3 x 1, com gosto de vingança. A família torcia junta e os meninos brincavam. Cecília não tirava os olhos de Gabriela, que corria no jardim de mãos dadas com Clarice.

* * *

Finalmente chegara o dia do último jogo: a decisão da Copa do Mundo contra a Itália. A casa de Dom Pablo lotada de parentes e amigos, ele eufórico, vestido com a camisa do Brasil. No quintal, as crianças brincavam com suas babás sob os olhares da avó Isabel. Gabriel não tirava os olhos da filha, achava-a parecida com ele. Alguém falou: "Essa filha do Mário parece mais com o tio do que com o pai".

Mayara conversava com Andreza sobre orientações para o vestibular. Estava a fim de estudar muito, passar em uma boa universidade. Queria ser médica e seria uma grande médica. Já havia passado alguns dias em Maceió, amou a cidade, divertiu-se, arranjou namorado, mas agora a coisa era outra: ela estava determinada a passar no vestibular.

Certo momento, Gabriel percebeu que Cecília, sentada na grama, brincava com Clarice e Gabriela, e assim ficou por bastante tempo. Perto de iniciar o jogo, Cecília se aproximou do marido segurando as duas meninas, uma em cada mão, e deu um beijo na testa do amado.

– Gabriel, meu querido, eu te amo mais do que você imagina. Estive pensando com mais calma e sensatez e cheguei à conclusão de que nós devemos criar essa menina, Gabriela. Assuma a paternidade, fale com seu irmão, com Yamary. Eu quero ser a mãe da Gabriela, uma força estranha está me exigindo isso, algo quase sobrenatural. Vou preparar uma cama para ela junto à de Clarice. Essa menina é sua e minha também. Vou falar com Yamary depois do jogo. Gabriela vai ficar aqui, em nossa casa.

Emocionado, Gabriel deu um abraço apertado em Cecília.

Estava começando o jogo final da copa, Brasil x Itália. Gabriel, entre emocionado e nervoso, tomou uísque desde o início do jogo. A cada gol uma celebração, uma euforia incomum. Com uma vitória contundente de 4 x 1 sobre a Itália, o Brasil se tornou o primeiro tricampeão do mundo.

Porém, a maior alegria de Gabriel foi a decisão de Cecília em assumir aquela menina. Desde que conheceu a filha, não pensou em outra coisa. Era muita felicidade para um dia só. A festa rolou na casa de Dom Pablo, na cidade e em todo o Brasil.

No dia seguinte, foi preciso outra reunião para explicar a todos a verdadeira história de Gabriela. Seu pai era Gabriel. Andreza não resistiu, soltando, às gargalhadas: “essa família vai povoar o mundo”. Dona Isabel fez um rápido comentário:

– Quando abracei minha neta no aeroporto, tive certeza de que Gabriel era o pai.

A DESAPARECIDA

Depois de mais de um mês sem receber nenhuma carta ou telefonema de Vera, Andreza começou a ficar preocupada. Tentou falar com a amiga no hospital, e foi quando descobriu que ela havia deixado a residência para morar com Augusto, outro médico da equipe, em um apartamento em São Paulo. Então desapareceu de vez, sem dar nenhuma satisfação à administração do hospital.

Andreza resolveu viajar para São Paulo. Estava angustiada principalmente por Alfredinho, que havia deixado de receber as cartinhas esporádicas da mãe e perguntava constantemente por ela. Ao chegar ao hospital, porém, deram-lhe as mesmas informações.

Passou quatro dias na cidade tentando com Vera. Depois de algum tempo, conseguiu encontrar um amigo de Augusto, que confidencialmente informou que o médico era um líder político procurado pelo regime militar. Estava escondido em algum local e provavelmente havia feito a cabeça da namorada, levando-a também para a clandestinidade.

Andreza ficou apavorada com aquela notícia. Não importava onde estivesse, Vera com certeza teria dado um jeito de entrar em contato com ela, no mínimo para saber notícias do filho. Retornou a Maceió e pediu discrição e segredo sobre o desaparecimento da amiga.

Meses se passaram, e a expectativa de receber alguma notícia entristecia Andreza, que inventava histórias para aliviar a saudade de Alfredinho. Mário, ex-capitão do exército, contatou quartéis em Recife, Brasília e São Paulo. Buscava alguma pista do paradeiro de Vera, mas nada conseguiu.

Certo dia, então, um amigo lhe telefonou. Tinha notícias, mas só podia falar pessoalmente. Mário antecipou uma viagem de negócios a São Paulo e telefonou para o amigo. Encontraram-se na Praça da República, onde o homem informou, sem precisão, que aparentemente Augusto e Vera estavam na clandestinidade, em treinamento de guerrilha pelas bandas da Amazônia. A notícia deixou Andreza angustiada. Ela não conseguia digerir essa história de Vera na ilegalidade.

* * *

Andreza e Antônio assistiam à televisão quando o telefone tocou. Passava das 20h. Andreza atendeu.

– Alô?

– Sou eu, estou lhe esperando no Hotel Beiriz – falou uma voz rouca, e desligou o telefone.

Andreza reconheceu aquela voz. Contou para Antônio que era Vera, que devia estar em apuros. Os dois logo estavam no saguão do hotel. Ao ver a amiga Vera loura, magra, sem o charme habitual, deu-lhe um forte abraço, mas foi discretamente empurrada por ela, que pediu silêncio. Caminharam caladas em direção ao elevador. Vera apertou o botão do 4º andar e, ao entrar no apartamento 402, abraçou Andreza, chorando. Vera contou que estava numa enrascada, que corria riscos só por estar ali com ela. Brava, Andreza respondeu que não tinha medo, queria ver e conversar com a amiga.

– E o Alfredinho, como está?

– Ótimo, ficou dormindo em casa.

Antônio, surpreso, abraçou a amiga. Os três se acomodaram nas cadeiras do apartamento.

– Vocês querem saber a enrascada em que me meti? Têm de guardar segredo. Não quero amedrontar ninguém, mas saber da minha história pode ser perigoso, tenho de avisá-los.

– Vera, você é minha irmã. Não tenho medo de nada, saberei enfrentar qualquer problema. Estou há mais de um ano sem saber notícia sua, porra! Desembucha logo essa história que estou ficando nervosa.

– Andreza, você lembra que eu estava paquerando o Augusto, um cirurgião do hospital onde eu fazia residência de geriatria? Terminei me apaixonando por ele: além de bonito e elegante, é inteligente, culto. Comecei a sair com Augusto e cada dia me empolgava mais. Porém, ele tinha um mistério em sua vida. Desconfiei que se tratava de alguma atividade política, mas eu não sabia nem queria saber de nada que pudesse atrapalhar nosso amor.

Eu morava no hospital para economizar, e começamos a namorar. Certo dia, ele me convidou para morarmos juntos num pequeno apartamento. Eu me sentia como uma princesa com toda sua atenção e gentileza. Minha vida era dedicada ao hospital: tratava os meus velhinhos e, quando podia, estava junto a Augusto. Sentia que ele gostava de mim. Eu só não era mais feliz pela saudade do meu filho. Nunca em minha vida me encantei tanto por um homem. Gostava de ouvir suas conversas com os amigos e as ideias que ele tinha para um novo mundo, um mundo melhor, uma sociedade evoluída. Ensinou-me teorias econômicas, emprestou-me livros sobre o tema, me ensinou muito.

Acontece que, duas ou três vezes por semana, ele saía sozinho à noite para encontrar os amigos. Segundo ele, estavam formando um grupo de oposição à ditadura militar. Era um trabalho secreto, poderiam ser presos. O tempo foi passando, eu e Augusto nos dando cada vez melhor. Ao terminar meu primeiro ano de residência no hospital, vim passar uns dias em Maceió, rever meu filho e meus amigos. Foram férias maravilhosas. Convidei, mas Augusto não pôde vir. Ao retornar a São Paulo, notei que ele estava pensativo. Perguntei o que estava acontecendo. Ele tomou minhas mãos e me fez uma proposta, como se fosse a coisa mais simples da vida, algo irrecusável, na cabeça dele: "Que tal uma mudança de vida radical? Morar numa cidade pequena, perto da Estrada Transamazônica, só nós dois, como médicos, realizando um trabalho revolucionário nesse Brasil desassistido, esquecido e sem lei? Seria incrível passar uma temporada atendendo esses pobres brasileiros. Depois, você poderia retornar para fazer mais um ano de residência, e então, quem sabe? Poderíamos morar em qualquer lugar do Nordeste."

Fiquei cheia de dúvidas, minha cabeça ficou a mil: eu partiria para um local desconhecido, sem saber sequer qual cidade, sem salário fixo, vivendo para dar assistência aos pobres, mudar a realidade brasileira por meio da Medicina. Eu achava aquilo grandioso demais, não era factível. Mas estava cheia de paixão, minha vida era Augusto e somente Augusto. E depois, viríamos morar em Maceió."

Acabei aceitando o convite, e partiríamos dentro de três dias. Era preciso nos preparar, levar material e equipamentos de primeiras necessidades, o mínimo possível de roupas.

"Vamos viver numa comunidade, nosso dinheiro será rateado, administrado por uma comissão", disse Augusto. Eu não gostei dessa decisão. Fui a uma loja, procurei uma mala resistente com fundo falso bem lacrado e guardei uma boa quantia em dinheiro, além do meu passaporte. Se eu não gostasse, retornaria.

Pegamos um ônibus na estação rodoviária de São Paulo para Goiânia. Durante a longa viagem, sentados juntos em um ônibus confortável, Augusto confessou mais algumas particularidades de sua vida.

"Na verdade, esse grupo do qual participo é formado por membros do PC do B, o Partido Comunista do Brasil, que resolveu combater o governo militar e convocar uma rebelião popular através da luta armada. Depois da vitória final, a ditadura militar deverá ser substituída por um governo popular, como aconteceu em Cuba, na China e na União Soviética. As forças armadas jamais entregarão o governo se não for pela luta armada. Estamos preparando um grupamento de guerrilheiros com instrutores treinados em Cuba e na China."

Quando Augusto confessou esses detalhes, falando com tanta naturalidade, fiquei gelada. Não gostei nem um pouco de só saber a verdade tão perto do nosso destino. Fiquei preocupadíssima, cheguei a pedir para voltar. Mas ele, entusiasmado, foi explicando como seria nossa vida simples de médicos no meio da selva, uma experiência marcante em nossas vidas.

Dormimos em Goiana. Eu já estava com vontade de voltar, arrependida de ter entrado naquela aventura por uma paixão. No dia seguinte, tomamos outro ônibus e paramos num pequeno povoado, onde nos esperavam com cavalos. Cavalgamos quase o dia todo até uma região de mata virgem. Ficamos instalados num sítio, havia um quarto para nós dois, onde viveríamos como casados. Dormi toda a noite, estava exausta.

No dia seguinte, bem cedo, Augusto foi a uma reunião da qual só retornaria à noite. Deixou-me com dois casais e outro homem que também moravam na casa. Outra surpresa foi saber que aquele sítio era um dos campos de treinamento de guerrilha. Fiquei chocada. Recolheram todos os meus pertences, tive de entregar até meu anel de médica que meu pai me deu com tanto carinho. Só não entreguei o dinheiro e o passaporte que havia escondido no fundo falso da minha maleta.

Nesse primeiro dia, mostraram-me todo o sítio, as trilhas de treinamento de combate, o paiol com munição e armas, o estande de treinamento de tiros. Eu estava amedrontada. "Onde fui me meter?", pensava.

Augusto chegou à tarde e me avisou, como se fosse um grande privilégio, que no dia seguinte começaria o treinamento de sobrevivência na selva. Eu já havia resolvido fugir quando tivesse uma oportunidade. Percebi que teria de ter paciência e nunca brigar com

Augusto; ele era obcecado pela luta armada, acreditava na sua verdade e não admitia outra.

Nos dias seguintes, os instrutores me levaram para os treinamentos militares, que envolviam caminhar na selva até me tornar uma exímia conhecedora da trilha. Eu só pensava em fugir, mas percebia cada vez mais o quanto essa fuga era perigosa. Entrando para a guerrilha, eu não poderia mais deixá-la: essa era a primeira regra de segurança coletiva. Embora eu não fosse voluntária, senti que não adiantava argumentar. Eu tinha medo de que me fuzilassem.

Augusto me levou à Comissão Militar da Guerrilha para me transformar numa guerrilheira. Ele era da cúpula, dedicava-se mais ao partido e à causa revolucionária do que à sua própria vida. Toda noite, antes de dormir, dávamos uma trepadinha, e ele aproveitava para me doutrinar. Eu já não aguentava mais. Foi quando tive a ideia de engravidar, assim eles me mandariam para ter o filho em uma maternidade de alguma pequena cidade e eu poderia aproveitar a oportunidade para fugir. Toda manhã, antes do café, tinha de ler trechos do Regulamento das Forças Guerrilheiras. Hoje, sei tudo de cor, item por item. No cabeçalho dizia que o combatente ingressava voluntariamente nas forças guerrilheiras, cumprindo obrigatoriamente os seguintes princípios:

1. Estar disposto a enfrentar e vencer todas as dificuldades;
2. Estar decidido a lutar até a vitória final;
3. Ser um verdadeiro revolucionário;

4. Ter um estilo de vida simples e de trabalho duro;
5. Viver, pensar e combater a serviço do povo;
6. Ser fraterno e solidário com os companheiros e com o povo;
7. Obedecer, sem hesitar, às ordens do comando em todos os níveis;
8. Apresentar sugestões, que podem ou não ser aceitas pelo comando;
9. Criticar construtivamente os companheiros nas ocasiões oportunas, tendo em vista o aperfeiçoamento militar;
10. Cuidar de seu preparo físico, militar e da consciência política;
11. Preocupar-se constantemente com a segurança das Forças de Guerrilheiros;
12. Ser sigiloso, não revelar segredos e manter vigilância contra a infiltração inimiga.

O regulamento também impunha disciplinas rígidas, com três tipos de punição para os que não a seguissem:

1. Infrações leves: advertência diante do grupo;
2. nfrações graves: advertência do comandante ou pena para o transgressor entender o erro cometido;
3. Infrações muito graves: encaminhamento do acusado para julgamento por parte da Justiça Militar Revolucionária, que aplicaria a pena merecida (geralmente execução).

Fugir era considerado gravíssimo. Quando descobriram algumas tentativas de fuga, houve execução sumária.

Foi o que me disseram, pelo menos. Não sei se é verdade ou se foi para me amedrontar. "Estou fodida", eu pensava, e continuei meu plano de engravidar.

Ao chegar ao Campo de Treinamento de Guerrilha, recebi uma nova carteira de identidade com o nome de Selma Lima de Almeida. Meu documento verdadeiro foi recolhido quando cheguei. Nas informações complementares, dei meu endereço: o apartamento de São Paulo onde morava com Augusto. Ele sabia que eu era de Maceió. Augusto também tinha um codinome: Baltazar.

A Comissão Militar da Guerrilha tinha muito cuidado com a segurança. Uma das guerrilheiras de outro campo de treinamento havia fugido. Se fosse presa pelas forças armadas, colocaria em risco os preparativos da luta armada no Araguaia.

A guerrilheira fujona foi localizada numa cidade do Paraná, onde tinha alguns parentes, pelo pessoal do PC do B. Um dos dirigentes a encontrou na rua e avisou que ela tinha de voltar para o Araguaia, estavam precisando de seus serviços. A guerrilheira se recusou, e o dirigente disse-lhe que quem decidia aquilo era o partido. Ninguém mais teve notícias dessa mulher. Não sabiam se a guerrilheira tinha caído nas mãos dos militares ou sido executada pelos companheiros. Eram histórias que Augusto me contava na alcova.

Eu fui me acostumando com aquela vida de treinamento. Nunca havia dado um tiro de revólver, fiquei assustada quando empunhei uma arma pela primeira vez.

Um dia, perguntei a Augusto sobre nosso sonho de levar atendimento médico ao pessoal carente daquela região. Ele disse que, assim que eu me tornasse uma guerrilheira bem treinada, nós iríamos para uma pequena cidade para exercer a Medicina e fazer o trabalho de recrutamento para a Revolução do Povo.

Eu estava decepcionada com as mentiras e omissões de Augusto, mas não quis discutir. Aliás, nunca discutia, por medo. Eu era abusada psicologicamente e achava Augusto louco por ter me levado àquela situação inconsequente e irresponsável. Na cabeça dele, todos nós tínhamos a obrigação de ser revolucionários, de dar a vida pela revolução. Ele não permitia um pensamento fora da linha doutrinária.

Mas o grupo estava encontrando dificuldades em cooptar os moradores da região para a guerrilha. Eram pessoas simples, em sua maioria analfabetos. Na cabeça de Augusto, a revolução seria facilmente aceita pela população do campo, que vivia em lugarejos dentro da floresta amazônica. Esses viventes dos povoados conheciam os guerrilheiros pelo tipo físico, pelo sotaque, e os apelidaram de "paulistas". A população não se empolgou com a guerrilha.

Àquela altura, as forças armadas já tinham conhecimento da formação da guerrilha no Araguaia e infiltraram elementos na população. Muitos militares do serviço de inteligência passaram a trabalhar no INCRA, que realizava muitos serviços na região. De forma sutil, eles distribuíam folhetos com um título chamativo, como "Terrorista – Assassino – Procura-se vivo ou morto – Gratifica-se", além de uma fotografia e do nome do indivíduo.

Depois de algum tempo pensando apenas em fugir do Araguaia, finalmente fiquei grávida. Esperei anoitecer. Quando Augusto chegou, dei-lhe a notícia. Sua reação foi um choque.

"Porra! Como você pôde engravidar? Não tomou o anticoncepcional que lhe dei? Você deixou de tomar? Que merda aconteceu? Você sabe que não podemos ter filhos agora, só depois da revolução", ele disparou. Então respondi baixinho, quase segredando no ouvido, que eu queria aquela criança, que criaríamos o menino fazendo a revolução.

Augusto emudeceu. Deitou-se na cama e trancou-se dentro de si, pensando. Tentei conversar, mas ele, levando um dedo aos lábios, pediu que eu me calasse. Depois de meia hora de silêncio ele sentou-se na cama, determinado: "Embora seja um caso pessoal, vou levar para o Comando de Guerrilha decidir. Venha, vamos dormir".

Deitou-se e eu me aproximei dele. Não consegui adormecer, minha cabeça girava. Além de pensar em fugir, não queria perder o menino. Pela manhã, bem cedo, Augusto foi ao encontro do comando. Era uma quinta-feira, meu dia de cuidar da horta, de onde tirávamos nossa comida diária. Eu gostava daquele serviço de catar erva daninha em torno dos pés de hortaliças, de adubar e regar.

Mais tarde, Augusto chegou com a determinação do comando: eu teria de abortar. Ele mandou que eu me preparasse e levou-me para outra cabana, onde havia um posto de saúde improvisado. Uma inexperiente estudante de enfermagem, Suzana, fazia curativos e aplicava injeções. Entregaram-me à estudante para que fizesse o aborto. Ela me pediu desculpas pela violência, mas foi obrigada a fazê-lo. Eu estava apavorada.

Suzana me aplicou uma injeção e eu adormeci anestesiada, sem maiores cuidados. Terminado o aborto, levaram-me para casa. Logo acabou o efeito da anestesia e senti muita dor. A remoção do embrião foi incompleta, mal-feita. Eu estava desesperada, dolorida e febril.

Quando Augusto chegou, pedi que me levasse a qualquer lugar onde tivesse um hospital, uma casa de saúde. Houve uma reunião urgente entre ele, outros dois dirigentes e Suzana, que foi taxativa: "Eu não me responsabilizo pela vida da companheira Selma. Tem de ser levada para um hospital com urgência. A febre está cada vez mais alta, mesmo com os antibióticos e outros remédios que apliquei". Diante da insistência da estudante, Augusto consultou os colegas de direção do campo de treinamento e decidiu: "Vamos tirá-la daqui".

Eu estava acamada e sentia muita dor, sequer conseguia me levantar. Ainda assim, me alegrei ao ouvir a determinação de Augusto: finalmente eu deixaria o Araguaia, fugiria do hospital para onde me levassem.

Em três velhos cavalos, viajamos eu, Suzana e Mariza, uma das chefonas do comando militar. Mulher bonita, pouco mais de 30 anos, inteligente e durona, era respeitada por sua coragem, suas atitudes estratégicas e seu amor à revolução. A viagem a cavalo me doía toda. Eu não reclamava, estava saindo daquele inferno, valia a dor. Depois de horas de viagem, minhas companheiras conversando e tendo todo cuidado comigo, finalmente chegamos à estrada Transamazônica. Suzana retornou com os velhos cavalos, eu fiquei com Mariza esperando o ônibus. Pegamos três ônibus diferentes até chegar a Anápolis. Durante a viagem, Mariza conversou sobre a guerrilha, sobre o mundo, até sobre futebol. De repente, ela me perguntou:

"– Você é de Maceió, não é? Na guerrilha, mantemos segredo sobre nossas origens, nossos nomes, mas a direção tem um fichário bem organizado e secreto. Eu li na sua ficha. Você cursou medicina em Maceió, estava fazendo residência de geriatria em São Paulo quando foi cooptada pelo companheiro Baltazar. Consta na ficha que você se adaptou bem, tem bom preparo físico, a guerrilha precisa de você. Por isso estou levando você ao hospital, queremos que se recupere, precisa voltar ao campo de treinamento. Não podemos perder uma guerrilheira como você."

Com essa determinação de uma chefona, senti que aquela era a melhor oportunidade de fugir. Preferia morrer a voltar para aquele inferno. Meu rico dinheirinho estava no fundo falso da maleta. Mariza continuou suas confidências:

"– Tive um caso com um cara de Maceió, passamos dias maravilhosos juntos, quase um ano. Eu estava na clandestinidade, fazia operações de guerrilha urbana assaltando bancos, requisitando dinheiro para financiar a Revolução do Povo, quando o Partido mandou que eu me escondesse. Fiz um concurso para professora com identidade falsa e me mandaram para o Território de Roraima. Gostei do tempo que passei ensinando e organizando a rede de ensino do Território. Depois da revolução, quero ser professora. Tive um caso com uma autoridade, um provável inimigo. Eu estava gostando daquela vida de pequena burguesa, aprendi tanta coisa! Até que o Partido me chamou para organizar uma guerrilha no Araguaia. Fugi de Boa Vista num voo pela madrugada. Deixei a ele uma carta contando por alto minha vida dedicada à guerra do povo. Nunca mais soube desse cara, mas foi um dos amores da minha vida. As guerrilheiras também amam."

Chegando em Anápolis, procuramos um hospital. O médico, quando me examinou, mandou me internar. Eu mostrei a identidade falsa, Mariza me ajudou. O médico fez uma curetagem e tirou pedaços do embrião que estavam dentro do meu corpo. Fiquei no soro e no antibiótico por três dias. Já me sentia bem, havia me recuperado, mas fingia moleza no corpo. Mariza, sempre junto vigiando, pretendia retornar ao Araguaia assim que eu estivesse disposta. No quarto dia ela disse que tinha alguns contatos a fazer, iria aos Correios passar um telegrama. Eu reclamando de dores.

Quando me vi sem vigilância pela primeira vez, metida em um quarto coletivo com mais cinco doentes, discretamente tirei o soro, levantei-me, peguei minha maleta, fui ao banheiro, vesti uma calça comprida e uma blusa. Coloquei minha carteira com a identidade falsa na maleta, rasguei o fundo por dentro e tirei uma quantia em dinheiro. Saí tranquilamente do hospital para a rua, me sentindo livre. Andei em direção à rodoviária e em cinco minutos tomei o primeiro ônibus, que partiu com destino a uma cidade do Maranhão.

Foi a primeira viagem, mais de cinco horas subindo e descendo passageiro em todos os povoados. Já estava anoitecendo quando desci em uma pequena cidade. Hospedei-me num hotel simples, não pediram a carteira de identidade. Assinei um nome inventado na hora, assim como o endereço. À noite, dei uma volta pela pequena cidade, passei numa farmácia e comprei alguns remédios, uma tesoura e tinta para o cabelo. Depois, fui à rodoviária. Havia um ônibus noturno, o "corujão da meia-noite", para uma cidade do Piauí. Comprei a passagem, um boné e um par de óculos escuros. De volta ao hotel, cortei e pintei meu cabelo de louro. Saí de lá com um lenço na cabeça e a maleta na mão, a diária já estava paga na entrada. Tomei o corujão, consegui dormir parte da noite. Ao amanhecer, o ônibus parou numa rodoviária e os passageiros desceram para ir ao banheiro e tomar café. O motorista deu um tempo de meia hora para o ônibus partir, dentro de três horas chegaria ao destino. Nessa rodoviária, peguei outro ônibus em direção ao Ceará. Fui assim, de rodoviária em rodoviária pelo Nordeste do Brasil, durante dez dias. Comprei essa peruca no Recife. Hoje, cheguei a Maceió. Consegui seu endereço e estou aqui para ver meu filho. Arriscando a vida de meus dois maiores amigos.

A essa altura, todo o Partido Comunista do Brasil e a Linha Dura das Forças Armadas estão à minha procura. Sou um arquivo a ser queimado: sei de muita coisa, passei muito tempo naquele campo, conheci outros campos, os locais, as técnicas. Sei onde fica o paiol, onde as armas estão escondidas. Minha vida não vale nada. Os órgãos de informações do exército descobriram minha ligação com Augusto, terrorista perigoso, segundo eles. No Araguaia, distribuíram folhetos com minha foto e a do Augusto, divulgando nossos nomes verdadeiros como perigosos terroristas.

Eu estou fodida de um lado ou do outro. Vim rapidamente para ver Alfredo. Tenho medo de envolver vocês, quero apenas ver meu filho e fugir desse país, atravessar a fronteira para o Uruguai ou Paraguai até acabar a guerra. Não vejo outra solução. Talvez uma cirurgia plástica e uma mudança de identidade.

Vera começou a chorar. Andreza a abraçou, acolhendo-a e dando conselhos para resolver o problema.

– Pode chorar à vontade. Você está com sua melhor amiga, sua irmã. Não quero que saia daqui até encontrarmos uma solução. Sei quem pode fazer você sair dessa enrascada. Primeiro, vamos à casa de meu pai. Ele é o cara pra esse assunto, articuladíssimo, já ajudou algumas pessoas a fugir do Brasil. Vamos dormir, amanhã vou passar o dia aqui no apartamento. Vou buscar o Alfredinho para dormir com você e ficar aqui o tempo que quiser matando a saudade.

* * *

Eram 8h quando Doutor Bernardo chegou ao apartamento 402 do Hotel Beiriz. Quando viu Vera, deu-lhe um forte abraço. Alfredinho tinha ido para a escola, retornaria ao meio-dia, não queriam que nada fugisse à normalidade para evitar suspeitas.

Vera contou novamente a sua história, com todos os detalhes, para o Doutor Bernardo, que ouviu com muita atenção.

– Vera, minha querida, esse é um problema difícil de resolver, mas não impossível. O Brasil hoje vive uma guerra: de um lado, os guerrilheiros urbanos e rurais, do outro as forças armadas. Você não pode ser achada nem por um lado, nem pelo outro. Vou pensar na melhor solução para o seu caso, que é muito especial. Conversarei com meus contatos. Até o final do dia tentarei resolver o problema. Não saia do apartamento.

Andreza telefonou para o consultório e para o hospital. Avisou que estava doente, não poderia atender ninguém naquele dia. As duas amigas ficaram conversando, contando histórias de suas vidas durante o resto do dia. Ao cair da tarde, apareceu Doutor Bernardo. Pela fisionomia alegre, havia encontrado uma solução. Reuniram-se no quarto e ele orientou o que deveriam fazer:

– Vera, prepare-se para viajar. Ficar aqui em Alagoas, no Brasil, é muito perigoso. Tenho alguns contatos que ajudaram amigos meus em duas fugas. Já acertei: você vai entrar na Embaixada do Chile e pedir asilo político. Fica alguns dias por lá até conseguir um salvo-conduto para ir a Santiago. Amanhã tem um avião para Brasília. Vou viajar com você, em poltronas bem separadas. Quando chegarmos a Brasília, um carro estará nos esperando no aeroporto e nos levará diretamente à Embaixada do Chile, muito vigiada, mas o carro será da própria embaixada. Já comprei nossas passagens. A sua está em nome de Marli Albuquerque Silva, que é minha atendente, peguei sua carteira de identidade. Vamos retirar a fotografia da Marli e colocar uma sua, retirada da carteira de identidade falsa.

* * *

Antônio se prontificou para fazer o serviço. Foi rapidamente até em casa, na cozinha havia uma chaleira que seria usada para amolecer a foto com o vapor d'água, além de facas amoladas. Em pouco tempo retornou balançando a carteira de Marli com a fotografia de Vera.

Doutor Bernardo continuou com as instruções:

– Amanhã iremos para o aeroporto separadamente, em táxis diferentes. Só nos falaremos em caso de extrema necessidade. Alguém estará esperando você no aeroporto de Brasília com uma placa "Marli". Depois de entrar na Embaixada do Chile, ficarei no Hotel San Paul até seu embarque para Santiago, que será dentro de dois ou três dias. No Chile, alguém vai lhe procurar no Hotel Panamericano, onde você se hospedará. Essa pessoa vai prestar toda a ajuda necessária. Há muitos brasileiros exilados em Santiago. Não tente contato com o Brasil, seu filho está bem guardado. Dentro de dois meses, escreva dando notícias, sem detalhes, para este endereço: Caixa Postal 124 Maceió – Alagoas – Brasil. Andreza vai lhe dar uma mala e algumas roupas. Chegue ao aeroporto amanhã às 7h. Quando for despachada, dirija-se logo para o salão de embarque. O avião parte às 8h, com escala em Salvador. Ficarei vigilante, evite me olhar. Não se esqueça de levar seu passaporte, mas nunca o mostre no Brasil. Só depois do salvo-conduto do governo do Chile, use o passaporte ao embarcar para Santiago.

Doutor Bernardo se despediu e entregou à Vera a passagem para Brasília, além de um empréstimo de 5 mil dólares para pagar quando pudesse. Vera estava emocionada com aquela solução e com a viagem inesperada. Tinha consciência de que era necessário seguir todas as recomendações para sair do Brasil. Agradeceu com beijos e abraços a sua amiga e a Doutor

Bernardo; pagaria aquele dinheiro assim que pudesse. Andreza então contou para a amiga:

– Meu pai já ajudou outras pessoas em situações como essa. Quando você contou a história da guerrilheira que lhe conduziu a Anápolis, que teve um caso com um cara de Maceió em Roraima, pensei logo em meu irmão. Será que foi Mário o amante da guerrilheira? É muita coincidência. Vou perguntar a ele, depois lhe conto.

* * *

Às vésperas da fuga, tudo corria como planejado. Cinco dias depois daquela noite, Vera estava hospedada no Hotel Panamericano. Apareceu um senhor procurando por ela, apresentou-se como Martin e a orientou sobre como melhor viver em Santiago, indicando inclusive onde era o ponto de encontro de exilados brasileiros. Por enquanto, tinha um emprego de garçonete em um restaurante. Ele passaria às 20h do dia seguinte para ver se estava tudo certo com ela.

Vera ainda estava apavorada, paranoica, sentia-se perseguida por todos os lados. Sabendo que em Santiago moravam tantos brasileiros exilados, inclusive gente que participou da luta armada, não sentiu segurança de ficar no Chile. No encontro com Martin, perguntou se havia a possibilidade de se fixar em outro local, num país vizinho, na América do Sul. Martin recebera recomendações especiais sobre Vera. Ficou de procurar e trazer-lhe outras opções. Dentro de dois dias, apareceu com uma lista de quatro cidades: Lima, Bogotá, Cartagena e Cali.

Vera foi morar na aprazível Cartagena das Índias, cidade colonial, barroca, de muita importância na história da Colômbia. Ela amou Cartagena desde o primeiro momento. Logo estava trabalhando num hospital e morando numa pousada na parte histórica da cidade.

Quando o governo brasileiro tomou conhecimento do asilo político dado pelo Chile, considerou "a terrorista Vera Moraes banida do país." Se retornasse ao Brasil, seria presa. Apenas Martin sabia que a asilada encontrava-se em Cartagena.

* * *

Havia se passado três meses quando Andreza recebeu a primeira carta de Vera, por intermédio da Caixa Postal 124.

> Queridíssima,
>
> Estou morando e trabalhando na cidade de Cartagena das Índias, na Colômbia. Moro em uma pousada simples, mas bonita: ao redor de um jardim central bem cuidado ergue-se uma construção de dois andares, onde ficam os dezoito apartamentos. Todo dia tomo um ônibus da cidade histórica até a cidade moderna, cheia de edifícios e hotéis. Salto na porta do hospital e trabalho o dia inteiro, almoço lá e tenho tempo até para plantão no fim de semana.
>
> A solução do seu pai foi a melhor possível. Estou me sentindo quase segura, mas não acabou a paranoia de perseguição. Tomo todas as precauções possíveis.
>
> Cartagena é uma terra de divertimentos, muitos turistas, praias bonitas, história, uma arquitetura de tirar o fôlego. Muitas coisas bonitas para conhecer. Quero recebê-la qualquer dia aqui nessa terra maravilhosa. Estou banida e só posso voltar ao Brasil quando decretarem a anistia política.

Gostaria de lhe pedir um último favor: estude a possibilidade de mandar Alfredinho; ele me faz falta, e eu a ele. Tem uma escola de tempo integral perto da pousada, já estive por lá e gostei muito. Segundo a diretora, um jovem brasileiro vai se adaptar com facilidade.

Por enquanto estou dispensando homens, embora no hospital haja médicos que não são de se jogar fora. Mas ainda estou traumatizada com minha história recente.

Vou ficando por aqui. Mande um abraço especial ao Doutor. Não precisei daquele dinheiro, em breve devolvo.

Um abraço de sua amiga irmã,
Vera.

A SÍNDROME DO ELEFANTE

Durante a feijoada dominical na casa de Dona Isabel, Mário e Yamary pediram à Andreza para contar novamente sobre a guerrilheira que escoltou Vera ao hospital de Anápolis. A história coincidia com um fato acontecido em Roraima. Andreza, então, repetiu o caso.

– Pelo que Vera contou, a guerrilheira estava escondida no Território de Roraima por ordem do Partido. Com uma identidade falsa, ela se passou por professora da rede de ensino local. Foi lá que conheceu esse cara de Maceió, com quem namorou até ser convocada pelo Partido novamente. Sumiu sem dizer nada a ninguém, deixando apenas uma carta para o namorado.

Yamari interrompeu o relato de Andreza:

– Não tenho dúvida de que é a professora Virgínia, a queridinha do comandante. Então quer dizer que aquela paulista branquela é organizadora de guerrilha no Araguaia. Que coincidência extraordinária! Ela deixou uma carta comprometedora para Mário, ele fez bem em rasgá-la. Alguns meses depois que ela fugiu, chegou ao quartel um pedido de busca para a terrorista Olga, com o retrato de Virgínia. Mário informou que, pela fotografia, deveria ser uma professora do governo de Roraima que havia desaparecido há alguns meses. Houve um inquérito que quase complicou sua carreira – disse Yamary.

Mário foi logo dizendo, debochado:

– A história já havia despertado minha atenção quando Andreza a contou. Agora, com a observação de Yamary, também não tenho dúvida: é a Virgínia. Onde Vera foi se meter! Ainda bem que papai a ajudou. Foi uma fuga espetacular, digna de um filme. Incrível também é que Vera nunca foi engajada politicamente, e ainda assim abandonou tudo por uma paixão. O guerrilheiro deve ser bom de cama.

– Deixe de maldade. Vera foi de uma ingenuidade inominável, tornou-se prisioneira por amor. Ainda bem que papai resolveu. Ela está feliz em Cartagena, disse Andreza.

Dom Pablo, que também ouvia a história, foi para casa pensativo. Chegando, conversou com Carolina.

– Sabe de uma coisa? Deu-me vontade de voltar a Cartagena. É a Síndrome do Elefante: quando um elefante chega à velhice, perto de morrer, retorna à região onde nasceu. Depois de mais de cinquenta anos, deu-me essa vontade. Que tal você conhecer a terra onde nasceu seu velho aluno? Quem queria me matar, deve ter morrido. Os crimes que cometi estão prescritos.

– Eu adoraria. Cartagena das Índias é um sonho para mim, tem um lugar importante na colonização do continente americano. Lua de mel em Cartagena! Vou providenciar meu passaporte, nunca saí do Brasil. Você, quando bota uma ideia na cabeça, ninguém lhe segura. Quando partimos?

– Quero que Isabel conheça a terra onde nasceu. Ela anda meio fraca, nunca gozou de boa saúde. Quando fugi de Cartagena para Havana, não me senti seguro. Dona Natália jurou matar Isabel e a mim, a mulher era o cão, me acharia em Cuba.

Um navio estava descendo para o Brasil, então peguei Isabel e fomos para Belém. Embora eu tenha gostado da cidade, Isabel não se deu bem, tinha dificuldades respiratórias, culpa da umidade excessiva do Rio Amazonas, disse o médico. Resolvi morar no Rio de Janeiro. Comprei passagens num bom navio, camarote confortável. Estavam previstas algumas escalas antes do Rio. Quando o navio ancorou em Maceió, resolvi dar uma volta na cidade. Não havia o cais do porto, uma embarcação nos levou até a plataforma de embarque. Caminhamos pela Avenida da Paz, descemos à praia, almoçamos um bom peixe no mercado. Percebi que Isabel estava contente, disposta, ela corria e brincava. Naquele momento, tomei a decisão de ficar em Maceió, por Isabel. Também fiquei encantado com a cor do mar, a luminosidade e o clima da cidade. A saúde de Isabel melhorou. Estou nessa terra encantadora, minha terra, há mais de cinquenta anos. Constituí uma bela família aqui e tenho a melhor companheira do mundo, minha professora de história!

* * *

À noite, Dom Pablo reuniu a família em sua casa. Ele brincava com os netos quando chegaram Doutor Bernardo, Isabel, Antônio e Andreza. Em pouco tempo, toda a família estava reunida em uma roda na varanda. Dom Pablo aproveitou e comunicou:

– Meus caros, reuni vocês aqui para dizer que deu-me a Síndrome do Elefante: quero retornar ao lugar onde nasci. Vocês todos conhecem minha história. Nasci em Cartagena, assim como Isabel. Devido a problemas sérios, nunca retornei às minhas origens. Esse caso da Vera me aguçou a imaginação e, de repente, deu-me vontade de voltar a Cartagena das Índias. Resolvi fazer uma viagem, apenas uma semana, já escolhi a data, entre 15 e 23 de abril, aproveitando o feriadão de Tiradentes. Escolhi alguns convidados para me acompanhar, passagens e hospedagem por minha conta. Como o edifício Rosa de Cartagena está em fase de obra acelerada, com entrega agendada para dezembro, meus queridos sócios ficam. Convido minha filha, que mal conhece o local onde nasceu, meu querido genro Bernardo e a Doutora Andreza, que além de dar uma mãozinha cuidando da nossa saúde, levará também o Alfredinho para encontrar a mãe. Andreza, você será a encarregada de comprar as passagens e reservar a hospedagem. Tente também avisar Vera sobre essa viagem. Preparem seus passaportes e vamos nos divertir na Cartagena da minha infância e juventude!

* * *

O dia da viagem chegou rápido. Quando o avião aterrissou no aeroporto de Cartagena, já era noite. Vera estava esperando por eles; contente, correu para abraçar Alfredinho. Todos foram para a pousada onde Vera estava hospedada, na parte histórica da cidade. Cansados, dormiram rapidamente.

Na manhã seguinte, tomaram café ao ar livre no jardim. Vera tirou folga para se juntar aos amigos e sugeriu um passeio de charrete pelos pontos turísticos da cidade murada. Ao sair da pousada, Dom Pablo reconheceu a Catedral de Santa Catalina de Alejandria e se emocionou.

– Foi naquela igreja que eu me casei.

Carolina segurou sua mão e todos foram visitar a bela catedral. Dom Pablo se lembrou de Rosa vestida de noiva, a saída dos noivos da Igreja, os amigos e a festa de três dias celebrando o casamento. Ao saírem, duas charretes os esperavam. Os dois casais mais velhos sentaram-se nos bancos almofadados da primeira charrete. Andreza, Vera e Alfredinho ocuparam a outra.

Dom Pablo incentivou Carolina a falar sobre a história de Cartagena, e ela não perdeu a oportunidade de mostrar seus conhecimentos históricos.

– Cartagena das Índias foi fundada em 1533 por Dom Pedro de Heredia. A cidade tornou-se o porto mais importante da colonização espanhola na América do Sul, onde embarcavam todo ouro, prata e riquezas da Colômbia. Muralhas e fortificações foram construídas em torno da cidade para protegê-la dos constantes ataques de piratas, que saqueavam as riquezas da Coroa Espanhola. Cartagena é a capital do departamento de Bolívar e a quinta maior cidade da Colômbia. Além da parte antiga, protegida pelas muralhas, existe a região moderna, com belas construções e praias banhadas pelo mar do Caribe colombiano.

O cocheiro parou e eles desceram em frente à *Torre del Reloj*. Carolina continuou sua aula para o grupo.

– Onde está essa torre ficava a única entrada para a cidade murada. O relógio que adorna a parte superior da edificação foi construído no século XIX e tornou-se um belo atrativo da cidade. Esse é um dos monumentos mais queridos da cidade: retrata Don Pedro de Heredia, fundador de Cartagena, e a índia Catalina, que serviu de intérprete junto ao seu povo. Ela é considerada uma heroína.

Ao retornarem às charretes, Dom Pablo anunciou:

– Desculpem-me a interrupção, mas estou ansioso para visitar alguns lugares onde passei boa parte da minha vida. Gostaria de mostrar a vocês.

Dom Pablo direcionou o cocheiro até um arruado com sobrados de dois andares, com belas fachadas ornadas de *bougainvilles* subindo pelas paredes. O cocheiro freou a charrete em frente a um sobrado de paredes brancas, ajardinado. Desceram todos. Dom Pablo olhou o sobrado de cima a baixo e virou-se para Isabel:

– Foi nesta casa que você nasceu, minha filha. Foi nessa casa que passei os dias mais felizes da minha juventude. Ainda está conservada, como era há mais de cinquenta anos. Naquele quintal tão bem gramado, havia um estábulo onde sua mãe mantinha seu cavalo, Trovão, junto ao meu. Todos os dias ela me esperava no jardim, brincando com você. Eu trabalhava no armazém do meu pai e voltava à tardinha, ansioso para rever meus amores. Um dia, mataram Rosa e nosso filho que ia nascer. Eu fiquei louco, matei quase toda família do assassino, essa história vocês sabem. Só sobrou Dona Natália, que jurou, por vingança, matar você e eu. Fugi com você porque a polícia também me procurava e queria me prender, eu estava escondido na casa de um amigo. Naquela casa amarela ali na esquina. Hoje, volto para esse local que alimentou muitos sonhos por tantos anos.

Todos estavam emocionados com a história de Dom Pablo. Andreza, então, teve uma ideia.

– Juntem-se todos na frente da casa! Vou tirar uma fotografia.

Nesse momento, a porta de entrada se abriu. Apareceu uma senhora elegante, de cabelos brancos. Ela olhou para o grupo e perguntou:

– Posso ajudar em alguma coisa?

– Desculpe, é que há muito tempo eu morei nessa casa.

– Eu tenho essa casa há quarenta anos. Como é seu nome? Você não me é estranho.

– Pablo.

– Pablo! Filho de Diego e Carmen?

– Sim. Pablo Márquez.

– Não é possível! Somos primos, sou filha de Pepe, irmão de seu pai. Venha cá, me dê um abraço. Sou a Rosita. Que surpresa agradável. Entrem, por favor.

Todos foram se apresentando. Pablo não estava a fim de encontrar amigos ou parentes, mas a aparição de Rosita logo no primeiro dia pareceu obra do destino. Ele ficou emocionado ao entrar na casa, olhando as paredes, os quartos – tudo lembrava Rosa. Ao subir a escada, Rosita levou-o à sacada da pequena varanda. Pablo tomou um pouco de ar fresco e foi se recuperando da emoção aos poucos. Sentaram-se na sala para tomar um suco, Rosita bem alegre e falante.

– Comprei essa casa quando Carmen viajou para o Brasil. Meu marido, Juan, morreu há dez anos. Moro com minha filha, meu genro e dois netos, que estão no trabalho e na escola, mas voltam ao meio-dia para almoçar. Eles vão ficar felizes em conhecer tanta gente da família. Pablo, você sabia que o povo nunca se esqueceu daqueles acontecimentos? Um historiador escreveu um livro contando sua história, com certo exagero, confesso. Vou conseguir esse livro. Pablo Márquez, depois de cinquenta anos, ainda é o orgulho da família!

– Rosita, eu estou me recordando. Você era uma moça bonita, prima, tinha um namorado ciumento que não deixava você se pintar nem ir às festas.

– Casei-me com ele.

– E meus inimigos? Dona Natália ainda é viva?

– Não, ela morreu há muitos anos.

– Voltei a Cartagena por um acaso. Vera é como se fosse uma neta, cresceu em nossa casa. Médica, foi convidada para trabalhar num hospital aqui na cidade. Teve problemas com o ex-marido, preferiu vir para um lugar distante. Está adorando Cartagena.

– Amanhã é domingo, vou fazer um almoço para vocês. Não admito um não como resposta.

– Rosita, nós viremos almoçar, mas eu lhe peço um favor: quero passar despercebido nesses dias em Cartagena. Não conte aos seus amigos sobre minha presença. Pensei que tivessem me esquecido, tenho receio de que algum jornalista me descubra. Agora, vamos continuar nossa volta pela cidade. Amanhã ao meio-dia estaremos aqui.

– Está certo. Espero vocês para o almoço.

Dom Pablo e o restante da comitiva partiram rumo ao armazém que era de seu pai. Tiveram uma surpresa desagradável: havia sido demolido, e em seu lugar foi construída uma galeria em estilo colonial espanhol, com lojas de lembranças turísticas. Antes do almoço, foram ao cemitério. Pablo comprou flores na entrada e, segurando a mão de Isabel, andou até o túmulo de Rosa; ele não se esquecera do local. Dona Carmen havia mandado erigir uma lápide de mármore com a inscrição "Rosa Márquez / 1900 -1920". Dom Pablo pediu para ficar só no cemitério, se encontraria com o restante do grupo no Restaurante La Paella, perto da pousada, às 13 horas.

Isabel, Doutor Bernardo e Carolina quiseram ficar com o velho, mas ele insistiu para ficar apenas com Isabel. O restante do grupo podia aproveitar o passeio e buscá-los de charrete às 13 horas.

* * *

Dom Pablo e a filha sentaram-se em dois banquinhos alugados na porta do cemitério. Enquanto ele olhava a lápide com o nome de Rosa, vieram-lhe à mente passagens de sua juventude. Via nitidamente Rosa sorrindo, brincando feliz com Isabel no jardim. Lembrou-se da inesquecível expressão de felicidade no rosto de sua jovem mulher ao descobrir que estava novamente grávida. A expressão marota ao deitar-se na cama, quase nua, esperando que ele mergulhasse em seus braços com carinho. Na hora do gozo, o cavalo Trovão relinchava na estrebaria; às vezes até os vizinhos reclamavam do barulho do cavalo de madrugada.

No cemitério, não se lembrou mais da triste história dos assassinatos. Pablo só conseguia pensar em Rosa dona daquele sobrado, brincando com Isabel ou cozinhando de avental, cantando, sempre alegre, com sua beleza exuberante. Era a mulher mais bonita da Colômbia, diziam. Pablo levava aquelas recordações dentro da mente e do coração como se Rosa estivesse viva. Levantou-se e, junto com Isabel, deu uma volta pelas alamedas do cemitério, aproveitando cada recordação que surgia: ele trabalhando no armazém do pai, alegrando-se ao final do expediente com a expectativa de ter Rosa em seus braços. Sentaram-se mais um pouco nos banquinhos. De repente, apareceu o cocheiro; a charrete estava pronta para levá-los. Dom Pablo se levantou, alisou a lápide e chorou como um menino.

* * *

Os amigos almoçaram no Restaurante La Paella. Doutor Bernardo, sempre elegante, pediu um bom uísque, enquanto Isabel se deliciou com um suco de *naranja*. Na mesa havia *tapas* e *tortillas*. As meninas pediram vinho branco. Dom Pablo, ajudado por Carolina, saboreava um rum caribenho, sem gelo, "para alegrar o coração de um velho", disse. O sucesso ficou por conta da *paella* à mexicana, bem apimentada. Isabel segurou a mão do pai e disse, sorrindo:

– Estou tão feliz, me sentindo tão bem! Está sendo maravilhoso conhecer a terra onde nasci. Cartagena é linda.

Depois do almoço, os mais velhos e Alfredinho foram descansar na pousada. Foi muita emoção para um só dia. Andreza e Vera continuaram no vinho, estavam a fim de conversar, de ouvir histórias uma da outra. Já era noite quando saíram do restaurante, abraçadas, embriagadas, cantando pelas ruas estreitas e floridas de Cartagena.

No dia seguinte, passearam novamente em duas charretes, tendo Carolina como guia. Conheceram o Castelo San Felipe de Barajas, uma fortaleza militar construída em 1536, a maior do continente americano na época. Em seguida, Carolina pediu ao cocheiro, falando em seu espanhol arranhado, para levá-los à Igreja e Convento de San Pedro Claver, santo conhecido como "o apóstolo dos escravos" por ter dedicado sua vida à defesa dos negros que chegaram à região no período colonial. Viram também o horror do Palácio da Inquisição, com suas antigas prisões e câmaras de tortura da época em que funcionava como Tribunal do Santo Ofício da Igreja.

Passaram por muitas e agradáveis praças que reuniam moradores e turistas. Pouco depois do meio-dia, as charretes estacionaram em frente à casa de Rosita. Foram recebidos com buquês de rosa e um conjunto mariachi, que cantou belas canções latinas: "Cielito Lindo", "Besame Mucho", "Maria Bonita", "Solamente una vez"... Os brasileiros ficaram encantados com a recepção no quintal, onde havia duas enormes mesas com comidas e bebidas para servir à vontade. O grupo foi apresentado à filha, Rosália, seu marido, Paco, e aos filhos, Pablo, de 16 anos, e Rosana, de 21 anos, além de mais dez ou doze parentes que Rosita havia convidado, ignorando o pedido de Pablo. Muitas conversas e recordações. Rosita gostou de Vera, as duas conversaram bastante. Dado momento, a anfitriã disse-lhe que a casa estava à disposição. O almoço prazeroso terminou pela noite. Dom Pablo, borracho, cantou "Ya no estás más a mi lado corazón...".

O resto da semana foi dedicado ao turismo. Muitas vezes, Doutor Bernardo preferia ficar na confortável e agradável pousada com Isabel, ela se cansava rapidamente das caminhadas.

Passearam pela Igreja e Faculdade de Santo Domingo, construída entre 1579 e 1698. Em frente à igreja ficava a Plaza Santo Domingo, ponto da boemia, cheia de bares e restaurantes.

Visitaram a região mais moderna de Cartagena, Bocagrande, área do futuro, onde estavam sendo construídos vários edifícios. No dia de retornarem ao Brasil, Vera e Alfredinho acompanharam os demais até o aeroporto. Ela ia feliz, pensando em procurar uma escola para o filho.

HEMODIÁLISE

– Santiago, por favor, não insista. Estou em Cartagena há algum tempo e não pretendo ter nenhum relacionamento amoroso. Você é meu colega de trabalho, nos damos bem, mas minha cabeça e meu coração por enquanto não aceitam nenhum tipo de namoro. Já conversamos sobre esse assunto, mas você tem insistido. Peço que pare, suas cantadas são inúteis, continuemos amigos. Eu tenho um filho que está se dando bem aqui em Cartagena, fiz amigos, sou solteira, mas venho de um relacionamento amoroso frustrante. Tão traumático que não posso lhe contar minha história. Não é por você ser mais velho. Outro grande problema é ser casado. Eu não sou mulher para ser a outra.

– Vera, prometo não insistir. O problema é que, quando olhei você, me apaixonei. Ao vê-la tratando seus pacientes com tanto profissionalismo e carinho, percebi que era uma mulher especial. Te desejo como mulher e te admiro como médica. Percebi que existe um grande mistério em sua vida. Você está se escondendo da polícia brasileira aqui em Cartagena? Você é uma incógnita. Às vezes me pergunto: o que aconteceu no Brasil com Vera? Deve ter sido coisa séria. Pelo tempo que está em Cartagena, nunca tirou férias para passar nem mesmo uma semana no Brasil.

A conversa com o colega médico alertou Vera. Não desejava alguém vasculhando sua vida. Durante as férias de Alfredinho, ela resolveu tirar também alguns dias de férias do hospital. Comprou passagens para Bogotá e disse aos colegas que viajaria para visitar os parentes no Brasil. Em Bogotá, visitaram parques e museus, viram quadros de Botero. Vera se divertiu como uma criança junto do filho. Ao retornar, continuou seu trabalho no hospital; viajou apenas para tirar da imaginação do colega a proibição de entrar no Brasil.

Vera recebia semanalmente jornais de Alagoas por intermédio de Rosita. Andreza enviava pelo correio para o endereço da prima. Vera lia até os classificados; era uma alegria semanal ler aqueles jornais, principalmente a parte política, pois já se falava de anistia geral e irrestrita. Se tudo corresse bem, em breve todos os brasileiros banidos por terem participado de guerrilhas, como ela, poderiam retornar ao país livres, anistiados. Ela continuava paranoica sobre ser descoberta em Cartagena pelos militares ou pelos ex-companheiros da guerrilha. Tinha medo de ser sequestrada e executada por ambos os lados. Por isso, tomava precauções constantes.

Vera só fez um ano de residência como geriatra, passando em seguida a clínica-geral. Depois da conversa com Santiago, passou a procurar congressos de medicina em Bogotá ou Calli e viajar para adquirir novos conhecimentos. Seu espanhol já estava perfeito, estudava gramática em casa. Alfredinho estudava perto, em escola particular, por tempo integral. Ela sempre o acompanhava. Vivia uma vida feliz no apartamento da pousada com seu filho, só não podia dizer que estava totalmente feliz por causa da paranoia: vivia assombrada por seus perseguidores imaginários. Quando Andreza foi visitá-la, ela foi franca com amiga, disse que preferia não ter contato algum com o Brasil, poderiam suspeitar. Seria paciente e esperaria que a anistia fosse decretada.

Certa noite, apareceu um paciente no hospital necessitando fazer hemodiálise urgente, sofria de insuficiência dos rins. Vera estava de plantão e atendeu o homem. Era um italiano de pouco mais de 50 anos, alto, bonito, cabelos grisalhos. Misturava o espanhol com o italiano, mas dava para entender.

– Que bom ser atendido por uma enfermeira bonita! Sofro de insuficiência renal há quatro anos. Iniciei tratamento com hemodiálise na Itália e continuei aqui. Quando vim morar em Cartagena, procurei o Doutor Miguel Abrantes. São três horas que passo nessa máquina, mas quando saio me sinto melhor. É a primeira vez que a vejo no hospital. Como é seu nome?

– Vera. O senhor não me viu porque sou clínica-geral do hospital. Hoje estou de plantão, por isso estou lhe atendendo. Se o senhor viesse dentro do expediente, seria atendido pelo Doutor Miguel. Mas eu li sua ficha, pode deixar que sei fazer essa máquina trabalhar.

– Então a senhora é médica. Vera, um bonito nome, Verità em italiano. Meu nome é Dante, sou de Surriento. Conhece a música? – e cantou baixinho, com timbre de tenor:

Vide 'o mare quant'è bello... Spira tantu sentimento
Comme tu a chi tiene a mente... Ca scetato 'o faie sunnà
Ma non mme lassà... Non darme sto tormiento
Torna a Surriento... Famme campà

– Conheço a música, sua terra deve ser muito bonita. Agora, se me dá licença, tenho outros pacientes para atender. Virei mais tarde lhe tirar da máquina – disse Vera, incomodada com a conversa do italiano falastrão.

* * *

Vera gostava de tomar café com Alfredinho em mesas ao ar livre, apreciando o pôr do sol na muralha de Cartagena. Certo sábado, percebeu ao longe o italiano pintando um quadro. Usava uma bata branca toda suja de tinta. Pouco depois ele se levantou, recolheu o material de pintura e o guardou na mala do carro. Subiu novamente para um café, estava procurando uma mesa quando percebeu Vera sentada com o filho. Aproximou-se, cumprimentou a médica e falou com Alfredinho, perguntou se podia tomar um café com ela. Vera, educadamente, assentiu.

O italiano se encantou com a brasileira em seu vestido solto e leve. Enquanto fazia perguntas, também contava sua história. Chamava-se Dante Alighieri Surrientini, seu pai lhe dera esse nome em homenagem a um dos maiores poetas italianos. Morava em Cartagena, era historiador e pesquisava sobre a Santa Inquisição. Nas horas vagas, pintava; amava o pôr do sol visto da muralha. Era divorciado e tinha dois filhos adultos em Surriento. Estava há um ano em Cartagena, amando aquela cidade histórica, principalmente por ter um vasto material para o novo livro sobre a Inquisição. Ele passava o dia no Palácio da Inquisição, principal monumento histórico da inquisição espanhola no Novo Mundo. Cartagena foi sede do Tribunal de Penas do Santo Ofício, órgão da Igreja católica implantado no início do século XVIII.

Ela ficou interessadíssima, prometeu visitá-lo no Museu da Inquisição qualquer dia. Levantou-se e, pedindo desculpas, disse que precisava ir, estava esperando uma visita em casa. Mas havia gostado da conversa. No fundo, Vera estava encantada com o bonito italiano, mais velho dezessete anos. Ele não a deixou pagar a conta e comprou um enorme chocolate para Alfredinho.

Vera continuou levando Alfredinho para o café ao pôr do sol na Muralha todos os sábados. Sempre encontrava Dante pintando suas aquarelas, então tinham uma conversa descontraída e tomavam um bom café ou chocolate. Esses encontros passaram a ser frequentes. Ela gostava da conversa inteligente e culta do italiano, e Dante foi se apegando à doutora cuidadosa que o atendia no hospital. Ele se informava sobre os dias de plantão de Vera para fazer a hemodiálise com ela. Passaram-se mais de dois meses com esses encontros. Certo sábado, Dante aproveitou que Alfredinho brincava mais afastado, num parquinho ao lado, e segurou a mão de Vera. Queria sair para jantar com ela em um bom restaurante. Vera olhou para o italiano e foi taxativa.

– Meu querido amigo Dante, nesses dias de conversa aqui na muralha, aprendi a gostar de você, admirar sua cultura, seu bom humor. Você me impressionou, é um homem bonito, agradável, mas não estou preparada para um novo amor. Saí de um casamento que me deixou bastante traumatizada. Terminei vindo para Cartagena, indicação do avô de uma amiga. Estou passando um tempo aqui para esquecer um problema amoroso. Não pense ser por causa da sua idade ou por você ser divorciado, isso para mim não importa. Meu problema é um trauma ainda não curado. Você é um homem bonito, terá a mulher que quiser. Se não fosse esta ferida aberta que não cicatriza, deixava o Alfredinho com a babá agora e iria dormir no seu apartamento. Mas não posso, Dante. Desculpe-me – ela se levantou e pegou o filho, e os dois foram andando até a pousada. No caminho, algumas lágrimas caíram de seus olhos.

No sábado seguinte, não encontrou o italiano na murada, nem nos outros sábados. Dante deixou de frequentar aquele café, escolheu outro local para pintar seu pôr do sol. Depois de mais de um mês, Vera encontrou o italiano na hemodiálise por acaso. Cumprimentou-o, tiveram uma conversa rápida. Ao retornar ao consultório, percebeu que Dante estava fazendo falta em sua vida; ela adorava aqueles encontros, a conversa inteligente do italiano maduro, de cabelos brancos, bonito e atraente.

Certa tarde, saiu mais cedo do hospital e foi direto ao Museu da Inquisição. Ao chegar na entrada, respirou fundo, perguntou a si mesma se sabia o que estava fazendo, tomou coragem e entrou no museu. Já o conhecia desde o tempo da visita de Dom Pablo. Entrou numa sala e viu, ao lado, o italiano solitário lendo um livro enorme e tomando anotações em um caderno. O museu estava praticamente deserto, havia apenas alguns funcionários. Ela se aproximou com o coração acelerado e cumprimentou:

– Olá!

Dante olhou de lado. Quando percebeu que era Vera, levantou-se alegre, sorrindo.

– Que prazer em vê-la!

– Eu estava passando por aqui, resolvi entrar. Este museu, apesar do horror, é fascinante.

– Eu posso lhe mostrar alguns detalhes que muita gente não conhece.

– Claro, será interessante.

Dante guardou o livro e colocou o caderno e a caneta no bornal. Os dois caminharam entre as salas. O italiano mostrava as peças do museu e contava detalhes de cada uma. Ele se sentia feliz; aliás, os dois estavam radiantes. Desceram ao quintal, onde estavam instalados alguns instrumentos de tortura e uma forca. Percorreram todo o pátio vazio e, ao passarem pela forca, Dante não se conteve: segurou a mão de Vera e a trouxe para baixo do tablado da forca. Os dois se beijaram num abraço sensual; ele continuou beijando seu colo, seus seios. De repente, colocou-a sentada numa bancada de madeira e se amaram silenciosamente. Ninguém ouviu, ninguém percebeu. Só havia um funcionário no andar de cima. Continuaram abraçados.

– Que loucura! Não somos mais adolescentes para fazer amor embaixo de uma forca. E você não usou camisinha.

– Verità, meu amor, você é tudo que eu quero na minha vida por enquanto. Apaixonei-me por você desde a primeira hemodiálise, aqueles encontros na muralha preencheram minha vida. Desde sexta eu já ficava feliz porque me encontraria com você no dia seguinte. Sou um homem maduro, mas tenho espírito jovem, aventureiro. O que me interessa é estar ao seu lado.

Depois desse dia, marcaram outros encontros. Vera preferia no apartamento do italiano, que ficava em frente à praia de El Laguito, um pouco distante de onde morava. Depois de alguns meses, com o namoro consolidado, ela falou sobre o namorado com Alfredinho. Foi franca e o filho entendeu, não causou problemas. Aos fins de semana, os dois passaram a ir juntos ao apartamento de Dante. Alfredinho adorava o passeio. Fez amizade com Pietro, um garoto da sua idade que também morava no prédio. Os dois se divertiam jogando futebol na praia.

* * *

Faltava pouco tempo para terminar o prazo da entrega do livro sobre a Inquisição. Embora estivesse com o material quase pronto, Dante pediu um prazo maior para a entrega do trabalho. A universidade concedeu mais quatro meses. Ele escondeu esses detalhes da namorada; tinha receio de viajar para Itália e Vera não acompanhá-lo.

Já havia se passado quase um ano desde o dia em que o casal ficara junto pela primeira vez. Durante esse tempo, o colega Santiago continuou assediando Vera. Ela sempre o evitava, e no hospital todos sabiam do seu namoro com o italiano. Certo dia, Santiago procurou Vera, disse-lhe que era assunto sério. Ele havia recebido uma carta de um amigo do Brasil, ligado à Segurança Nacional, com algumas notícias de jornal e folhetos sobre a terrorista Vera Moraes. Queria mostrar o material a ela em local discreto e seguro, que ela o esperasse às 20 horas em frente ao Restaurante Miraflores. Ele passaria de carro para apanhá-la.

Vera ficou apavorada, perdeu a concentração, não conseguia raciocinar, as pernas tremiam. Sua cabeça não parava de pensar em tudo e em nada ao mesmo tempo. Respirou fundo, tentou ficar calma. Eram 15 horas. Ela foi à administração do hospital e disse que estava tonta, sem condições de trabalhar, precisava descansar. Pegou um táxi na porta do hospital e, chegando em casa, tomou um calmante.

Tentava ordenar seus pensamentos. A papelada que estava na mão de Salvador devia ser contundente. Ele falou em terrorismo. Ficou a especular o que ele poderia querer em troca do silêncio. Dinheiro? Não, Salvador era conhecido por ser um médico rico. O que fazer? Em sua cabeça só havia duas soluções: fugir de Cartagena ou matar Salvador. Às 18 horas, chegou Alfredinho. Ela o abraçou bastante, precisava de força, de muita força. Duas horas depois, Salvador buscou Vera em frente ao restaurante. Ela, nervosa, entrou no carro. Salvador sentiu sua fragilidade e aproveitou.

– Não se preocupe, Vera. Sou seu amigo, embora você não me considere tanto. Eu gosto de você. Tenha certeza de que tudo se resolverá.

Salvador parou o carro em uma casa na beira da praia de Boca Negra. Disse apenas uma palavra:

– Vamos.

Vera saiu do carro lívida, branca. Entrou na casa junto a Salvador. Na sala, ele gentilmente ofereceu uma poltrona e um uísque. Vera aceitou o uísque e se sentou. Quando tomou o primeiro gole, Salvador puxou do bolso interno do blazer duas cópias antigas em papel e as entregou à Vera. Ao olhar o primeiro, ela se apavorou, tomando o resto do uísque de uma só vez. Era um folheto encardido, com fotografias escuras de Vera e de Augusto, encimando o título: "TERRORISTAS – PROCURA-SE: VIVOS OU MORTOS". Embaixo, em letras menores, lia-se: "Gratifica-se a quem der alguma informação do paradeiro dos dois bandidos". Havia também um número de telefone de uma delegacia de São Paulo. O outro papel era uma cópia datilografada de um documento, a ficha de Vera da delegacia de São Paulo: "Vera Moraes, médica, fazia residência no Hospital São Paulo quando aderiu à guerrilha. Viajou com seu companheiro, o médico Augusto Silva, para um local da selva amazônica, onde participou da organização da Guerra do Araguaia. A guerrilheira fez um aborto em Anápolis, de onde fugiu. Conseguiu asilo político na Embaixada do Chile, onde se encontra". Houve alguns minutos de tensão, até que Salvador falou:

– O mundo é pequeno, não adianta fugir. Todos têm que pagar por seus pecados um dia. Minha querida Vera, desde que me apaixonei por você, contratei um policial-detetive para lhe seguir e fotografar. Sei dos lugares que você frequenta, da sua amizade com Dona Rosita, que lhe abastece com jornais do Brasil; sei de seus encontros com o italiano com insuficiência renal; sei onde seu filho estuda, a hora de entrada e de saída. E agora um amigo de São Paulo enviou-me as cópias desses documentos. Não pretendo entregá-la à polícia colombiana. Ainda estou pensando o que faço com esses documentos.

– Tudo bem! Aliás, tudo mal – disse Vera, se recuperando aos poucos. – Estou em suas mãos. Qual é a sua proposta, Salvador?

– Como eu disse, não tenho pressa nem interesse em lhe entregar à polícia colombiana. Eles nem sabem da Guerra do Araguaia no Brasil. Por enquanto, não vou exigir nada de você. Na verdade, enquanto eu lhe pedir alguma coisa e você fizer, não haverá problema. Por exemplo, agora, quero que você tire seu vestido na minha frente, que fique nua como quando nasceu. Vai me negar esse favor? Sei que você não quer problemas.

Vera pediu mais uma dose de uísque, tomou-a em quatro goles. Caminhou até Salvador, tirou os sapatos e abriu o zíper lateral do vestido, que caiu no chão. Abriu a presilha por trás do sutiã e o deixou cair, seus belos seios à mostra. Segurou a calcinha com as duas mãos e abaixou-a até os pés.

– Pronto – disse ela.

– Vire de costas. E não olhe para trás.

Vera girou o corpo e fixou o olhar na parede. Salvador, sentado na poltrona, abaixou a calça e começou a se masturbar olhando o maravilhoso corpo de Vera por trás. Aumentou a velocidade, estava custando a gozar. Quando sentiu o gozo chegar, abraçou Vera por trás e ejaculou nas suas costas. Ele foi ao banheiro e retornou recomposto. Vera, controlando o ódio, continuava impávida olhando a parede. Sentia-se ultrajada, agoniada, suja daquele esperma indesejado. Salvador se achegou, falando baixo:

– Viu como foi fácil? É só isso que eu quero. Tenho certeza de que você gostou. O banheiro está desocupado, pode tomar banho, se quiser. Já podemos partir, vou levar você pra casa.

No carro, Salvador entregou-lhe algumas cópias dos documentos e recomendou, com a voz bem tranquila:

– Essas cópias são suas, para seu uso. Em troca, quero apenas um ou dois encontros como esse por semana. Confie em mim, seu segredo será nosso para sempre. Dou-lhe minha palavra de honra.

Vera, irada, sentia-se impotente e pensava em como matar Salvador. Faltavam dez minutos para as onze da noite quando ele a deixou na porta da pousada. Vera entrou no apartamento, Alfredinho dormia. Dirigiu-se à portaria e telefonou para Dante. Precisava conversar com ele com urgência. Pediu que ele esperasse, ela tomaria um táxi.

* * *

Passava das duas da madrugada quando Vera terminou de contar sua história de vida ao italiano, inclusive a chantagem assustadora daquela noite. Dante ouviu o relato com atenção e emoção. Homem sensível e equilibrado, não interrompeu nem fez perguntas; deixou Vera narrar sua trágica história. Ela precisava desabafar o pesado segredo que carregava.

– Verità, querida, sua história dá um romance. Enfrentou tantas dificuldades com garra e coragem! Você é uma forte mulher, merece ser feliz. É uma injustiça do destino o que está acontecendo.

– Não mereço o que estou passando, aliás, ninguém merece. Viver como fugitiva, sempre paranoica com perseguições, é horrível. Muitas vezes pensei em retornar ao Brasil, me apresentar, ser presa, ser julgada... Afinal, a justiça existe e ainda acredito nela. Mas sou considerada terrorista, estou banida do país, o que torna meu caso complicado. Consegui viver discretamente em Cartagena, aguardando a anistia política que foi prometida e não chega. Estamos em 1976, eu soube que a Guerra do Araguaia e a guerrilha urbana já acabaram. O Brasil vive num clima de tranquilidade, mas ainda com presos políticos no xadrez. Então, quando estou finalmente adaptada à vida tranquila de Cartagena, onde encontrei o amor da minha vida, um homem que me passou segurança e paz de espírito, que me deu uma vida madura, aparece um filho de uma puta como esse Salvador, um chantagista tarado e nojento, descobrindo meus segredos. Minha cabeça está fervilhando. Estou pensando em matá-lo, em colocar estricnina em seu café. Ele é viciado, toma café constantemente. Mas o filho de uma puta deve ter cópias desses documentos em casa, e quando a polícia as encontrasse, eu seria suspeita. Outra solução é fugir para outra cidade, mas não quero perder você. Me ajude Dante, não sei o que fazer! – gritou, e caiu no choro, debruçada na cama.

– Vamos ter calma. Tome outro banho de água morna e venha deitar-se junto ao seu italiano. Comecei a pensar num plano. Amanhã tomo o primeiro avião para Bogotá, tenho vários contatos que me informarão sobre a situação no Brasil, sobre a melhor solução para o seu caso. Confie em mim: assim que puder, retornarei a Cartagena com uma solução que não envolva matar Salvador. Tome uma chuveirada quente e venha para os meus braços; você precisa relaxar e dormir.

Vera havia deixado um bilhete para Alfredinho avisando que não dormiria em casa. Tomou um banho demorado e aninhou-se junto ao italiano. Precisava daquele amor relaxante.

No dia seguinte, encontrou Salvador no trabalho. Ela o cumprimentou como se nada tivesse acontecido. Durante o almoço, sentou-se à mesa e conversou normalmente com os colegas. Salvador deu-lhe uma piscadela cínica. O ódio de Vera era tão grande que ela teve vontade de enfiar uma faca no bucho do velho crápula.

* * *

Dante chegou de Bogotá às 21h do dia seguinte. Pegou um táxi e foi direto à pousada de Vera, que se alegrou quando o viu. Caminharam até um restaurante ali perto, ele estava morrendo de fome. Durante o trajeto, Dante informou que tinha elaborado um plano com o irmão que mora em Bogotá, mas quem decidiria colocá-lo ou não em prática seria ela. No restaurante, pediram pizza e uísque. Dante contou o que se passou com detalhes.

– Visitei primeiramente a Embaixada da Itália. Meu irmão é o embaixador, contei-lhe toda a sua história, quer dizer, a nossa história. Ele imediatamente marcou um almoço com o embaixador do Brasil. Depois desse almoço, nos encontramos na cidade e chegamos à seguinte conclusão: ainda é perigoso para você retornar ao Brasil, será presa e ficará aguardando julgamento, um desgaste e sofrimento que você não merece. Embora seja inocente, as provas da sua participação na guerrilha são contundentes, e eles não levam em conta se você foi induzida ou não. Em teoria, a Guerrilha do Araguaia ainda não terminou, mas, na prática, os focos principais foram dizimados. A boa notícia é que, na Embaixada da Colômbia, nada existe contra a brasileira Vera Moraes. Porém, se você continuar em Cartagena, esse filho da puta do Salvador vai lhe chantagear o resto da vida; ele tem cópias de documentos que podem complicar sua vida e até causar sua morte. Matar o Salvador, embora ele mereça, é arriscado, pois quando descobrirem as cópias você será a principal suspeita. Crime perfeito existe, mas é algo raro. Então, para viver em paz enquanto a lei da anistia não é aprovada, você terá de fugir mais uma vez.

Vera quase entrou em pânico. Quando o garçom trouxe a pizza, ela pediu outro uísque.

– Sair daqui para onde? Vou ser fugitiva para o resto da vida? – perguntou.

– Tenho uma sugestão, uma proposta. A decisão é apenas sua. Você vai viajar para Roma com Alfredito. O livro que estou escrevendo está no final, posso me encontrar com você na Itália em breve, dentro de quinze dias no máximo. Trouxe um roteiro traçado. Veja este mapa.

Vera se aproximou para olhar um mapa e um folheto em cima da mesa. O italiano explicou o plano:

– No próximo sábado, tem um voo de Cartagena para a cidade do México às 5 horas. Ao chegar ao México, você ficará no Hotel Asteca, junto ao aeroporto, pode ir andando. No domingo você embarca num voo direto para Roma. Em Roma você pegará um táxi e pedirá para ficar no Hotel Surriento. Aqui está um folheto com o endereço. Fique hospedada nesse hotel, vou escrever uma carta com recomendações para ser entregue a Alessandra, a gerente-proprietária. Dentro de quinze dias estarei junto a você.

– Conhecer a Itália é um sonho, mesmo nessas circunstâncias. Vou analisar os custos, como vou sobreviver. Tenho algum dinheiro no banco para imprevistos desse tipo. Minha vida é simples, sem muitos gastos.

– Fiz o cálculo das passagens, eu posso ajudá-la. Quanto à hospedagem em Roma, pedi um ótimo preço a Alessandra.

Você precisará apenas de alguns dólares para sua sobrevivência nesses quinze dias. Quando eu estiver em Roma, arranjo-lhe trabalho num hospital.

Vera estudou os custos da viagem e a disponibilidade da hospedagem. Sorriu para o italiano.

– O que eu tenho no banco dá para todo esse custo e ainda me sobra. Levarei parte do meu dinheiro, você leva outra parte. Não quero transferência bancária, não quero deixar rastros. A viagem será no sábado, hoje é quarta-feira. Vou tirar parte do dinheiro para você comprar as passagens. Fique com meu passaporte, com o do Alfredinho e com esses dois cheques em branco para sacar o que sobrar e levar para Roma. Meu problema é o Salvador, ele pode me procurar até sábado. Matá-lo antes de viajar seria uma boa ideia.

Para dar mais confiança a Vera e distraí-la daquela ideia de assassinato, Dante contou mais detalhes de sua vida. Sua família era de fazendeiros de limão em Surriento, mas tinha negócios em Roma. Seus pais eram idosos, ainda trabalhavam. O Hotel Surriento pertencia à família.

Naquele mesmo dia, Vera começou a se preparar para a viagem. Retirou boa parte do dinheiro do banco, deixando uma quantia a cargo de Dante. Teve uma longa conversa com Alfredinho, ele conheceria a Itália, lugar maravilhoso, aprenderia uma nova língua. Disse-lhe que os italianos adoravam futebol.

Ao chegar ao hospital na sexta-feira pela manhã, véspera da viagem, Vera se deparou com Salvador, que discretamente falou para ela:

– Hoje no mesmo lugar, no mesmo horário, apanho você.

Um sentimento de raiva veio-lhe do fundo da alma. Teve vontade de pegar uma faca no centro cirúrgico e enfiá-la na carótida do cafajeste.

O dia passou tranquilo. Dante já havia comprado as passagens na agência de um amigo, os passaportes estavam dentro da validade, as malas arrumadas. À noite, foi ao encontro com Salvador sem avisar ao italiano, queria amenizar seu constrangimento. O rito sexual foi o mesmo do primeiro dia. Ela suportou com ódio. Seria a última vez que se submeteria àquela violência vexatória. Quando ele ejaculou por trás dela, veio-lhe a vontade de matar o velho, mas ficou só na vontade. Santiago, satisfeito e falante, deixou-a na porta da pousada. Ela sentiu um alívio, foi direto telefonar para Dante, atrasara-se um pouco, estava com Alfredinho e com as malas, dormiriam juntos. Na madrugada de sábado, o italiano os levou ao aeroporto. Vera e Alfredinho embarcaram no voo das 5h para o México. Tudo aconteceu como planejado.

Ao chegarem a Roma, Vera e Alfredinho pegaram um táxi direto ao Hotel Surriento. Eram 20h de domingo. Na portaria, mostrou o envelope enviado por Dante e pediu para falar com Alessandra. A gerente não se encontrava, no dia seguinte certamente estaria no hotel pela manhã. Vera preencheu a ficha de hóspedes e optou por um apartamento duplo. Mãe e filho estavam cansados, ela apreensiva com a nova situação, mas aliviada por ter escapado da chantagem de Salvador. Tomaram banho e pediram um lanche no quarto. Depois de matar a fome, dormiram estafados.

Acordaram cedo, tomaram café, e caminharam pelas ruas dos arredores do hotel. Vera se apaixonou instantaneamente pela bela e histórica Roma. Almoçaram massa italiana numa cantina e retornaram ao hotel para descansar. A recepcionista informou que Alessandra estava no saguão do hotel, ansiosa pela carta do irmão. Vera se dirigiu ao lobby, onde se encontrava uma bonita e elegante senhora, com aparência de 45 a 50 anos, conversando com um funcionário. Ao perceber Vera com a carta na mão, Alessandra foi ao seu encontro e se apresentou, dando-lhe um abraço. Vera entregou-lhe a carta e retornou ao apartamento. Alessandra agradeceu, sentou-se numa poltrona e leu avidamente as palavras do irmão.

Cartagena, 25 de maio de 1976

Minha querida Alessandra,

Inicio esta carta com uma surpresa: a portadora é a mulher que vai passar o resto da minha vida comigo. Conheci Vera em Cartagena quando precisei de uma hemodiálise e fiquei encantado com a médica brasileira. Tornamo-nos amigos, com o tempo descobrimos que estávamos envolvidos por uma paixão. Há um ano estamos juntos. A história dessa brava mulher me deixou encantado, contarei detalhes quando chegar. Estarei em Roma dentro de quinze dias no máximo, mataremos a saudade. O livro sobre a Santa Inquisição está quase pronto. Peço-lhe dois favores, minha querida irmã: dê um tratamento especial à Vera, tenho certeza de que as duas vão se dar muito bem. E peço que não conte a ninguém sobre ela, nem aos nossos pais, nem aos nossos irmãos, sobretudo à Regina e aos meus dois filhos.

Fico por aqui, amo muito você, querida irmã. Estaremos juntos muito em breve. Cuide da minha Vera. Obrigado.

Seu irmão saudoso,
Dante.

No apartamento, Alfredinho aproveitou para ver televisão enquanto Vera descansava na cama. Ela pensava nos acontecimentos dos últimos dias e no que seria de sua vida. Amou o que viu em Roma; a cidade era um paraíso comparada ao inferno do Araguaia. Lembrou-se de Dante e começou a achar que era bom não manter muitas ilusões. Amava o italiano como nunca amou outro homem; admirava-o como indivíduo, sempre gentil, bondoso, inteligente, culto, bem-humorado. Na cama, davam-se maravilhosamente bem, suas noites de amor ao vinho eram muito românticas. Mas estaria ele fazendo todos esses favores apenas por bondade? Perguntava-se isso quando o interfone tocou.

– Alô?

– Olá, aqui é Alessandra. Entende italiano?

– Um pouco. Falo português e espanhol, mas consigo entender italiano se você falar devagar.

– Podemos jantar juntas?

– Sim, sim.

– Ótimo. Encontro você às 20h no lobby do hotel?

– Será um prazer. Estarei lá às 20 h.

Às 19h, Vera pediu um sanduíche para Alfredinho. Tomou um banho, aprontou-se e desceu pontualmente às 20h. Alessandra estava colocando algumas coisas em ordem na recepção. Quando a viu, cumprimentou-a elegantemente.

– Vamos jantar?

– Sim, estou à sua disposição.

* * *

As duas foram ao restaurante no carro de Alessandra. No caminho, a italiana iniciou a conversa.

– Conhece Roma?

– Não. Hoje caminhei pelo bairro do hotel, fiquei encantada com aquela região da cidade. Conhecia Roma apenas pelos livros e filmes. Gosto dos filmes italianos. Amei Candelabro Italiano, embora seja um filme americano para adolescentes. Sou uma romântica incurável!

– Esse filme é inesquecível – disse Alessandra, e cantarolou: – "Al di la... Del limiti del mondo... Ci sei tu. Al di la... Del limiti del mondo... Ci sei tu.." Vamos dar uma rápida volta em Roma à noite, depois teremos um tradicional jantar italiano.

No Restaurante Alfredo, as duas se deliciaram com os pratos, os bons vinhos e muita conversa. Alessandra queria saber sobre Vera e Dante: como se conheceram, como estava a saúde do irmão, se ele estava cuidando do problema nos rins. Vera respondeu à sua maneira, narrando a história em detalhes. As duas se entenderam, e naquele momento nasceu uma amizade para o resto da vida.

Durante os outros dias, Alessandra convocou uma funcionária para mostrar Roma a Vera e Alfredinho. Os dois ficaram fascinados com a cidade, uma das mais belas do mundo. De vez em quando a italiana almoçava ou jantava com Vera, e curiosa que era, enchia de perguntas a namorada do irmão, que tinha o maior prazer em respondê-la. Chegou a contar, por alto, sua aventura como guerrilheira apaixonada. A irmã de Dante adorou a cunhada: era jovem, mas tinha a maturidade de quem já batalhou muito na vida. Alessandra também contou um pouco de sua história a Vera.

– Fui casada durante catorze anos, mas não deu certo. Meu ex-marido era infiel, namorador, preferi ficar solteira novamente, cuidando de meus dois filhos. Giovanna tem 13 anos e Lorenzo tem 11, são lindos. O destino me fez uma maravilhosa surpresa: ano passado, na festa de 80 anos de meu pai em Surriento, apareceu Paolo, um amigo de infância, meu primeiro namorado, meu primeiro amor. Ele também tinha desfeito seu casamento. O reencontro terminou em namoro, e hoje estou feliz com Paolo. Nossas famílias são proprietárias de fazendas de limão, fabricantes de *lemoncello*, um licor de limão delicioso. Exportamos para todo o mundo. Antigamente minha família, Sorrentini, e a família dele, Constantini, eram inimigas; já aconteceram brigas e mortes. Agora, mais civilizados, nos entendemos na cooperativa de fabricantes de *lemoncello*. Paolo sempre vem a Roma e se hospeda em meu apartamento. No próximo fim de semana vou a Surriento, uma pena que eu não possa levá-la; Dante me pediu segredo total sobre você. Na certa ele quer lhe apresentar pessoalmente à família, à mamma, Dona Antonella e a papà, Dom Enzo. Eu nasci e me criei em Surriento. A família de meu pai tem essa fazenda há mais de três séculos.

* * *

Nesses quinze dias de espera ansiosa, Vera conheceu a história da família de Dante por intermédio de Alessandra ou dos funcionários do hotel, que também se tornaram amigos. Era uma família unida. Sandro, o mais velho, tinha 59 anos e trabalhava na fazenda junto com o irmão Pietro, de 57 anos, e o cunhado Sérgio, marido de Bianca, a irmã mais velha. A outra irmã, Giulia, foi atriz de teatro, e agora, aos 48 anos, trabalhava como produtora de shows artísticos. Luigi, o outro irmão, seguiu o ramo da diplomacia, era embaixador da Itália na Colômbia. Alessandra, a mais nova, administrava o Hotel Surriento em Roma, herança de seus avós por parte de mãe.

À noite, Vera pensava: "Onde foi que eu me meti? Família tradicional italiana, rica, devia ser cheia de preconceitos, não vão me aceitar como mulher de Dante. Por isso ele pediu segredo sobre mim. Quer enfrentar a família de uma só vez".

Já era seu décimo oitavo dia em Roma, e Vera ficou preocupada com a situação. Já era para Dante ter chegado há três dias, e embora Alessandra continuasse gentil, colocando o hotel à sua disposição, ela começou a ficar constrangida, não gostava de ser estorvo para ninguém. No vigésimo dia, ela procurou Alessandra e falou sobre sua preocupação: já era para Dante ter chegado há cinco dias. Alessandra respondeu que não havia problema. Ela era a dona do hotel e Vera era sua hóspede de honra.

No vigésimo segundo dia, Vera estava dormindo quando o interfone tocou. Já havia passado de meia-noite, a recepcionista pediu para ela descer: o Senhor Dante a aguardava. Vera se aprontou rapidamente e, ao sair do elevador, correu para os braços do italiano, entregando-se a um abraço demorado que aliviou a tensão do seu corpo e da sua alma. De mãos dadas, subiram para o apartamento de Dante. Queriam apenas carícias, beijos e abraços.

No dia seguinte, uma funcionária do hotel levou Alfredinho para conhecer o estádio olímpico do Roma, seu time de futebol predileto na Itália. O casal aproveitou para ficar no hotel, queriam conversar mais à vontade. Vera, ansiosa, ouvia seu amado Dante.

– Na segunda-feira, logo após sua viagem, fui fazer hemodiálise à tarde e tentei ouvir algum comentário sobre você. As histórias variavam ao gosto do contador, mas praticamente todos pintavam você como uma perigosa terrorista no Brasil. Havia fugido de Cartagena por ter sido descoberta. Tanto as forças armadas quanto a guerrilha querem pegá-la, você é um arquivo vivo importante da Guerrilha do Araguaia. Eu perguntei e investiguei o máximo que pude. O sacana do Salvador chegou a insinuar que eu sabia para onde você tinha fugido, já que sou seu amante. Ele entregou as cópias dos documentos à polícia de Cartagena, que foi em busca de mais informações na pousada. Lá, nada sabiam. Até eu recebi intimação para comparecer à delegacia, mas falei apenas que sofro de insuficiência renal, que a conheci fazendo hemodiálise no hospital e me tornei seu amigo, seu namorado, sem saber que era uma terrorista procurada no Brasil. O delegado da polícia não estava interessado no caso, me dispensou e acho que arquivou a sindicância. Fiz mais hemodiálise no hospital, procurando ouvir alguma novidade, alguma notícia sobre você, mas ninguém comentou mais nada. Continuei apressando meu trabalho nas pesquisas, acelerando o ritmo dia e noite, ansioso para voar até Roma. Na véspera da viagem, fiz a última hemodiálise em Cartagena. Sentado, com os aparelhos ligados, de repente apareceu o Doutor Santiago. Ele me provocou:

– Italiano sacana, você sabe onde está aquela vadia. Um dia ela vai pagar. Terrorista filha de uma puta!

Eu não liguei para a provocação. No outro dia, deixei Cartagena de vez. Fui primeiro a Bogotá para saber do meu irmão as notícias que havia pedido sobre você. Ele conseguiu algumas informações com o embaixador do Brasil. De fato, Vera Moraes está na lista dos considerados banidos, que não podem retornar ao Brasil. Mas o embaixador brasileiro trouxe pelo menos uma boa notícia: a anistia está para ser decretada, ou legislada, dentro de um ano ou dois, no máximo.

Vera ouviu tudo atentamente e fez diversas perguntas. Dante aliviou sua ansiedade.

– E você, o que fez nesses dias de férias nessa maravilhosa cidade?

– Estou sendo tratada como uma princesa. Sua irmã é muito gentil, tem me dado todo apoio possível. Ela é o dínamo deste hotel, sempre em atividade. Saímos juntas alguns dias, conversamos bastante, sei um bocado sobre sua família agora. Alessandra escalou uma funcionária para passear comigo, mostrando Roma. Estou encantada com tanta beleza, tanta história. Eu e Alfredinho nos matriculamos num curso rápido de conversação em italiano, aprendemos bastante. Só não tive o prazer de conhecer outras pessoas da sua família.

– No próximo fim de semana você vai conhecer todos eles. É aniversário da minha mãe e quero fazer uma surpresa. Nesse dia, vou lhe apresentar toda a família e a cidade de Surriento, terra onde nasci, onde vivi e que tanto amo.

Passaram a manhã conversando no apartamento de Dante no hotel e matando a saudade. Vera abriu seu coração:

– Dante, meu querido, eu amo você. Além da minha paixão por sua extraordinária figura, sou grata por ter me salvado. Se não fosse você, eu estaria nas mãos daquele chantagista filho de uma puta. Mas tudo pode acontecer na vida, então decidi que vou esperar a anistia nessa velha cidade. Não me acharão aqui. Estive visitando alguns hospitais, posso continuar meu trabalho como clínica-geral e geriatra. Eu quero trabalhar, ter uma vida normal, morar num pequeno apartamento, matricular Alfredinho em uma escola. Assim ficarei tranquila para aguardar minha volta ao Brasil.

– Eu já havia pensado nisso. Quero que você aproveite esses dias no hotel, é uma cortesia de Alessandra, que lhe adorou. Passaremos a próxima semana na fazenda em Surriento. Na volta, prometo ajudar você a procurar um emprego e um apartamento. Pode ficar tranquila.

* * *

O tempo passava voando na bela Roma, e finalmente chegou o dia da viagem. Ao chegar em Surriento, Dante percorreu a cidade por uma hora, mostrando a beleza, a história e o mar Mediterrâneo azul-escuro. Vera e Alfredinho estavam encantados com aquela aprazível cidade. De repente, Vera sentiu um mal-estar; estava ansiosa, nervosa. Sabia que seria o centro das atenções na festa de aniversário, tinha medo de parecer uma intrusa na família.

Dante guiava o carro pela estrada rumo à Fazenda Sorrentini. O portão de entrada estava aberto e ele dirigiu até uma enorme casa, um castelo. Havia diversas mesas armadas com toldos numa área gramada. Era mais de meio dia, os amigos e convidados serviam vinho, uísque, *lemoncello* e muita comida em uma extensa mesa. Ao descer do carro, Vera segurou a mão de Alfredinho enquanto se aproximavam da família.

Dom Enzo viu o filho e deu um grito de alegria: "Dante!". Houve muitos abraços apertados em Dona Antonella e no restante dos irmãos, parentes e amigos que não via há mais de um ano. Dante não conseguia abraçar todos ao mesmo tempo. Vera ficou encostada em um canto, até feliz. Pensava que a família e convidados não a notariam, que a chegada de Dante havia ofuscado sua presença. Depois de muitos abraços e festejos, Dante se aproximou de Vera, segurou sua mão e a levou onde estavam o pai, a mãe, os irmãos e os amigos. Disse simplesmente:

– Quero apresentar aos senhores, meus queridos pais, Vera, minha namorada.

Nesse momento, toda a atenção dirigiu-se à Vera. Dona Antonella veio abraçá-la, seguida por Dom Enzo, parentes e amigos. Vera foi sufocada por tantas perguntas. Era uma festa típica italiana. Dante a puxou pela mão e os dois conseguiram se sentar em uma vasta mesa, tentando conversar com todos de uma vez. Vera estava impressionada e encantada, principalmente por não sentir nenhuma rejeição; pelo contrário, sentiu uma simpatia carinhosa vinda de todos. Tomou uma taça de vinho e entregou um presente à Dona Antonella. A festa continuou com uma sabatina em cima de Vera. Quando souberam ser brasileira, veio a discussão sobre futebol. Todos os irmãos queriam conversar um pouco com ela. Alessandra passou perto dos dois, sorrindo.

– Eu sabia que minha família ia adorar você.

Almoçaram, beberam, cantaram. Certa hora, Dante trouxe duas alianças e as mostrou discretamente a Vera, perguntando:

– Você quer se casar comigo, amor da minha vida?

Vera sentiu uma tremedeira nas pernas. Ela mal conseguiu dizer que seria a maior felicidade do mundo tornar-se esposa de Dante, o homem que amava.

Por volta das 17h, a mesa enorme, cheia de comensais, foi silenciada com uma batida de garfo no copo de Dom Enzo. Àquela altura, trouxeram um enorme bolo e o colocaram na mesa. Os filhos, netos, parentes e amigos iniciaram a cantiga mais conhecida no mundo, "Parabéns pra você", cantada por todos com muita emoção. Depois dos "Viva Dona Antonella!", a matrona soprou e apagou as velinhas. Nesse momento, Dante pediu a palavra. Todos esperavam seu discurso em homenagem à mamma. Ele olhou para os pais e começou:

– Minha querida mamma, que alegria vê-la com tanta saúde apagando as velinhas. Que Deus lhe dê longa vida. Quero aproveitar esta data para torná-la ainda mais importante para mim. Finalmente conheci o amor da minha vida, esta mulher, Vera, uma brasileira extraordinária. Ela me faz feliz, me faz ter vontade de viver intensamente. Essa mulher tem uma história de vida que é um exemplo para todos. Eu a conheci em Cartagena quando precisei de uma hemodiálise de urgência, e ela era a médica de plantão. Desde esse dia, começamos a conviver como amigos, e em pouco tempo descobrimos que estávamos apaixonados. Começamos a namorar há cerca de um ano. Hoje, não sei mais viver sem Vera. Mas chega de conversa mole, vamos para o mais importante, o que interessa. Nesse momento, querida Vera, faço aquela pergunta dos felizes casais enamorados na presença da minha família, que amo tanto: você quer se casar comigo?

– Claro que sim! – disse Vera, beijando Dante na boca. Foi a grande surpresa do dia. Os pais e irmãos abraçaram o casal. As mulheres choravam emocionadas, como boas italianas.

Dante tirou o par de alianças da caixinha e cada um a colocou no dedo do outro, enquanto todos batiam palmas e davam hurras. Vera aproveitou o momento e foi singela em suas palavras, num italiano misturado com espanhol e português:

– Querido Dante, você foi uma das pessoas mais importantes que apareceram em minha vida. Quero ser sua companheira para sempre. Aprendi a te amar desde aquele momento em que cuidei de você no hospital, e você se apresentou cantando "Torna Surriento". Quero agradecer a Dom Enzo e a Dona Antonella por terem guardado você para mim. Espero ser boa esposa, boa nora, boa cunhada, boa amiga. Obrigada!

Os amigos e parentes, alegres, comemoraram bebendo, comendo e cantando belas músicas italianas. De repente, a banda ofereceu para a noiva, cantando com voz de tenor: "Al di là del limiti del mondo ci sei tu...". Vera olhou para Alessandra, agradecendo-lhe com um piscar de olhos.

A festa foi até tarde da noite numa explosão de alegria dos italianos. Outro sucesso foi por parte de Alfredinho. Os garotos organizaram um jogo de futebol num campo ao lado da casa, e ele, sempre discreto, foi colocado em um dos times sem nenhuma pretensão. Quando iniciou a partida, porém, Alfredinho arrasou no jogo: fez três gols e conquistou a admiração dos jovens. O brasileiro era bom de bola, e todos os dias os meninos passaram a convidá-lo para jogar futebol.

Vera e Dante passaram a semana na fazenda. Foram dias maravilhosos, percorreram os limoeiros e tomaram muito *lemoncello*. Quando finalmente retornaram a Roma para iniciar uma nova vida, Vera perguntou a Dante:

– Afinal, você vive de quê? Qual é a sua profissão?

– Sou professor de História da Universidade de Roma. Atualmente, tirei uma licença para escrever o livro sobre a Santa Inquisição, por isso estava em Cartagena. Ainda me restam quatro meses para entregar os originais, que serão editados pela universidade. Portanto, estou à sua disposição. Não tenho hora para trabalhar, embora ainda tenha muito trabalho a fazer nessa fase de revisão.

Dante levou Vera ao hospital onde fazia a hemodiálise em Roma. Conhecia quase todos os médicos. Conversou com o diretor geral, Doutor Umberto, que o atendeu com muita consideração. Dante falou da possibilidade de aproveitar a Doutora Vera no hospital e entregou-lhe um currículo.

Depois de alguns dias, Vera foi chamada e iniciou o trabalho como clínica-geral do hospital, com um razoável salário. Ficou satisfeitíssima. Matriculou Alfredinho em uma escola integral e os dois foram morar no apartamento de Dante, que tinha quatro quartos e ficava em uma região nobre de Roma.

Certa tarde, quando Vera retornou do trabalho, falou a Dante, entre preocupada e alegre:

– Parece que estou grávida. Acho que aconteceu durante aqueles dias que passamos na fazenda.

– Você acha ou está grávida? Fez algum exame?

– Estou grávida. Fiz o exame no hospital.

– Vou ser pai! Venha aqui, meu amor.

Dante deu um abraço e um beijo em Vera. Feliz, cantava "Vou ser pai, vou ser pai!". Para Vera, a notícia também trouxe alegria, embora eles nunca tivessem falado sobre ter filhos. Ela não sabia que ele desejava tanto.

Acertaram o casamento para o início de 1977, ainda inverno na Itália. Toda a família ficou feliz com a revelação da gravidez; até Alfredinho se alegrou quando soube que ganharia um irmão ou irmã.

Dias depois, Vera revelou para Dante:

– Embora ainda não tenha passado a paranoia de perseguição, eu ficaria feliz em ter algumas pessoas no meu casamento. Minha mãe e meu pai certamente chamariam muita atenção se viessem para a Itália. Eu os amo, mas não quero correr o risco, sei que eles vão compreender. Já minha amiga Andreza poderia vir e ela já visitou a Europa. Vou escrever para uma caixa postal secreta que nós temos em minha cidade, Maceió, quase não a uso, por medo.

Certo dia, Dante chegou em casa eufórico.

– Hoje fui à universidade e me encontrei com o reitor, ele me cobrou o livro. Eu disse que estava quase pronto, que entregaria no prazo. Naquele momento, tive uma ideia. Falei para o reitor que o Brasil recebeu visitas de inquisidores com o objetivo de investigar comportamentos e inibir qualquer prática alheia aos princípios estabelecidos pela Igreja. Historicamente, fala-se em três ou quatro visitas: a primeira entre 1591 e 1595, a segunda entre 1618 e 1621, a terceira entre 1627 e 1628 e a quarta, supostamente, entre 1763 e 1769. Os inquisidores, por sua vez, nomearam clérigos que seriam os responsáveis pelo controle dos hábitos e costumes nessa colônia portuguesa, cujo objetivo principal era exterminar qualquer prática adversa ao catolicismo.

Prosseguiu Dante:

– Se eu colocasse um capítulo sobre a Inquisição no Brasil no meu livro, ele ficaria mais completo. Bastaria uma semana de pesquisa por lá. O reitor mandou que eu providenciasse a passagem, mas quer o livro dentro do prazo. Inclusive, o Papa Paulo VI está bastante interessado nesse trabalho. Vou viajar depois de amanhã para o Rio de Janeiro, depois vou a Minas Gerais, e, quando me sobrar o tempo, vou à sua terra, Alagoas. Já vi onde fica no mapa. Quero que você me dê o endereço e escreva para seu pai, sua mãe, seus amigos, todo mundo. Vou conhecer sua família e planejar a vinda deles para o nosso casamento.

Vera ficou eufórica e deu um forte abraço em Dante. Escreveria para todos e mandaria lembranças e mimos. Os dois tomaram um bom vinho antes de fazer amor. Ela nunca se sentiu tão feliz.

CASAMENTO À ITALIANA

Ao sair da reunião na construtora, a secretária informou a Antônio que um homem italiano o aguardava na sala de espera. Chegando lá, deu de cara com um senhor bem vestido, de cabelos grisalhos. Ele se levantou e estendeu a mão a Antônio, entregando-lhe uma carta destinada a Andreza. Entraram no escritório e sentaram-se em poltronas confortáveis. Antônio não tirava o olho do envelope com o nome de Andreza, onde se lia abaixo "De Vera".

– Sr. Antônio, eu não falo bem o português, mas, misturado ao italiano e ao espanhol, espero me fazer entender. Sou o futuro marido da sua amiga, irmã de sua esposa.

Dante contou a história dos dois e mostrou fotografias da Itália, do dia do noivado. Antônio se alegrou com a conversa do italiano encantador, simpático. Telefonou para o consultório de Andreza e falou por alto sobre a carta, disse que levaria Dante para almoçar em casa.

Quando os dois chegaram, Andreza pegou a carta e entrou no quarto para ler com atenção. Era um resumo dos acontecimentos do último ano. Dante a ajudara muito. Ela nunca havia encontrado um homem tão gentil, tão maduro. Estavam de casamento marcado para o início de 1977. Outra novidade:

ela estava grávida, gostaria que Andreza e seus irmãos fossem padrinhos do casamento, mas, para chegar à Itália, teria que viajar via Portugal. Dante explicaria melhor esse plano. Ao sair do quarto, Vera perguntou quantos dias Dante passaria em Maceió. Ele calculou dois ou três.

Os novos amigos conversaram bastante. Logo depois do almoço, Andreza se prontificou a levar Dante à casa dos pais de Vera. Houve muita emoção e choro por parte da mãe. O italiano, conversando com seu espanhol misturado ao português, se fez entender. Contou que Vera estava apenas esperando a anistia para retornar ao Brasil. Ainda era perigoso tentarem qualquer contato com ela, pois os inimigos certamente estavam espionando os movimentos dos pais e demais pessoas próximas.

No dia seguinte, um sábado, Gabriel buscou o italiano e o levou para navegar pelas lagoas. Houve um almoço em família no sítio Manguaba. Dante, encantado com tanta beleza, fotografou o cenário fascinante das lagoas e dos coqueirais. No domingo, comeu a famosa feijoada de Dona Isabel; poucos sabiam se tratar do noivo de Vera. Quando ele finalmente retornou à Roma, levou um pacote de cartas e jornais. Vera leu e releu durante o dia, cheia de carinho e amor por aquele homem prestativo, gentil.

Os padrinhos e convidados embarcaram em Recife para Lisboa no dia 20 de janeiro. Doutor Bernardo, Dona Isabel, Antônio, Andreza, Yamary e Cecília formavam a comitiva familiar. Passearam bastante por Lisboa e Madrid antes de chegarem a Roma, onde ficaram hospedados, como convidados especiais, no Hotel Surriento. Vera estava delirando de alegria. Só sentia pena dos pais, que não puderam viajar por precaução. Ela precisava dobrar sua cautela: segundo as últimas notícias, a anistia sairia até 1980.

Certa noite, os familiares de Vera e Dante jantaram no Alfredo. Vera contou que, se a criança fosse menino, teria o nome de Bernardo, o homem que salvou sua vida. Se fosse mulher, seria Antonella. Havia decidido com Dante. Beberam muito, fizeram a maior farra, cantaram e dançaram no elegante Restaurante do Alfredo. A mesa alegre dos brasileiros chamou atenção das mesas vizinhas.

No sábado, 29 de janeiro, a fazenda dos Sorrentini ficou engalanada para o casamento de Dante e Vera. Cadeiras foram enfileiradas no gramado do campo de futebol, e um tapete verde corria estirado entre as duas fileiras. Por cima, vários arcos ornamentados com galhos de limoeiros, limões e rosas amarelas. A entrada dos noivos seria pelo tapete estirado até o altar, onde a juíza os aguardava em uma mesa bem ornamentada. As cadeiras estavam repletas de parentes e amigos, todos elegantemente vestidos. Um tenor, então, acompanhado de um violinista, rompeu sua linda voz:

Nel cielo passano le nuvole... Che vanno verso il mare
Sembrano fazzoletti bianchi... Che salutano il nostro amore...
Dio, come ti amo... Non è possibile... Avere tra le braccia
Tanta felicità...

Nesse momento, Andreza, Yamary e Cecília entraram enfileiradas, todas lindas como damas de honra em seus elegantes vestidos amarelos. Em seguida entrou Dante, em um terno claro bem talhado, de braços dados com Vera, vestida de rosa pêssego com uma coroa de flores na cabeça; estava linda e feliz. Logo atrás, Alfredinho vinha com os dois filhos de Dante.

A juíza fez um belo discurso comparando o amor ao mar que se via ao longe, um sentimento tão bonito quanto aquela manhã fria e ensolarada de janeiro.

A festa foi divertida, um conjunto tocou belas músicas italianas e brasileiras. Não faltaram bebidas, comidas e alegria. As brasileiras, bonitas e charmosas como damas de honra, chamaram à atenção os olhares dos convivas, mexendo com a cabeça dos primos, parentes e amigos da família.

A ANISTIA

No dia 28 de agosto de 1979, foi publicada no Diário Oficial da União a Lei da Anistia Política. No Brasil, os aeroportos encheram-se de parentes e amigos que aguardavam o retorno dos banidos à pátria. Todos os dias havia uma festa nos desembarques dos anistiados, com cobertura total da televisão, rádio e jornal.

Agora que não podia mais ser presa no Brasil, a paranoia de Vera havia diminuído consideravelmente. Ainda assim, ela preferiu deixar a euforia passar antes de voltar. Preparou-se, entrou de férias no hospital e, no final de dezembro, desembarcou discretamente no Aeroporto dos Palmares de Maceió junto ao marido Dante e aos três filhos, Alfredinho, Bernardo e Antonella, seis meses de nascida em seus braços. Antônio, Andreza e os pais de Vera os aguardavam no desembarque. Ela e Dante ficaram hospedados no Luxor Hotel na Avenida da Paz.

Foi um mês de convivência tranquila com a família, embora a paranoia não tivesse sido totalmente curada. Vera, sempre precavida, recusou-se a dar entrevista aos jornais e à televisão. Dante estava fascinado por Maceió, com suas belas praias e lagoas que se uniam por canais entre coqueiros altos. Comprou uma ilha na lagoa Mundaú para ter um local para chamar de seu, um pedaço de paraíso onde pudesse trabalhar sossegado;

estava escrevendo um romance. Eles decidiram fixar moradia em Roma, passando férias em Maceió.

Vera e Dante não puderam fugir de uma festa íntima, só com os familiares, no Sítio Manguaba. No sábado pela manhã, a família se dividiu em duas lanchas. Dante pediu a Gabriel para guiar uma delas, no que foi atendido. Ele navegou nas águas tranquilas da lagoa, brincando com a lancha feito criança. Ao aportarem no pequeno cais, se depararam com a Banda Filarmônica Carlos Gomes de Marechal Deodoro, que tocou uma música de boas-vindas. A festa, como sempre, foi farta em bebida, comida, música e alegria. Pela tarde, Dom Pablo, no auge dos seus 85 anos, tomou algumas lapadas e cantou, com ajuda de Sebastião, "História de um amor", a música de sua vida.

Dona Isabel, debilitada pelo câncer recente, embora bem cuidada aos 60 anos, pediu para reunir todos os filhos e netos perto da rede onde descansava. Queria tirar uma fotografia. Foi difícil, mas conseguiram colocar os pais e os meninos em um semicírculo embaixo da varanda. Ela pediu que cada neto dissesse o nome, a idade e o nome dos pais. Iniciou com os filhos de Antônio e Andreza, que gritaram: "Pablito, 17", "Sebastião, 15", "Simone, 9" e "Henrique, 6". Depois foi a vez dos filhos de Gabriel e Cecília: "Sidney, 15", "Clarice, 10", "Gabriela, 11" e "Vladimir, 9". Em seguida, os filhos de Mário e Yamary entraram na roda: "Marissol, 11", "Marimar, 11", "Isabelita, 9" e "Gustavo, 7". Os demais também participaram, dizendo, em coro: "Alfredinho, 16" e "Bernardo, 2". A irmã Antonella, que tinha apenas seis meses, foi apresentada por Vera e Dante. Isabel contou 15 jovens, 15 netos. Feliz, disse a Bernardo, sorrindo:

– Agora posso morrer.

A festa durou de sábado a domingo, e Dante, eufórico com aquela família alegre, culta e generosa, incentivado também pelo uísque, falava em morar de vez em Alagoas. Só retornaram a Maceió no domingo, quase ao anoitecer.

Na segunda-feira pela manhã, Doutor Bernardo se levantou e preparou os remédios da esposa, como fazia diariamente. Ao tentar acordá-la, percebeu que Isabel havia morrido enquanto dormia. Pelo sorriso em seu rosto, ele soube que ela partiu satisfeita em deixar ali seu legado mais importante: a família reunida.

CARLITO LIMA é um contador de histórias. E ele parece escolher no bosque de sua prodigiosa memória aquelas mais saborosas, extravagantes e sedutoras. Carlito sempre tem um caso sobre mangas suculentas colhidas nos quintais de Maceió, sobre mergulhos nas águas cor de esmeralda do absurdo mar de sua terra natal ou sobre noites mornas à beira dos muitos rios e lagos que fazem das Alagoas uma das mais belas geografias do mundo.

Mas as histórias de Carlito Lima falam também da crueza da vida, da rotina insossa, outras vezes impiedosa, tal como algumas vezes presenciou em suas carreiras militar e política. Mas de repente o capitão faz um passo de dança e inventa uma coreografia capaz de *turning points* espetaculares. Pronto! Ressurgem os causos bem-humorados, as mulheres bonitas e a paisagem dourada das areias quentes de Maceió.

Carlito Lima nasceu no dia 27 de fevereiro de 1940 em Maceió, Alagoas. É engenheiro civil e capitão do Exército Brasileiro. Foi prefeito do município de Barra de São Miguel e Secretário Municipal de Cultura da histórica Marechal Deodoro (AL). É casado com a advogada Vânia e tem três filhos e três netos. Hoje se dedica integralmente à família, às letras, às festas literárias que promove nos bairros periféricos de Maceió e ao seu bloco de carnaval "Nega fulô".

carlitolima@gmail.com
facebook.com/carlitolima

Editora responsável: Rosana de Mont'Alverne Neto
Revisão: Samira Vilela
Projeto gráfico: Romero Ronconi

1ª impressão: novembro de 2020

L732 Lima, Carlito, 1940-
Mundaú \ Carlito Lima. – Belo Horizonte : Aletria, 2020.
324 p.
978-65-00-00145-7

1. Literatura brasileira – Alagoas. I.Título.

CDD: 869.0
CDU: 821.134.3(81)

Elaborada por Denise Mª Ribeiro Moreira – CRB/6 nº 1473s

aletria

Praça Comendador Negrão de Lima, 81 D – Floresta
CEP 31015 310 – Belo Horizonte – MG | Brasil
Tel: +55 31 3296 7903

aletria.com.br